Manuela Kuck, Jahrgang 1960, ist freie Autorin. Die gebürtige Wolfsburgerin hat Germanistik und Kunstgeschichte in Berlin studiert, als Fotosetzerin und im kaufmännischen Bereich gearbeitet. Sie lebt heute in der Hauptstadt und veröffentlicht Romane, Kurzgeschichten und Krimis.

MANUELA KUCK

Tod in Wolfsburg

NIEDERSACHSEN KRIMI

emons:

MIX
Papier aus verantwortungsvollen Quellen
FSC® C083411
FSC
www.fsc.org

Umschlagzeichnung: Heribert Stragholz
Umschlaggestaltung: Tobias Doetsch, Berlin
Druck und Bindung: CPI – Clausen & Bosse, Leck
Printed in Germany 2010
ISBN 978-3-89705-752-4
Niedersachsen Krimi
Originalausgabe

Dieser Roman wurde vermittelt durch die Agentur Dirk Meynecke.

Für Christina

Prolog

Es klang wie die Brandung des Atlantiks. Ein machtvolles Rauschen. Ferien am Meer, dachte sie. Heranrollende Wellen, die sich zu einer einzigen aufbäumten. Fast glaubte sie, die Gischt zu spüren und das Salz zu schmecken; ihr Herz bebte vor Aufregung. Kindergeschrei, der Geruch nach Sonnenmilch. Sie lächelte, auch wenn ihr das Lächeln schwerfiel. Warum eigentlich? Das Tosen schluckte ihren Atem. Eine riesige Welle, dachte sie. Auch vor denen muss man sich in Acht nehmen. Merkwürdiger Gedanke.

Als das Kreischen einsetzte, wusste sie plötzlich, dass sie sich geirrt hatte. Sie war nicht am Meer, und sie war auch nicht glücklich und entspannt. Irgendetwas war fürchterlich schiefgelaufen. Und ließ sich nicht mehr ändern.

1

Magdalena Grimich wies wortlos auf den Sessel vor ihrem Schreibtisch. Trotz der frühen Stunde, noch dazu an einem nebligen Montagmorgen im November, war sie perfekt geschminkt und machte in ihrem dunkelgrünen Kostüm eine bessere Figur, als man es einer hohen Beamtin des Bundeskriminalamtes zugetraut oder von ihr erwartet hätte. Im Gegensatz zu mir, dachte Johanna Krass, als sie näher trat und sich setzte.

»Morgen, Frau Krass. Woran arbeiten Sie eigentlich gerade?«, fragte Grimich. Ihre Stimme klang alles andere als interessiert.

Das weißt du doch ganz genau, dachte Johanna, aber sie sparte sich ausnahmsweise eine rotzige Bemerkung und hob nur kurz die Hände. Solange sie nicht wusste, warum sie in Grimichs Büro zitiert worden war, empfahl es sich, kleinere Brötchen zu backen.

»Ich unterstütze das Team, das sich um die Waffenschieber-Gruppe kümmert«, erwiderte Johanna. »Wie es aussieht, laufen die Fäden schon seit geraumer Zeit hier in Berlin zusammen.«

»Das war ja zu erwarten gewesen«, bemerkte Grimich und lehnte sich zurück, während sie die Kommissarin musterte.

Johanna erwiderte den Blick gelassen und setzte eine teilnahmslose Miene auf oder bemühte sich zumindest darum. Es galt als offenes Geheimnis, dass sie einander nicht ausstehen konnten und sich jederzeit gern aus dem Weg gingen, was aber kaum jemanden verwunderte. Gegensätzlichere Persönlichkeiten als Grimich und Krass waren schwer vorstellbar; darüber hinaus lag Johanna nicht zum ersten Mal im Clinch mit einem Vorgesetzten, und sie machte auch keinerlei Hehl daraus, über ihre seit geraumer Zeit nur noch gelegentlichen Einsätze beim BKA in Berlin außerordentlich froh zu sein.

Bis vor ein paar Jahren war Johannas Karriere als Kriminalkommissarin eine stetige Abfolge von bravourös gelösten oder chaotisch verlaufenen Fällen gewesen. Sie war befördert und dann immer wieder ins Abseits gestellt und mehrfach quer durch die Republik versetzt worden, bis sie schließlich in Berlin gelandet war, und die Liste ihrer Dienstaufsichtsbeschwerden war länger als die jedes anderen Kollegen. Sie hatte selten alleinverantwortlich handeln dürfen, und wenn, dann war es entweder gnadenlos in die Hose gegangen oder hatte ihr einmaliges Talent, Menschen und ihre Motive zu erspüren, beeindruckend aufblitzen lassen. Dazwischen gab es nur wenig. Schließlich hatte ihre Karriere gefährlich auf der Kippe gestanden, was sie beinahe den Job gekostet hätte.

Johanna war klar, dass kaum jemand dieses »Beinahe« so sehr bedauerte wie Magdalena Grimich – nicht zuletzt, weil Johanna dank eines einflussreichen Freundes und Mentors aus der obersten Etage seitdem als Sonderermittlerin des BKAs bundesweit unterwegs war, statt hinter irgendeinem Aktenberg in Berlin zu verschimmeln oder bei der Verkehrspolizei Strafzettel zu schreiben, wie Grimich es durchaus für angemessen gehalten hätte. Johanna war sich bewusst, dass Siegfried Königs damaliges Eingreifen nicht nur auf Grimich den Eindruck einer völlig unverdienten Beförderung gemacht hatte und nach wie vor viel Raum für Spekulationen und Mutmaßungen bot. Nur gut, dass ich noch nie hübsch und knackig war, weder mit Anfang zwanzig noch mit Ende vierzig, dachte Johanna und grinste verstohlen, als Magdalena Grimich sich schließlich zu ihrem Computer umwandte und eine Datei öffnete.

»Wolfsburg«, sagte sie, während ihre Augen über den Monitor huschten. »Die Gegend dürfte Ihnen vertraut sein.«

Johanna schlug ein Bein über das andere. Allerdings.

»Sie stammen doch aus Niedersachsen, nicht wahr?« Grimichs grün schimmernder Blick schweifte ab und erfasste Johanna.

»Richtig. Ich bin in Braunschweig geboren und habe ab meinem zehnten Lebensjahr bis zum Abitur in Wolfsburg gelebt.«

»Interessant.« Grimich entblößte für einen Moment zwei blitzweiße Zahnreihen, was wohl eine Art Lächeln darstellen sollte. »Na, wie dem auch sei. Die Staatsanwaltschaft Braunschweig hat mich kontaktiert. Es geht um einen Fall, der unter Umständen neu aufgerollt werden muss, und wie so oft haben sie weder vor Ort noch beim LKA Niedersachsen genügend freie Kapazitäten, um noch mal einen unvoreingenommenen Blick auf die Sache zu werfen. Das übliche Problem.«

»Und um was genau geht es?«

Grimich drehte den Bürosessel um hundertachtzig Grad und griff sich von einem hochgetürmten Stapel den obersten Hefter. »Hier ist die Akte. Sie können sich gleich auf den Weg machen. Um ein Zimmer für Sie werden die Wolfsburger sich kümmern, oder wollen Sie lieber bei Ihrer Familie unterschlüpfen?«

Johanna stand auf. »Das kläre ich am besten vor Ort.«

»Tun Sie das. Und vergessen Sie nicht, Krass – ich will regelmäßig über den Stand der Dinge informiert werden.«

»Wie könnte ich das vergessen?«

Magdalena Grimich schien einen Moment zu überlegen, ob es angemessen war, auf Johannas Bemerkung einzugehen, oder ob es souveräner wirkte, darüber hinwegzusehen. Sie entschied sich für Letzteres. Erstaunlicherweise. Johanna nickte ihr zu und verließ den Raum. Wenige Minuten später saß sie zwei Stockwerke tiefer mit einer großen Tasse pechschwarzem Kaffee und einer Packung Schokoladenkekse an ihrem Schreibtisch und schlug die Akte auf.

Ihr Hang zu Süßigkeiten, mit denen sie ihre frühere Zigarettensucht kompensierte, war gerade im Dienst ungebrochen – obwohl sie schon seit Jahren nicht mehr rauchte. Glücklicherweise war sie kein Typ, der schnell zunahm, und selbst wenn: Johanna gehörte nicht zu den Frauen, die mit achtundvierzig Jahren entsetzt feststellten, dass die Hosengröße nicht mehr passte, die viele Jahre lang perfekt gesessen hatte. An ihr saß ohnehin nichts perfekt und wenn doch, würde sie es kaum bemerken, geschweige denn für wichtig erachten. Johanna bevorzugte Jeans oder Outdoorhosen und Shirts, kombiniert mit Lederjacke oder Weste, Cap und Trekkingschuhen, und ihre Stimme klang stets, als hätte sie zu lange in der Kneipe gesessen und dabei nicht nur Hagebuttentee getrunken. Ihr kantiges Gesicht wurde von übergroßen blauen Augen beherrscht, und jeder Versuch, es mit Make-up weicher und milder erscheinen zu lassen, war bislang gescheitert. Jedenfalls nach Johannas Ansicht. Sie verabscheute Hand- oder Aktentaschen und schleppte ihre Utensilien stets in einem abgewetzten Lederrucksack durch die Gegend. Wenn es kalt war, schlüpfte sie in Fleecepullover und dicke Anoraks und zog unter ihrem Cap zusätzlich ein Stirnband über die Ohren, was alles andere als apart aussah. Höchstens ziemlich krass. Aber ihr Name war ohnehin Programm, und mit Ende vierzig hatte sie so viel Weisheit errungen – zum Teil mühsam errungen –, dass sie sogar stolz auf ihn war. Die wenigen Verehrer, die sich um sie bemühten, waren in ihren Augen entweder lächerliche Versager, die Schutz bei ihr suchten, oder hatten nicht genügend Ausdauer, um sich mit ihrer Kratzbürstigkeit zu messen und ihrer bewusst gewählten Unweiblichkeit einen gewissen Charme abzugewinnen. Die meisten Frauen hatten entweder Angst vor ihr oder verachteten sie. Einige wenige waren neugierig, was sich hinter ihrer schroffen Art verbarg. Grimich gehörte definitiv nicht dazu.

Johanna griff sich immer zwei Kekse auf einmal aus der Packung. Sie kaute gleichmäßig, verstreute Krümel über den Tisch und spülte geräuschvoll mit Kaffee nach, während sie sich in den Fall vertiefte. Nach fünf Minuten begann sie langsamer zu kauen und hörte schließlich ganz auf. Fälle, bei denen es um Kinder oder Jugendliche ging, waren die schlimmsten.

2

Bei ihren seltenen Besuchen in Wolfsburg war Johanna immer wieder aufs Neue verblüfft, wie gepflegt und herausgeputzt die VW-Stadt war, zumindest auf den ersten Blick. Dass sie mit dieser satten und bis in jede Einzelheit durchgeplanten Biederkeit wenig anzufangen wusste und sich eher in der quirligen Hauptstadt zu Hause fühlte, die ihr mit ihrem ruppigen und häufig etwas chaotischen Charme, den höchst unterschiedlichen Stadtteilen und phantasievollen Übergangslösungen bedeutend näher war, mochte den Eindruck noch verstärken. Wolfsburgs breite Straßen waren in einwandfreiem Zustand, es gab kaum Baustellen, Wohn- und Geschäftshäuser erstrahlten in frischen Farben, und in den aufwendig gestalteten Park- und Freizeitanlagen wurden regelmäßig die Abfalleimer geleert und auch Nebenwege geharkt. Das Schwimmbad hieß VW-Bad, das Stadion VW-Arena. Ohne Autos ging gar nichts. Und die meisten waren neu oder sahen zumindest so aus.

Johanna parkte im Südkopfcenter, um sich bei Nordsee einen Imbiss zu besorgen. Die City war in den vergangenen Jahren zunehmend ausgebaut worden – man könnte auch sagen: aufgemotzt, dachte Johanna und schlenderte, herzhaft von ihrem Fischbrötchen abbeißend, die Porschestraße hinunter. Die Fußgängerzone reichte vom Hauptbahnhof am nördlichen Ende, der trotz Umgestaltung immer noch kleiner war als viele Berliner S-Bahn-Stationen, bis zum Einkaufscenter am Südkopf, das gemeinsam mit zahlreichen anderen Geschäften und Lokalen um die Aufmerksamkeit und das Geld der VW-Angestellten und ihrer Familien buhlte – am aufdringlichsten: das Center mit den Designer-Outlets, das wie ein gestrandeter Ozeanriese schon am Bahnhof auf Neugierige und Kauflustige wartete. Mittendrin die lebensgroßen Wolfsplastiken, auf denen Kinder herumtollten, Volkshochschule und Rathaus, ein Kunstmuseum, das mehr Besucher von außerhalb anzog, als es Wolfsburger in die

Ausstellungen lockte, und kleine Passagen, in denen Ärzte und teurere Läden residierten. Italienische Sprachfetzen flogen ihr zu. Berlins Türken, Wolfsburgs Italiener – vor dreißig Jahren waren sie in Gruppen, singend und Gitarre spielend, über die Berliner Brücke geschlendert, erinnerte Johanna sich plötzlich: *Azzuro* … Adriano Celentano. Oder lag das noch länger zurück?

Die Pizzeria, in der Johanna damals regelmäßig ihre Pizza zum Mitnehmen gekauft hatte, war seinerzeit nur eine kleine Imbissbude gewesen, die hundert Meter im Umkreis ihren Käse-Tomaten-Salami-Duft verbreitet hatte. Die Bude existierte längst nicht mehr, an ihrer Stelle befand sich ein schickes Restaurant mit saftigen Preisen, die sich viele nicht mehr leisten konnten oder nur noch zu ganz besonderen Gelegenheiten. Auch VW hatte schließlich Federn lassen müssen. Hartz-IV-Empfänger zurückgelassen. Trotz Autostadt, Experimentiermuseum Phaeno, Designerläden, VW-Arena und Jazzfestival. Und das Jobcenter am nördlichen Ende der Porschestraße, das sprachlich und architektonisch ungleich flotter daherkam als das alte, biedere Arbeitsamt, konnte nicht darüber hinwegtäuschen, dass der Lack ab war – zumindest an einigen Stellen.

Johannas Mutter lamentierte bei ihren gelegentlichen Telefonaten immer darüber, wie wenig das Geld nur noch wert sei und dass sie – und nicht nur sie – inzwischen regelmäßig ihre Brötchen bei einer Vortagesbäckerei kaufen müsse. Brot von gestern als Geschäftsidee. Die fetten Jahre waren vorbei, bemerkte sie meist abschließend. Erst im Nachhinein zeigte sich, wie fett sie wirklich gewesen waren, und: Auch in Wolfsburg gab es monströse Hochhaussiedlungen, Gettobildung und Bandenkriminalität, wie Johanna sie aus Berlin-Neukölln und vielen anderen Städten kannte. Drogenhandel. Mord und Totschlag.

Eine Fünfzehnjährige hatte in der Nähe des Allersees auf den Bahngleisen gelegen und war von einem Zug überrollt worden. Bis vor ein paar Tagen war man von einem tragischen Unfall ausgegangen.

Johanna steckte sich den letzten Bissen in den Mund und

wischte sich die Hände notdürftig an dem Papiertuch ab, in das das Brötchen eingewickelt gewesen war. Dann sah sie auf ihre Uhr. Bis zu ihrem Termin mit Kommissar Jürgen Reinders hatte sie noch eine gute Viertelstunde Zeit und konnte bequem zu Fuß zur Polizeiinspektion an der Heßlinger Straße gehen. Darüber hinaus hoffte sie, den Fischgeruch auf diese Weise zumindest teilweise wieder loszuwerden – Hering roch allerdings besonders intensiv. Daran hätte sie auch früher denken können. Johanna seufzte, aber ihr schlechtes Gewissen hielt sich in Grenzen.

Reinders stand in der offenen Tür und starrte sie verblüfft an, nachdem Johanna sich vorgestellt hatte. Das war nicht neu. Natürlich wusste sie, wie sie auf andere wirkte, noch dazu auf diejenigen, die ihr zum ersten Mal gegenübertraten und sich ein gänzlich anderes Bild von einer BKA-Beamtin gemacht hatten, die eigens aus Berlin anreiste, um bei einem Fall unterstützend mitzuwirken. Manchmal reagierte sie genervt, häufig amüsiert. Reinders war ihr auf Anhieb sympathisch, und sie beschloss großmütig, es ihm nicht unnötig schwer zu machen.

»Darf ich hereinkommen?«

»Ja, ja, natürlich, entschuldigen Sie bitte …« Er fuhr sich mit beiden Händen durch sein schwarzes Haar und trat beiseite. »Ich hatte gedacht …«

Johanna lächelte. »Wen haben Sie erwartet – Iris Berben?«

Er lächelte zurück und bekam rote Ohren. »Tja, ich weiß nicht, aber es tut mir leid, wenn ich Sie …«

»Vergessen Sie es.«

Das Büro war mit einigen persönlichen Utensilien – Pflanzen, mehreren Bildern an den Wänden und Fotos auf dem Schreibtisch – wohnlich gestaltet. Offensichtlich war Reinders, den sie auf Mitte dreißig schätzte, glücklich verheiratet, Vater einer kleinen Tochter und Squashspieler. Sie nahmen an einem Tisch unter dem Fenster Platz, nachdem Reinders Kaffee geordert hatte.

»Hatten Sie eine angenehme Fahrt?«, fragte er höflich.

»Alles bestens – zweieinhalb Stunden, keine Staus.«

Reinders nickte. »Die A 2 ist ja nicht ohne. Also, ich kann Ihnen sagen, ich stand da schon Stunden …«

Johanna winkte ab. Jeder, der häufiger die A 2 benutzte, hatte schon viele Stunden Lebenszeit im Stau stehend vergeudet, insbesondere damals – nach der Grenzöffnung. Die Frage nach einem weiteren halbwegs geistreichen Smalltalkbeitrag erübrigte sich, als die Tür sich nach einmaligem Klopfen öffnete und eine junge Frau in dunkelblauer Uniform mit einem Tablett beladen eintrat. Sofort verbreitete sich Kaffeeduft. Reinders stand eilig auf und ging der Kollegin entgegen.

»Darf ich vorstellen, Frau Krass – das ist Sofia Beran, Polizeiobermeisterin. Sie hatte in der Nacht Dienst, als das Mädchen gefunden wurde. Ich denke, es ist eine gute Idee, wenn Sie gleich mit …«

»Das ist sogar eine sehr gute Idee.«

Johanna schätzte die junge Polizistin mit dem aparten Gesicht und den rotblonden Locken auf Ende zwanzig. Falls sie über die äußere Erscheinung der BKA-Beamtin verwirrt war, ließ sie es sich jedenfalls nicht anmerken. Oder kaum. Ihr Händedruck war erfreulich fest, und sie hatte keine Mühe, Johanna direkt ins Gesicht zu sehen. Reinders verteilte die Kaffeetassen, nachdem Sofia Beran sich zu ihnen gesetzt hatte. Johanna beschloss, ausnahmsweise einmal nicht nach Keksen zu fragen. Der Hering lag ihr plötzlich ungewöhnlich schwer im Magen. Reinders stellte seine Tasse laut klappernd ab und sah Johanna fragend an.

»Wollen wir anfangen?«

»Nur zu.«

»Einen groben Überblick dürften Sie sich ja bereits verschafft haben, aber ich leg einfach mal los.« Reinders angelte sich einen Ordner von seinem Schreibtisch. »Okay, beginnen wir mit dem Mädchen: Karen Milbert, fünfzehn Jahre alt, sie besuchte das Gymnasium am Schulzentrum Kreuzheide in der Nordstadt«, referierte er leise und räusperte sich. »Vor knapp drei Monaten, Ende August, wurde sie zwischen Wolfsburg und Vorsfelde –

die Stadt ist ein Ortsteil von Wolfsburg und gehört seit der Gebietsreform …

»… zur Stadt Wolfsburg, ich weiß«, unterbrach Johanna ihn.

»Ach?«

»Ich bin in Braunschweig und Wolfsburg aufgewachsen«, erläuterte Johanna. Und auch in Kreuzheide zur Schule gegangen, fügte sie lautlos hinzu.

»Oh, das wusste ich nicht. Was für ein Zufall.« Reinders lächelte erfreut. »Na, dann kennen Sie sich ja bestens hier aus … Also – das Mädchen ist in der Nähe des Allersees am Mittellandkanal vom ICE-Nachtzug überfahren worden.« Er nickte Beran zu. »Zeig das mal auf der Karte.«

Die Polizistin stand auf und trat an die Wandkarte. Johanna erhob sich ebenfalls, stellte sich neben sie und sah zu, wie Beran der Bahnstrecke mit dem Finger vom Hauptbahnhof in Richtung Osten folgte. Ein ganzes Stück verliefen die Gleise direkt am Mittellandkanal entlang, bis dieser kurz vor Vorsfelde einen Schwenk nach links beschrieb, während die Bahnstrecke schnurgerade weiter nach Osten führte. An der Stelle, wo der Kanalverlauf sich zu ändern begann, wurde Berans Finger langsamer und stoppte schließlich.

»Sehen Sie – hier driften die Gleise und der Kanal auseinander, und die Fläche dazwischen wird von einem Wäldchen eingenommen. Ungefähr dreihundert Meter vor Ortsbeginn Vorsfelde-Süd hat das Mädchen auf den Gleisen gelegen. Der ICE hatte bereits ordentlich Fahrt aufgenommen und konnte nicht mehr abbremsen …«

Die Strecke am Kanal entlang kannte Johanna wie ihre Westentasche. Unzählige Male war sie als junges Mädchen die vier, fünf Kilometer von der Teichbreite in der Nordstadt zu ihrer Großmutter geradelt, die bis vor ihrem Umzug ins Seniorenheim vor zwei Jahren im Vorsfelder Sudetenweg gewohnt hatte. Meist am Sonntagmittag, wenn der Großvater seinen Frühschoppen machte. Sie hatten Kaffee getrunken und Kuchen gegessen, stundenlang geklönt, und ab und zu hatte eine von ihnen vorsichtig zum Fenster hinausgespäht, ob der Alte schon im Anmarsch war. Der volltrunkene Großvater war nichts für Johanna. Sie war immer geflüchtet, bevor sie seinen alkoholgeschwängerten Atem und sein dummes Geschwätz über sich ergehen lassen musste. Die Abtasterei. Die Flüche und schweinischen Sprüche. Oma Käthe hatte es nicht leicht gehabt. Johanna hatte mit ihr zusammen ihre erste Zigarette geraucht … und sich dann später auf dem Heimweg am Kanal übergeben. Vielleicht war das sogar in der Nähe des Wäldchens gewesen.

Johanna atmete tief aus und ging zurück an ihren Platz. »Und was haben dann die ersten Ermittlungen ergeben?«

Sofia Beran setzte sich ebenfalls wieder und schlug die Beine übereinander. »Einer unserer jungen Kollegen konnte auf ihrer Hand zwar mühsam, aber doch eindeutig den Stempel einer Technodisco im Gewerbegebiet an der Dieselstraße identifizieren, in der das Mädchen an jenem Abend gemeinsam mit einigen Schulfreundinnen gegen zehn Uhr eingetroffen war. Der Laden war ziemlich voll. Das Unglück passierte dann nachts um kurz nach zwei. Wahrscheinlich …«

»Sie war erst fünfzehn. Was hatte sie um diese Zeit dort verloren?«

Reinders hob kurz die Hände. »Aber offensichtlich kein Kind von Traurigkeit – wie die anderen auch nicht. Die Mädchen hatten sich ganz schön aufgedonnert und gingen für achtzehn durch, wie unsere Nachforschungen in dem Schuppen ergaben. Der Diskothekenbesitzer behauptet, dass sie gefälschte Ausweise vorgezeigt hätten. Nun, das hat uns in der Nacht nicht großartig beschäftigt, und ich lasse das jetzt mal so dahingestellt. Die gerichtsmedizinischen Untersuchungen ergaben, dass Karen Drogen genommen hatte – einen bunten Partymix –, dazu jede Menge Alkohol. Sex hatte sie auch.«

Johanna war beeindruckt, dass die Kriminaltechnik noch solche Details hatte feststellen können, denn die Leiche war sicherlich in keinem guten Zustand mehr gewesen.

»Wir nehmen an, dass Karen draußen in den Wiesen am Allersee oder auch am Mittellandkanal mit einem Jungen zu einem Schäferstündchen verabredet war – die Aussagen der Klassenkameradinnen bestätigen das. Allerdings weiß niemand, wer das war oder gewesen sein könnte. Wahrscheinlich wurden dabei noch mehr Drogen konsumiert. Später ist sie, wie wir annehmen, orientierungslos durch die Gegend gelaufen – im Dunkeln kann man sich da draußen durchaus verlaufen, wie Ihnen wahrscheinlich bekannt sein dürfte …«

Johanna nickte wortlos.

»Vielleicht ist ihr auch übel geworden – was auch immer«, fuhr Reinders fort. »Das lässt sich im Einzelnen nicht mehr feststellen, und dazu konnte auch keines der anderen Mädchen etwas beitragen. Auf jeden Fall ist sie irgendwann auf den Gleisen gelandet, unter Umständen gestürzt und liegen geblieben – bewusstlos, oder sie ist einfach erschöpft eingeschlafen …«

»Kommt man denn da so ohne Weiteres auf die Gleise?«, fragte Johanna. »Was ist mit den Lärmschutzwänden?«

Sie erinnerte sich gut daran, dass ihre Großmutter über die hohen, hässlichen Wände, die hinter den Kleingärten hochgezogen worden waren und ihr die Sicht auf die vorüberratternden Züge verwehrt hatten, ziemlich empört gewesen war. Die beschissene Wand sähe aus wie die DDR-Mauer, hatte Oma Käthe erbost und ungeduldig abgewunken, wenn man ihr erklären wollte, dass die Strecke für den schnellen ICE ausgebaut worden war, was eine zusätzliche Sicherung der Gleisanlagen erforderlich gemacht hatte.

»Die beginnen erst am Ortseingang«, erklärte Sofia Beran.

»Hm.« Johanna nickte. »Was genau sagt denn der Zugführer? Ist ihm etwas Besonderes aufgefallen?«

Reinders verzog den Mund. »Der war zunächst gar nicht vernehmungsfähig – völlig am Ende der Mann, kann man sich ja denken. Ein paar Tage später hat er lediglich ausgesagt, dass er die Gestalt auf den Gleisen erst registriert hat, als es schon zu spät war. Er hat natürlich gebremst, aber es war klar, dass es nichts mehr nützen würde. Er hat das Mädchen voll erwischt …«

Johanna griff nach ihrer Tasse. »Gab es auffällige Spuren, die eventuell auf weitere Personen am Fundort der Leiche hinweisen könnten?«

Reinders blätterte in seiner Akte. »Nein, nichts Konkretes. Außerdem hat es in der Nacht auch noch geregnet. Nicht viel, aber es reichte, um Spuren zunichtezumachen.«

»Verstehe. Zusammenfassend kann man also sagen, dass Sie bislang von einem tragischen Unfall ausgegangen sind?«

Reinders kratzte sich am Hinterkopf. »So ist es, und ich bin immer noch davon überzeugt. Alle Indizien stützen diese Version oder sagen wir: fast alle.«

Johanna sah ihn aufmerksam an. »Ach?«

»Na ja – was die Einschätzung der Persönlichkeit des Mädchens angeht, so driften die Meinungen etwas auseinander; allerdings halte ich das für völlig normal. So zeichnen die Schulfreundinnen ein anderes Bild von Karen als die Eltern, die Familie. Ich ...«

»Inwieweit?«

»Nun, Karen war in ihrer familiären Umgebung nicht gerade als Partygirl verschrien«, erläuterte Jürgen Reinders. »Sie galt als vernünftig, zielstrebig, leistungsorientiert. Eine begabte Schülerin und Tochter aus gutem Hause. Kein Mädchen, das sich mit Jungs herumtrieb oder Drogen nahm.«

»Aber die Freundinnen sehen das anders?«

»Durchaus. Sie meinen, dass Karen zu Hause das liebe, nette Mädchen gespielt hat.« Reinders zog eine Augenbraue hoch. »Ich befürchte, dass sie richtig liegen – so etwas erleben wir häufig – und die Eltern und insbesondere die Großmutter, der wir ja die erneute Überprüfung des Falls zu verdanken haben, völlig falsch liegen. Natürlich ist es verständlich, dass sie nach den Geschehnissen gar nicht in der Lage sind, auch noch zu akzeptieren, dass ...«

»Wenn ich die mir vorliegenden Aktenvermerke richtig deute, hat die Großmutter aber von Anfang an, also noch vor ihrem Sturz, in besonders scharfer Form bezweifelt, dass Karen durch einen tragischen Unfall ums Leben gekommen ist, nicht wahr?«, unterbrach Johanna den Wolfsburger Kripobeamten.

Reinders wirkte einen Moment irritiert. Dann hob er die Hände und legte die Fingerspitzen aneinander. »Lassen Sie es mich bitte so ausdrücken: Waltraud Milbert fällt es besonders schwer, das Bild, das sie von ihrer Enkelin hat, zu korrigieren. Ich glaube, sie zieht die These vor, dass das Mädchen bösen Einflüssen und einem Verbrechen zum Opfer gefallen ist.«

Johanna lehnte sich zurück. »Allein die Ansichten betroffener Familienmitglieder, die der Realität nicht ins Auge zu blicken vermögen, reichen ja normalerweise nicht aus, um einen Fall neu aufzurollen.«

»Natürlich nicht.« Reinders tippte auf die Akte. »Womit wir beim zweiten Teil angelangt sind: Vor knapp zwei Wochen ist Waltraud Milbert auf dem Weg zur Bushaltestelle auf die Straße gestürzt und wurde von einem herannahenden Bus erwischt. Sie wurde zwar ernsthaft verletzt, glücklicherweise jedoch nicht lebensbedrohlich.«

»Sie sagt, dass sie mit Absicht gestoßen wurde«, bemerkte Johanna. Sie gewann allmählich den Eindruck, dass sie übermorgen noch hier sitzen würde, wenn sie Reinders weiterhin in seiner gemächlichen Art referieren ließe. »Und zwar von einem der jungen Mädchen, mit denen Karen in der Nacht des Zugunglücks in der Disco war.«

»Ja«, bestätigte Reinders und seufzte. »Philippa Hummel. Das Mädchen selbst ist völlig fassungslos – überzeugend fassungslos, wie ich finde. Sie hat ausgesagt, dass sie lediglich an der Bushaltestelle gestanden und das Stolpern und den Sturz der Frau beobachtet habe.«

»Zeugenaussagen?«

»Da gibt es nur wenig bis gar nichts und dann auch noch Widersprüchliches. Es war ziemlich voll an der Bushaltestelle: hauptsächlich Kinder und Jugendliche, ein großes Getöse und Gedränge war im Gange. In der Nähe befindet sich das Schulzentrum Kreuzheide, und es war gerade Schulschluss …«

»Die Schule von Karen, Philippa und Co.«

»Richtig, und die von Hunderten anderer Schüler«, bestätigte Reinders. »Der Vollständigkeit halber erwähne ich, dass Waltraud Milbert mit ihrem Mann in Kreuzheide wohnt, so wie Karens Eltern auch. Die alte Dame hatte ihre Schwiegertochter besucht.«

Johanna lächelte. Frau Milbert war achtundsechzig Jahre alt. Heutzutage nicht unbedingt ein Alter, in dem das Greisendasein begann – aber Reinders Umschreibung und Tonfall legten den Schluss nahe, Waltraud Milbert sei kopfwackelnd und auf ihren Rollator gestützt durch die Straßen gewankt – womöglich in leisem Singsang mit sich selbst faselnd.

»Wie kam Milbert denn überhaupt auf Philippa?«

Reinders lächelte freundlich zurück und nahm kurz Blickkontakt mit Sofia Beran auf, bevor er Johanna wieder ansah.

»Angeblich habe ihre Enkeltochter ihr von Konflikten mit Mitschülerinnen erzählt, Philippa gehörte dazu – sowie die drei anderen, mit denen sie in jener Nacht in der Diskothek war. Außerdem sei genau dieses Mädchen in der letzten Zeit häufiger um ihr Haus oder hinter ihr hergeschlichen. Und an der Straße habe es plötzlich hinter ihr gestanden und ihr eine Drohung zugeflüstert, die mit Karens Tod in Zusammenhang stünde. Dann sei sie von ihr gestoßen worden.«

Gleich tippt er sich an die Stirn, dachte Johanna. »Und womit genau soll Philippa gedroht haben?«

»Sie würde genauso enden wie Karen, wenn sie sich weiter einmische.«

Johanna wartete darauf, dass Reinders fortfuhr. Aber der setzte lieber eine kunstvolle Pause, um seinen Worten den nötigen Nachdruck zu verleihen. Die Kommissarin klopfte mit den Fingern auf die Tischplatte und hoffte, dass Reinders die Geste richtig deutete.

»Aha«, setzte sie nach. »Und was könnte damit gemeint sein, Herr Kollege?«

Reinders verdrehte die Augen und brachte es tatsächlich fertig, Johannas Ungeduld zu übersehen. Vielleicht ignorierte er sie auch nur.

»Die Milbert hat höchstpersönlich in der Schule ein bisschen nachgehakt und wollte genauer ergründen, was es mit den Andeutungen ihrer Enkelin auf sich hat, um so die Hintergründe ihres Todes zu erforschen: O-Ton Großmutter Milbert«, erklärte er, und es war nicht allzu schwer zu erraten, was er davon hielt. »Ihrer Aussage nach wird sie seitdem verfolgt – von ein, zwei Mädchen, meist von Philippa.«

»Das bezweifeln Sie jedoch stark, wenn ich Ihren Gesichtsausdruck richtig zu deuten verstehe?« Johanna klang selbst in ihren eigenen Ohren verdammt bissig, aber lediglich die Polizistin reagierte mit einem fragenden Blick.

»Es gibt keine Anhaltspunkte für ihre Verdächtigungen oder Mutmaßungen. Dass es Ärger und Konflikte unter Halbwüchsigen gibt, halte ich für völlig normal, und dass mal zu viel getrunken und Partydrogen konsumiert werden, ist zwar eigentlich nicht okay, aber inzwischen leider gang und gäbe. Ansonsten sehe ich das so: Die Frau ist fix und fertig«, erwiderte Reinders. »Und ziemlich durcheinander, verständlicherweise. Ich denke, da unterliegt man schnell mal der einen oder anderen Sinnestäuschung. Und Sie wissen doch – man sieht immer genau das, was man sehen möchte.« Er lächelte.

Nicht doch – da wäre ich von allein garantiert nicht drauf gekommen, dachte Johanna und hätte am liebsten laut aufgestöhnt.

»Ja, das kann passieren«, stimmte sie einen Moment später zu. »Haben Sie schon eine Gegenüberstellung mit Philippa vorgenommen?«

Reinders schüttelte den Kopf. »Nein, nein, Frau Milbert liegt noch im Krankenhaus beziehungsweise in einer Rehaklinik. Wir haben bislang lediglich noch einige Fakten geprüft, nachdem die Staatsanwaltschaft grünes Licht gegeben und mit verschiedenen Leuten gesprochen hatte. Und meiner Meinung nach …«

Johanna machte eine wegwerfende Handbewegung. Diesmal reagierte Reinders und brach ab.

»Die Angelegenheit muss ja ein bisschen mehr hergeben, um sie allein mit der blühenden Phantasie, den Vorurteilen und der Verwirrtheit einer Großmutter zu erklären, sonst hätte man wohl kaum weitere Recherchen für nötig befunden, geschweige denn zusätzlich auch noch mich eingeschaltet, oder? Ausgerechnet heutzutage, wo an allen Ecken und Enden Kosten eingespart werden müssen.« Sie schnalzte mit der Zunge.

Der Kommissar sah sie einen Augenblick lang irritiert an.

»Na ja – es ist schon eine aufsehenerregende Geschichte gewesen, die durch Waltraud Milberts Unfall und ihre Verdächtigungen noch mal so richtig hochgekocht ist«, fuhr er schließlich fort. »Die Presse hat sich entsprechend eingeklinkt, und außerdem hat sich Milberts Mann Karl, also Karens Großvater, auf die Socken gemacht, um die Dinge in die Hand zu nehmen. Der Mann ist zwar insgesamt sachlicher und zurückhaltender, was seine Enkelin und die Einschätzung der Geschehnisse angeht, aber er hat gute Kontakte zur Staatsanwaltschaft, und ich gehe davon aus, dass seine Frau ihn beschworen hat, die nun endlich auch zu nutzen.«

Reinders hielt inne, um Johanna Gelegenheit zu einem Kommentar zu geben, aber die verzichtete diesmal großmütig.

»Da Karens Vater auch noch ein hohes Tier bei VW ist, denke ich, dass man die Sache lieber ein zweites Mal gründlich überprüfen lassen will, bevor sich auch nur der geringste Zweifel an den Unfallgeschichten oder an der notwendigen Sorgfalt bei der polizeilichen Ermittlungsarbeit verfestigt«, ergänzte Reinders mit wissendem Blick. Für ihn war der Fall nicht nur ziemlich klar, sondern eindeutig.

Johanna sah ihn eine ganze Weile schweigend an. »Sagen Sie mal – es ist immer nur die Rede von den Großeltern. Was ist eigentlich mit Karens Eltern? Was sagen die denn zu alldem?«

»Gute Frage.« Reinders seufzte. »Ich habe den Eindruck, dass die völlig entsetzt sind über das neuerliche Aufrollen des Falls und …«

»Haben Sie noch mal mit ihnen gesprochen – ich meine: nach Frau Milberts Sturz?«

»Nur ganz kurz«, antwortete Reinders zögernd. »Wissen Sie, Karens Mutter war kaum vernehmungsfähig, und der Vater …«

Johanna winkte ab und stand so abrupt auf, dass Sofia Beran und Reinders verdattert zu ihr hoch blickten. »Haben Sie eine Liste mit allen Namen, Adressen und so weiter für mich vorbereitet?«

»Na klar.« Reinders sprang auf und eilte an seinen Schreibtisch, wo er nach einem schmalen Hefter griff. »Wir haben übrigens ein Zimmer für Sie in Alt-Wolfsburg reserviert. Im Gasthaus ›Alter Wolf‹.«

»Wie nobel, danke.« Johanna griff sich den Hefter, nickte Beran zu und ging, von Reinders begleitet, zur Tür. »Ich melde mich, wenn ich Fragen habe oder Unterstützung brauche. Danke Ihnen beiden.«

»Aber ... Wie gehen wir denn jetzt weiter vor?« Reinders legte die Hand auf die Klinke.

»Ich vertiefe mich in den Fall, ich führe Gespräche, ich sammle Eindrücke, führe weitere Gespräche, gehe in mich ... Und so weiter.«

»Und so weiter«, wiederholte Reinders. »Verstehe.«

Das bezweifelte Johanna, aber sie verkniff sich einen Kommentar. »Danke für den Kaffee. Bis dann.«

Eine halbe Stunde später fuhr Johanna über die Berliner Brücke, die Schornsteine der Fabrik links, das Stadion rechts hinter sich lassend, auf Alt-Wolfsburg mit seinem Schloss und dem Park zu. Sie merkte erst, wie geschafft sie war, als sie sich in ihrem Zimmer auf dem Bett ausstreckte. Ihre ursprüngliche Idee, sich noch bei ihrer Mutter zu melden, verwarf sie im gleichen Augenblick. Sie bestellte sich zum Abendessen ein Hirschragout mit Rotkohl und Kroketten aufs Zimmer, erledigte einige Telefonate und schlief später vor dem Fernseher ein – tief und traumlos. Keine Bilder von toten Mädchen vor Augen. In dieser Nacht nicht.

3

Er inhalierte den Rauch tief und lange, während er an der offenen Terrassentür stand und in den Garten hinausblickte. Wie ein Süchtiger, der sich stundenlang nach einer Zigarette gesehnt hatte und für den in diesem Augenblick nichts köstlicher war als der würzige Qualm, der mit zartem Stechen Mund, Gaumen, Lunge füllte und eine wunderbare Zufriedenheit auslösen konnte. Zehn Jahre hatte er nicht geraucht. Um dann von einem Tag auf den anderen zu der alten Angewohnheit zurückzukehren – als hätte es die Zeit dazwischen nie gegeben –, mit der gleichen Art, die Zigarette beim Ziehen mit Daumen und Zeigefinger zu umfassen, um sie danach zwischen Mittelfinger und Zeigefinger zu schieben, wo sie einen Moment verweilte, bis er sie erneut zum Mund führte.

Bezeichnenderweise hatte Moritz erst wieder mit dem Rauchen angefangen, als seine Mutter im Krankenhaus lag und es ihr mit ihren wilden Geschichten schließlich doch gelungen war, Gott und die Welt verrückt zu machen. Vor drei Monaten, als das Kind begraben worden war, war es ihm nicht schwergefallen zu widerstehen. Vielleicht weil er ohnehin kaum noch etwas gespürt hatte. Nur diese Kälte, die sein Herz mit eisiger Stille umschlossen hatte. Die Grenzenlosigkeit des Schmerzes hatte ihn manchmal fast verblüfft. Niemals durften Kinder vor den Eltern sterben, schon gar nicht die eigenen. Karen war fünfzehn gewesen, und der Gedanke an sie, an den Verlust, machte ihn schwach und zittrig. Er wusste, dass er keine Hilfe für seine Frau war. Für Mütter war es noch schlimmer – hatte er mal irgendwo gelesen. Stefanie verfiel seitdem. Er hatte das Gefühl, dabei zusehen zu können. Sie war schon vorher kaum mehr als eine halbe Portion gewesen. Jetzt bestand sie nur noch aus Haut und Knochen und Beruhigungstabletten. Er hatte Angst, dass sie aufgeben würde. Sich selbst und dieses Leben. Er hätte es verstanden.

»Sag deiner Mutter, dass sie endlich mit diesem Theater aufhören soll!«, hatte sie ihn noch vor einigen Tagen angeschrien – aus dem Nichts heraus, mitten in die bleischwere Stille hinein, die sie schon am Frühstückstisch zwischen sich aufgebahrt hatten. »Ich ertrage das nicht mehr. Wie sollen wir je zur Ruhe kommen, wenn sie ständig in der Wunde herumbohrt?« Aber da war es schon zu spät gewesen. Die Polizei ermittelte wieder, wie er inzwischen erfahren hatte.

Moritz drückte seine Zigarette aus, stellte den Aschenbecher in einen leeren Pflanzentopf unter dem Terrassentisch und schloss die Tür. Eine herbstlich matte Sonne mühte sich über den Horizont, der langsam ein zartes Violett annahm. Eigentlich schön. Ein Geräusch ließ Moritz herumfahren.

Stefanie stand hinter ihm. Eine schmale Silhouette in dunkelblauer Trainingskleidung.

»Hallo, du bist ja schon auf! Gehst du joggen? Soll ich Frühstück machen?«

Er sah, dass sie nach einer Antwort suchte, die ihr möglichst wenig Mimik abforderte. Ihr starrer Gesichtsausdruck hatte sich tief eingegraben. Sie wollte ihn nicht verändern. Falsch: Sie konnte ihn nicht verändern. Das kostete Kraft. Unnötige Kraft.

»Ich versuch's«, sagte sie. »Eine kleine Runde um den Teich. Frühstück? Mal sehen.«

»Du musst was essen, der Arzt hat gesagt …«

»Der Arzt hat zwei gesunde, lebendige Kinder. Wir hatten mal eine Tochter – du erinnerst dich: bis sie von einem Zug überfahren worden ist. Die nächste Mahlzeit interessiert mich herzlich wenig. Du verstehst?« Damit wollte sie sich umdrehen.

»Warte, Stefanie – bitte.« Er ging ihr entgegen. »Ich muss dir was sagen.«

Sie hob den Kopf. Was noch, schien sie fragen zu wollen. Was kann noch wichtig sein, mitteilenswert?

»Die Polizei hat die Ermittlungen neu aufgenommen«, sagte er schnell, bevor er einen Rückzieher auch nur in Erwägung ziehen konnte. Er hoffte, dass seine Stimme sanft klang. »Gestern hat mich eine Kommissarin angerufen. Sie will mit uns sprechen – und mit meinen Eltern natürlich …«

Stefanie lächelte mit leeren Augen. »Ich jedenfalls spreche mit niemandem. Und was deine Mutter angeht – sie hat wirklich einen Knall. Aber eines muss man ihr lassen: Sie setzt ihren Willen durch, wie immer.«

Moritz war erleichtert, als das Lächeln endlich verschwand – nicht allmählich, sondern plötzlich wie weggewischt war. »Stefanie – jeder geht anders mit dem Schmerz um, mit dem Verlust. Außerdem ist sie davon überzeugt …«

Stefanie drehte sich um und verließ das Zimmer.

Eine Stunde später machte er sich auf den Weg ins Werk. Sein Handy klingelte, kaum dass er auf die Hubertusstraße abgebogen war. Moritz warf einen kurzen Blick aufs Display – unbekannter Anrufer. Er stellte dennoch die Verbindung her.

»Wir haben dich nicht vergessen«, sagte eine Männerstimme, nachdem Moritz sich gemeldet hatte. »Und wie sieht es mit dir aus?«

4

Das Frühstück war phantastisch gewesen. Brötchen von Cadera, Schinken und Käse von allerfeinster Qualität, Eier von glücklichen Hühnern aus Bahrdorf. Oder war es Warmenau gewesen? Johanna gönnte sich eine dritte Tasse Kaffee, die ihr eine lächelnde Kellnerin wie eine Trophäe im Frühstückszimmer servierte, während sie den Tagesablauf plante und sich Notizen machte. Da es alle anderen Hotelgäste bedeutend eiliger hatten als sie, saß Johanna plötzlich allein in dem gemütlichen Raum, und es sprach nichts dagegen, das Handy zu benutzen, um Termine zu vereinbaren.

Natürlich hatte Markus Reitmeyer, der zuständige Staatsanwalt in Braunschweig, wenig Zeit – Johanna kannte keinen einzigen Staatsanwalt, der mehr als wenig Zeit hatte –, aber immerhin konnte sie ihn zu einem kurzen Treffen zwischen zwei Verhandlungen am Landgericht in der Münzstraße überreden. Kurz nachdem sie von der Autobahn auf die Celler Straße in Richtung Braunschweiger Innenstadt abgefahren war, rief er an und bat sie, nicht ins Gericht, sondern zum Citypoint in der Fußgängerzone zu kommen. Der Kaffee schmecke ihm in der Cafeteria besser, das Essen sei vorzüglich bei humanen Preisen, und zwischendurch müsse er mal was anderes als Gerichtsluft atmen.

»Wissen Sie ungefähr, wie Sie da hinkommen?«

»Nicht nur ungefähr«, erwiderte Johanna. »Ich werde ins Parkhaus fahren und durch die Schuhstraße laufen. Ich bin in Braunschweig geboren«, fügte sie hinzu, bevor Reitmeyer sich über ihre Ortskenntnisse wundern konnte.

»Na dann, bis gleich. Ach, ich sitze hinten rechts am Fenster und bin nicht zu übersehen.«

Die Stimme klang sympathisch. Johanna hoffte, dass es der Mann auch war. Im Laufe ihrer Polizeiarbeit hatte sie schon die unterschiedlichsten Staatsanwaltstypen kennengelernt – von arrogant bis kumpelhaft, von dummdreist bis kompetent und sensibel, von karrieresüchtig bis gerechtigkeitsfanatisch und rachedurstig war so ziemlich alles dabei gewesen. Zehn Minuten später lief sie am Ringerbrunnen in der Fußgängerzone vorbei. Die feisten und sich heftig abmühenden Kämpferfiguren hatten sie als Kind fasziniert, aber damals waren sie ihr bedeutend größer und fast furchterregend stark vorgekommen. Sie lief langsamer, ließ ihre Blicke über die alten Fachwerkhäuser schweifen und genoss einen Moment die geschäftige Atmosphäre in der Welfenstadt, bevor sie das Einkaufscenter betrat und im gläsernen Fahrstuhl zur Cafeteria hochfuhr. Wenn nach der Besprechung noch Zeit blieb, würde sie über den Domplatz oder am Alten Zeughof vorbeilaufen. Wie früher mit den Eltern. Vor hundert Jahren. Als ihr Vater noch keinen Job bei VW in Wolfsburg gehabt hatte und sie nur durch die Stadt mit den vielen neuen Autos gefahren waren, um die Großmutter in Vorsfelde zu besuchen. Johanna hatte erst sehr viel später begriffen, dass ihre Mutter als junge Frau nach Braunschweig gegangen war, um ihrem Elternhaus zu entfliehen. Und dass ihr das nie gelungen war.

Johanna versorgte sich mit Kaffee und Kuchen und hielt beim Bezahlen Ausschau nach dem Staatsanwalt. Keine zwei Sekunden später hatte sie ihn entdeckt, denn Reitmeyer hatte recht gehabt – er war in der Tat nicht zu übersehen. Johanna schätzte, dass der massige Mann, der es mit den Ringern vom Brunnen zumindest gewichtsmäßig mühelos aufnehmen konnte, gerade eben so in seinen Stuhl passte. Sie bugsierte ihr Tablett durch die Tischreihen und nickte ihm zu. Reitmeyer hob nach kurzem Zögern die Hand und beeilte sich dann, einladend zu winken.

»Staatsanwalt Reitmeyer?«, fragte Johanna sicherheitshalber nach, als sie den Tisch erreicht hatte.

»Kommissarin Krass?« Er lächelte und streckte die Hand aus. »Setzen Sie sich zu mir. Gute Wahl übrigens – ich meine den Obstkuchen.«

Johanna schüttelte seine Hand, nachdem sie ihren Imbiss abgestellt hatte. Dann schälte sie sich aus ihrer Lederjacke, warf sie zusammen mit ihrem Rucksack schwungvoll auf den Stuhl neben sich und nahm Platz. »Danke, dass Sie sich kurzfristig Zeit genommen haben.«

Er blickte auf die Uhr und schob mit dicken Wurstfingern seine schwarz umrandete Hornbrille zurecht. »In zwanzig Minuten muss ich wieder los.« Die Stimme klang sanft und warm.

Johanna winkte ab. »Das dürfte reichen.«

Sie trank einen Schluck Kaffee und nahm die Kuchengabel zur Hand. Wie sie an Reitmeyers aufgetürmtem Geschirr erkennen konnte, hatte er bereits ein frühes, höchstwahrscheinlich mehrgängiges Mittagessen zu sich genommen und mindestens einen Nachtisch verdrückt. Von nichts kommt nichts, würde Johannas Mutter sagen. Die Kommissarin schätzte ihn auf Anfang fünfzig, und sie vermutete, dass er kein biblisches Alter erreichen würde. Seine rötliche Gesichtsfarbe und die verschwitzten Haarspitzen zeugten von deutlich erhöhtem Blutdruck.

»Die Milberts«, stieg Johanna schließlich ins Thema ein. »Warum genau möchten Sie den Fall überprüfen lassen, noch dazu mit einer zusätzlichen Ermittlerin?«

»Ich will ganz sichergehen. Es kommt nicht gerade jeden Tag vor, dass innerhalb weniger Monate zwei Menschen aus einer Familie durch Unfälle schwer verletzt beziehungsweise sogar getötet werden. Das ist das eine. Das andere ist Waltraud Milberts wiederholt erhobene Anschuldigung, dass ihre Enkeltochter ermordet und sie selbst auf die Straße gestoßen wurde. Das muss man ernst nehmen …«

»Reinders sieht das ein bisschen anders.«

»Ich weiß.« Reitmeyer lächelte. »Sein Chef übrigens auch, der zur Zeit krank ist und mit dem Sie wenig oder auch gar nichts zu tun haben werden. Die beiden sind sich relativ einig, was die Hintergründe des Falls beziehungsweise der Fälle angeht, und das ist mit ein Grund, warum ich der Meinung bin, dass ein neuer, möglichst neutraler Ermittler von außerhalb die Dinge betrachten muss. Reinders ist nicht mehr aufnahmebereit für neue Erkenntnisse. Er sieht sie einfach nicht mehr. Außerdem …«

»Hat Ihre Gründlichkeit und Ihr besonderes Interesse an dem Fall etwas mit persönlichen Verbindungen zu tun?«, unterbrach sie den Staatsanwalt, während sie ihre Gabel schwungvoll in den Kuchen hieb und ein beachtliches Stück in ihrem Mund verschwinden ließ. Sie kaute genüsslich und ließ einen Schluck Kaffee folgen. Dass Reitmeyer sie einen Moment stumm und mit gerunzelten Augenbrauen ansah, übersah sie geflissentlich.

»Das ist eine sehr direkte Frage«, meinte er schließlich zögernd, und seine Stimme klang nicht mehr ganz so warm.

»Ist so meine Art.«

»Davon habe ich schon gehört.«

»Na prima.« Johanna lächelte – rücksichtsvollerweise erst, als sie den Mund wieder leer hatte. »Und?«

Reitmeyer hatte offensichtlich keine Lust, das Lächeln zu erwidern. »Na schön – Reinders scheint zumindest in diesem Punkt genau nachgeforscht zu haben: Mein Vater und Karl Milbert sind alte Freunde. Das ist das eine«, erklärte er. »Aber das ist durchaus nicht alles. Abgesehen von Waltraud Milberts Überzeugung, dass es bei den Unfällen nicht mit rechten Dingen zugegangen ist, gibt es einige Aspekte, die bislang ohne Beachtung geblieben sind.« Reitmeyer sah sie kurz an, als erwarte er eine Unterbrechung, und schob erneut seine Brille zurecht, als Johanna nichts sagte. »Dieses Mädchen, das Frau Milbert beschuldigt, Philippa Hummel, ist vor gut einem Jahr in einem anderen Zusammenhang schon einmal polizeilich aufgefallen, wie sich bei einer gründlichen internen Überprüfung herausgestellt hat.«

Johanna griff nach ihrem Rucksack und nestelte nach Stift und Notizheft. Reitmeyer legte die Hände vor sich auf den Tisch und verschränkte sie ineinander.

»Sie wurde gemeinsam mit drei anderen Mädchen hier in Braunschweig bei Karstadt von der Kaufhausdetektivin Sandra März beim Stehlen beobachtet und ist geschnappt worden. Die anderen drei konnten leider entwischen«, berichtete er. »Nicht weiter aufregend – auf den ersten Blick. Aber am Abend ist die Ladendetektivin auf dem Heimweg überfallen und brutal zusammengeschlagen worden – von den vier Mädchen, die ihr am

Nachmittag aufgefallen waren, sagte sie zunächst eindeutig aus, als die Polizei eintraf, die Passanten alarmiert hatten. Philippa war damals knapp vierzehn, die anderen hatte die Detektivin altersmäßig ähnlich eingeschätzt, vielleicht ein Jahr älter. Sandra März war übelst zugerichtet. Sie zog ihre Anzeige wenige Tage später übrigens zurück, Grund: Sie hätte sich geirrt, sie sei von Wildfremden überfallen worden, die ihr zuvor noch nie begegnet waren.«

»Oh.«

»Soweit ich weiß, hat ihr Arbeitgeber, eine Securityfirma, sie in ein anderes Kaufhaus und in eine andere Abteilung versetzt«, ergänzte Reitmeyer. »Ich schätze, dass das auf ihren eigenen Wunsch hin geschehen ist.«

»Liege ich richtig mit meiner Vermutung, dass Philippa Hummel Ihnen nicht so unbeteiligt scheint, wie sie Reinders vorkommt?«, fragte Johanna, während sie sich Notizen machte.

»Ich finde, dass es hier ein paar Zufälle zu viel gibt, und ich würde mich nicht sonderlich wundern, wenn sich herausstellt, dass die drei bei Karstadt entwischten Mädchen zu dem Quartett gehören, das gemeinsam in der Nacht des Zugunglücks mit Karen in dieser Technodisco war. Was natürlich noch gar nichts heißen muss, aber durchaus stutzig machen darf, insbesondere im Hinblick auf den brutalen Überfall auf die Ladendetektivin. Außerdem interessiert mich in dem Zusammenhang zum Beispiel auch, wo die Drogen herkamen, die Karen genommen hatte.«

»Gibt es denn Aufnahmen von dieser Klauaktion?«

»Ja, und Philippa ist richtig gut getroffen, aber die anderen stehen leider zu weit abseits, als dass man mehr als ein paar Beine erkennen könnte.«

»Schade, schade.«

»Das finde ich auch.«

Johanna malte ein paar Kringel in ihr Heft. »Weiß eigentlich Reinders von der Kaufhaussache?«

»Lassen Sie es mich so ausdrücken – er müsste und könnte davon wissen.«

»Verstehe.« Johanna verzog keine Miene. Die üblichen Spielchen, wenn sich zwei oder gar drei nicht grün waren und noch die eine oder andere Rechnung zu begleichen hatten. Johanna könnte ganze Romane darüber schreiben. Wollte sie aber nicht.

Reitmeyers Augen funkelten plötzlich amüsiert. Dann räusperte er sich und wurde wieder ernst. »Ein zweiter Punkt ist das Ergebnis der gerichtsmedizinischen Untersuchung.«

Johanna atmete tief durch.

»Der Drogencocktail, den die Kleine intus hatte, war mehr als heftig. Es kann natürlich nicht ausgeschlossen werden, dass sie damit noch ein paar Schritte durch die Gegend gewankt ist – jeder Organismus reagiert ja individuell, aber ...« Reitmeyer wiegte den Kopf einige Male hin und her. »Kasimir ist da äußerst skeptisch ...«

»Kasimir ist der Name des Rechtsmediziners?«

»Richtig – Dr. Thomas Kasimir vom gerichtsmedizinischen Institut in Hannover.« Reitmeyer stutzte. »Hat Reinders Ihnen denn keine Kopie des abschließenden Untersuchungsberichts ausgehändigt?«

Johanna notierte sich den Namen und sah langsam wieder hoch. »Nein. Nein, hat er nicht ...« Sie hörte selbst, dass ihre Stimme plötzlich frostig klang. »Da gibt es wohl Klärungsbedarf – in Wolfsburg.« Sie hätte Reinders jetzt gerne ein paar Takte gesagt – unter vier Augen und nicht im Flüsterton.

»Verstehe.« Reitmeyer nickte zufrieden.

»Also, Dr. Kasimir meint, dass das Mädchen mit der Mixtur keine langen Spaziergänge mehr in den Allerwiesen oder am Kanal entlang unternommen haben konnte?«, nahm Johanna den Faden wieder auf. »Immerhin dürften es von der Diskothek bis zur Unglücksstelle schätzungsweise circa zwei Kilometer sein.«

»So ist es. Klingt ein bisschen unwahrscheinlich.«

»Die Party kann aber auch erst unterwegs so richtig in Schwung gekommen sein«, überlegte die Kommissarin. »Vielleicht hat sie einen Spaziergang mit dem Jungen gemacht, den sie vorher in der Disco kennengelernt hatte, wie die Mädchen ausgesagt haben, und währenddessen wurde ein Großteil der Drogen konsumiert, dann hatten die beiden Sex oder zwischendurch, und der Junge ist anschließend …«

»Möglich, möglich, doch apropos nächtliches Date und Sex«, unterbrach Reitmeyer Johanna. »Kasimir ist sich ziemlich sicher, dass Karen auch K.-o.-Tropfen genommen beziehungsweise bekommen hat, die sie, wie ich Ihnen kaum zu erläutern brauche, zusätzlich willen- und wehrlos gemacht haben dürften. Die Substanz ist innerhalb der ganzen Mixtur nicht einfach nachzuweisen, aber zumindest konnte er Spuren feststellen.«

»Wollen Sie andeuten, dass demnach statt des kuscheligen Techtelmechtels auch eine Vergewaltigung in der Nähe der Bahngleise stattgefunden haben könnte?«

Reitmeyer nickte langsam. »Das halte ich für vorstellbar.«

»Es gab keine Spuren, zumindest nichts Verwertbares. Allerdings hat es geregnet. Warum hat niemand irgendetwas beobachtet?« Wer sollte nachts am Mittellandkanal kurz vor Vorsfelde etwas beobachten? Johanna klopfte mit der Mine ihres Stifts auf die Tischplatte. »Ich muss mit dem Gerichtsmediziner sprechen.«

»Im Moment ginge das nur per Handy – er ist im Urlaub. Ich werde ihn bitten, Sie zu kontaktieren.«

»Unbedingt – nach Möglichkeit noch heute!«

»Ich sehe, was ich machen kann.«

Johanna leerte ihre Tasse und stellte sie aufs Tablett. »Danke, Staatsanwalt Reitmeyer. Ich muss wieder los. Falls ich noch …«

»Natürlich. Halten Sie mich auf dem Laufenden – bitte!«

Johanna stand auf, schnappte sich ihre Sachen und eilte nach kurzem Händeschütteln davon. Als sie an der Rolltreppe stand, warf sie einen Blick zurück. Reitmeyer zwängte sich gerade aus seinem Stuhl. Ein Typ wie Dieter Pfaff, dachte Johanna. Kaum hatte sie die Türen des Citypoints hinter sich gelassen, nahm sie ihr Handy heraus, stellte sich ein Stückchen abseits und wählte Jürgen Reinders Nummer.

»Hallo, Kommissarin Krass«, meldete der sich auf ihre knappe Begrüßung. »Was kann ich für Sie tun?«

Das wird sich noch zeigen, dachte sie und hatte nicht übel

Lust, den Wolfsburger Kripobeamten mit einer Kostprobe ihres in eingeweihten Kreisen überaus gefürchteten Sarkasmus bekannt zu machen. Andererseits musste sie sich fragen, ob der Energieaufwand wirklich sinnvoll war, und außerdem konnte es sich als Bumerang erweisen, zu einem so frühen Zeitpunkt bereits handfeste Konflikte mit der örtlichen Dienststelle auszufechten. Eine weise Einsicht, nur: Diplomatie und Gelassenheit waren die Eigenschaften, die Johanna nie besessen hatte und um die sie immer wieder und in jeder Situation neu ringen musste. Johanna biss die Zähne zusammen und hielt ihr Gesicht für einen Augenblick in die goldene Herbstsonne.

»Zum einen möchte ich, dass Sie mir den abschließenden Bericht von Dr. Kasimir zur Verfügung stellen«, erklärte sie dann.

»Ach? Befand der sich nicht bei den Unterlagen, die ich Ihnen zusammengestellt und gestern ausgehändigt habe?«

Der unschuldig fragende Tonfall machte abrupt sämtliche Bemühungen Johannas zunichte, sachlich und ruhig zu bleiben.

»Sonst würde ich wohl kaum so dämlich nachfragen, oder?«

Reinders konnte froh sein, ihr in diesem Moment nicht gegenüberzustehen.

Stille. Räuspern. »Na ja, tut mir leid, dann habe ich den wohl vergessen.«

»Sieht ganz so aus.« Idiot, fügte sie im Stillen hinzu. Für wie blöd hältst du mich eigentlich? »Außerdem benötige ich noch diese und jene Informationen, an die Ihre Dienststelle einfacher rankommt. Damit möchte ich aber nicht Sie persönlich belasten.« Ihre Stimme triefte vor Ironie. »Ich schlage vor, dass Sofia Beran mich in nächster Zeit hin und wieder unterstützt.«

»Aber ...«

»Oder gibt es da irgendwelche Dienstwege einzuhalten? Aber schließlich geht es ja nur um einige Tage.«

»Na ja ...«

»Sie haben schließlich Wichtigeres zu tun, als den Handlanger und Telefonisten für mich zu spielen, oder?« Auf dem Fuß konnte man die meisten Männer relativ gut erwischen.

»So gesehen haben Sie natürlich recht, und die Beran ist ziemlich pfiffig. Ich klär das gleich mal, und die Kollegin ruft Sie dann sofort zurück.«

»Klasse Idee, Reinders. Danke.« Sie sind einfach zu gut zu mir, fuhr es ihr durch den Kopf, aber sie schluckte den Gedanken gerade noch rechtzeitig herunter und verdrehte stattdessen nur entnervt die Augen.

Fünf Minuten später, während sie zum Domplatz schlenderte und das Gespräch mit dem Staatsanwalt sacken ließ, setzte sich Polizeiobermeisterin Beran mit ihr in Verbindung. Sie klang neugierig und war einer Ausweitung ihrer üblichen Aufgaben alles andere als abgeneigt. Johanna weihte sie kurz in den aktuellen Stand der Dinge ein und bat sie, nach Möglichkeit gleich für den nächsten Tag im Schulzentrum Kreuzheide Gesprächstermine zu vereinbaren und außerdem herauszufinden, wo Sandra März zurzeit arbeitete. »Letzteres muss ich möglichst sofort wissen. Ach so, ja, bevor ich es vergesse, bei Waltraud Milbert können Sie mich auch gleich mal anmelden.«

Die Polizistin rief in erstaunlich kurzer Zeit zurück. »Die März ist zurzeit bei Wertheim beschäftigt, in der Packhofpassage. Wenn Sie möchten, rufe ich da gleich mal durch und kündige Ihr Kommen an.«

»Das kann nicht schaden, aber werden Sie nicht allzu konkret.«

»Ich gebe mir Mühe.«

»Davon möchte ich unbedingt ausgehen.«

Johanna drehte sich auf dem Absatz um – das Kaufhaus befand sich in der entgegengesetzten Richtung – und wäre beinahe mit einer taschenbeladenen älteren Dame zusammengestoßen, die ihr entschuldigendes Lächeln mit einem freundlichen Nicken quittierte. Die Welt ist bunt, dachte Johanna. Am Hermannplatz in Neukölln hätte sie sich höchstwahrscheinlich einen groben Kommentar oder zumindest einen dummen Spruch anhören dürfen und wäre darüber nicht einmal sonderlich erstaunt gewesen. Berliner Schnauze, auch bei älteren Damen. Johanna passierte erneut den Citypoint und betrat wenige Minuten später das Kaufhaus.

In der Personalabteilung hatte sie sich kaum vorgestellt, und schon erklärte ihr ein wieselartiger Büromensch mit eisgrauem Haar und ernster Miene in gedämpftem Tonfall, dass er Bescheid wisse und Wertheim die Arbeit der Kripo selbstverständlich und überaus gerne unterstütze. Johanna bedankte sich artig, während er sie in ein Nebenzimmer führte, das offensichtlich als Aufenthaltsraum genutzt wurde, und um einen Moment Geduld bat. Man würde Frau März sofort aus der Spielwarenabteilung nach oben zum Gespräch bitten. Johanna nahm sich vor, Beran bei nächster Gelegenheit zu fragen, was um Gottes willen sie den Wertheimern erzählt beziehungsweise wen sie angekündigt hatte. Sie setzte sich ans hintere Ende eines langen resopalbeschichteten Tisches und legte gerade ihr Notizheft bereit, als die Tür aufging.

Johanna wusste nicht, wen sie erwartet hatte – in der Regel bemühte sie sich, bei bevorstehenden Gesprächen oder Vernehmungen erst gar keine Vorstellungen zu entwickeln, aber das klappte nicht immer, wie sich gerade wieder einmal bestätigte. Sie wusste nur, dass sie sich ein anderes Bild von einer jungen Kaufhausdetektivin gemacht hatte, die von halbwüchsigen Mädchen zusammengeschlagen worden war.

Die Frau, die ihr entgegentrat, wirkte weder zart noch verletzlich oder gar eingeschüchtert. Jedenfalls nicht auf den ersten Blick. Sandra März war sportlich schlank, dabei aber eher eine Vertreterin des kraftvollen Typs – keine dürre Langstreckenläuferin; sie trug das schwarze gegelte Haar raspelkurz und Oberlippe sowie ein Ohr waren gepierct. Also, ich möchte nicht von ihr beim Klauen erwischt werden oder wobei auch immer, dachte Johanna spontan, während ein dunkles Augenpaar sie abschätzend musterte.

»Danke, dass Sie sich die Zeit nehmen«, bemerkte die Kommissarin einleitend und wies auf den Stuhl vor sich.

März trat näher. »Das ist doch selbstverständlich«, sagte sie und nahm Platz. »Worum genau geht es eigentlich?«

Johanna lächelte. »Was hat man Ihnen denn erzählt?«

Die junge Frau gab das Lächeln nur andeutungsweise zurück.

»Wichtige Ermittlungen, bei denen meine Aussage eine Rolle spielen könnte. Genaueres weiß ich nicht.« Sie stützte die Unterarme auf den Tisch, streckte kurz die Finger aus und zog sie sofort wieder zurück. Die Nägel waren abgekaut.

Wie diplomatisch formuliert, dachte Johanna und machte sich in Gedanken ein Sternchen hinter Berans Namen.

»Nun, wir ermitteln die Hintergründe zweier Unfälle, von denen einer tödlich ausgegangen ist. In diesem Zusammenhang muss ich verschiedene Überprüfungen vornehmen – reine Routine, bei der Sie mir helfen können.«

Sandra März verschränkte die Arme vor der Brust. »Aha.«

Auf ihrer Stirn stand in Leuchtschrift zu lesen, dass die Kommissarin mal langsam in die Hufe kommen sollte, statt dieses allgemeine Gewäsch von sich zu geben, auf das sie gut und gerne verzichten könnte.

Johanna lächelte erneut. »Sagt Ihnen der Name Philippa Hummel etwas?«

März wechselte die Gesichtsfarbe. Ein Ruck ging durch ihren Körper. »Wie? Ich meine … Ähm …«

»Also ja?«

»Ja, nein … Ach … Das war eine ziemlich blöde Geschichte – was hat die denn damit zu tun?«

Sie ließ die Arme sinken. Sandra März schien mit allem Möglichen gerechnet zu haben, nur nicht mit dieser Angelegenheit.

»Sie haben vor gut einem Jahr vier Mädchen beim Klauen erwischt, konnten aber leider nur eines schnappen: Philippa. Am Abend desselben Tages sind Sie übel zusammengeschlagen worden …«

»Ja – aber nicht von denen. Da habe ich mich geirrt.«

»Sie haben die Anzeige später wieder zurückgezogen.«

März sah kurz auf ihre Hände. »Ja, ich sagte doch – ich habe mich geirrt.«

»Na schön – dann erzählen Sie doch einfach mal, was an jenem Abend passiert ist.«

»Was soll die alte Geschichte eigentlich?«

»Das tut im Moment gar nichts zur Sache.« Johanna beugte sich über den Tisch vor. »Erzählen Sie einfach.«

»Ich bin verprügelt worden. Von mehreren Leuten. Unschön, aber so was passiert eben. Ende.«

Sandra März starrte an Johanna vorbei. Unschön war ein denkbar deplatzierter Ausdruck für das, was der jungen Frau widerfahren war.

»Sie wirken sportlich und durchtrainiert. Konnten Sie sich nicht wehren oder abhauen?«

März rückte ein Stück mit dem Stuhl nach hinten. »Der Angriff kam sehr überraschend, und es waren mehrere. Außerdem …«

»Ja?«

»Ich bin heute sehr viel durchtrainierter als damals.«

»Ach so, ich verstehe. Heute würden die vier sie also nicht mehr so ohne Weiteres aufs Kreuz legen, hab ich recht?« Johanna lächelte sanft. »Sie sind jetzt viel besser auf solche Aktionen vorbereitet. Demnach waren Sie damals eher so etwas wie ein Weichei? Und das bei Ihrem Job? Sie erlauben, dass ich meine Verwunderung zum Ausdruck bringe.«

Viel hätte nicht gefehlt und März wäre aufgesprungen. Ihre Gesichtsfarbe wechselte erneut, aber sie presste die Lippen aufeinander und schwieg.

»Es waren doch nur vier kleine Schulmädchen«, hob Johanna erneut an. »Vielleicht haben Sie die Anzeige zurückgezogen, weil es Ihnen peinlich war, zuzugeben, dass halbe Kinder Sie fertiggemacht hatten.«

»Jetzt reicht's aber!« März schlug mit der Faust auf den Tisch. »Das waren weder halbe noch ganze Kinder, sondern brutale Monster!«, entfuhr es ihr. »Immer drei haben mich abwechselnd festgehalten und eine konnte sich an mir austoben: Fausthiebe, Tritte, Stockschläge auf jeden nur erdenklichen Körperteil!« Die junge Frau atmete schnell.

»Und warum sind Sie dann nicht bei Ihrer ursprünglichen Aussage geblieben?«

»Einige Tage später bin ich vergewaltigt worden. Und massiv bedroht.«

Plötzlich war es still. Der Teil der Geschichte war neu. Johanna nickte langsam. Ihr Herzschlag hatte sich beschleunigt.

»Aber Sie kennen keine Namen und könnten beziehungsweise würden auch niemanden identifizieren?«

März schüttelte den Kopf. »Nein – wie oft soll ich das denn noch sagen!«

»Sie haben keinen blassen Schimmer, wer dahinterstecken könnte?«

»Genau so ist es.«

»Ich verstehe.«

»Sie verstehen gar nichts, und ich will jetzt gehen.«

Sandra März stand auf, stieß ihren Stuhl zurück und verließ grußlos den Raum.

5

Die Milberts wohnten in einem schmucken Einfamilienhaus am Hans-Thoma-Ring. Umgeben von anderen schmucken Häusern, viel Grün und Natur. Bis zur Schule benötigte man nur einige Minuten zu Fuß, aber City und Werk waren auch nicht weit. Eine Wohngegend für Lehrer, Angestellte, Gutverdienende – das war schon damals so gewesen, als Johanna in Kreuzheide zur Schule gegangen war, weil ihr Vater darauf bestanden hatte. Ein neuer Audi stand vor der Einfahrt. Johanna ging jede Wette ein, dass sich in der Garage noch mindestens ein weiteres Fahrzeug befand. Nur kein Sozialneid, tadelte sie sich wortlos und stopfte die Akte in ihren Rucksack, bevor sie ausstieg.

Die Haustür öffnete sich im gleichen Moment, als sie ihren Renault abschloss. Ein Mann mit kurzem Haar, in dem eisiges Grau überwog, kam ihr entgegen. Sie wusste, dass er Ende vierzig war, aber er wirkte älter. Dreitagebart in der Farbe kalter Asche. Kantiges Kinn mit einem Kirk-Douglas-Grübchen, dunkelgrüne Augen, gefütterte Lederweste, Rollkragenpullover und ausgewaschene Jeans. Der Typ Mann, dem man sich, verschollen irgendwo in der Wildnis, bedenkenlos anvertrauen würde – auch Johanna. Sie war erstaunt über den Gedanken. Es kam höchst selten vor, dass ihr ein Mann auf Anhieb gefiel – auf diese Art gefiel – und spontan Vertrauen in ihr weckte.

»Frau Krass? Kommissarin Krass?« Er streckte die Hand aus, als sie nickte. Fester Griff. Auch die Stimme passte – ein wenig rau, etwas müde. »Ich bin Moritz Milbert. Was halten Sie von einem kleinen Spaziergang?«

»Gute Idee. Ich habe heute schon wieder viel zu lange gesessen«, erwiderte Johanna.

»Nur ein paar Schritte von hier gibt es einen kleinen Teich – da könnten wir uns die Beine vertreten.«

Johanna kannte natürlich den Mühlenteich, der von einem gepflegten Grünstreifen umgeben und für kleinere Rundgänge durchaus geeignet war, aber es war der falsche Moment, ihre besondere Beziehung zu Wolfsburg zu erläutern.

Moritz Milbert kramte im Gehen Zigaretten und Feuerzeug aus der Innentasche seiner Weste. Er wandte ihr das Gesicht zu.

»Mögen Sie vielleicht auch …?«

Johanna schüttelte den Kopf. »Nein, danke, das habe ich hinter mir. Glücklicherweise.«

»Hatte ich auch«, sagte Milbert, als sie die Häuser passiert hatten und auf den Weg, der um den Teich herumführte, einbogen. Ein frischer Wind kräuselte die Wasseroberfläche.

Johanna hätte am liebsten gar nichts gesagt. Keine Fragen gestellt und in Wunden herumgebohrt, die noch in Jahren schmerzen würden. In Jahrzehnten. Aber das war ihr Job. Rauch stieg ihr in die Nase. Milbert inhalierte tief.

»Was war Ihre Tochter für ein Mädchen?«, fragte die Kommissarin leise. »Wofür hat sie sich interessiert? Was waren ihre Stärken? Ihre Schwächen?«

Milbert stopfte eine Hand in die Tasche seiner Jeans und warf ihr einen kurzen Blick zu. »Sagen Sie, Frau Krass – all das ist wirklich erneut nötig? Neue Fragen, neue Ermittlungen? Meine Frau erträgt das überhaupt nicht mehr, und auch ich bin …«

»Ich weiß, und ich würde Ihnen das gerne ersparen, glauben Sie mir das bitte. Aber es haben sich im Nachhinein Fragen ergeben, denen wir nachgehen müssen. Wir haben keine andere Wahl. Nur darum bin ich hier.«

Milbert erstarrte für einen Moment. »Sie wollte Sprachen studieren«, begann er dann abrupt zu erzählen. »Sie war sauer, wenn sie Pickel entdeckte. Sie spielte gerne Hockey, und sie mochte Liebesfilme und hat laute Musik gehört, wenn sie von der Schule nach Hause kam. Sie liebte SpongeBob und verabscheute Tokio Hotel. Ein ganz normales Mädchen also. Meine Tochter. Und ich dachte, dass ich sie einigermaßen kannte, aber …« Er verzog das Gesicht. »Vielleicht stimmte das gar nicht. Viele Eltern verlieren in dem Alter den Kontakt zu ihren Kindern und sind erschüttert, wenn sie mitkriegen, was sich im

Leben ihrer Söhne und Töchter wirklich abspielt. Oder abgespielt hat.«

»Halten Sie es für möglich, dass …?«

Milbert blieb unvermittelt stehen. »Ich hasse diese Frage! Und wissen Sie auch warum? Weil ich die Antwort nicht weiß beziehungsweise nicht mehr hundertprozentig weiß! Und je mehr Zeit vergeht, desto unsicherer und verwirrter werde ich – und das ist mein Problem, verstehen Sie?« Er setzte sich langsam wieder in Gang. »Plötzlich wird alles möglich, und ich bin entsetzt darüber. Noch vor einigen Monaten habe ich völlig fassungslos reagiert, als man uns mit der Tatsache konfrontierte, dass Karen nachts in die Disco geht, trinkt, offensichtlich einen Freund hat, mit dem sie schläft, Drogen nimmt … Unmöglich, habe ich gesagt. Eine Verwechslung, ein Missverständnis, jede andere, aber doch nicht Karen, nicht unsere Tochter. Inzwischen …«

Johanna nickte ihm zu.

»Inzwischen … weiß ich gar nichts mehr«, fuhr er fort. »Natürlich hat es auch bei uns Diskussionen gegeben und Streit. Sie war zwischendurch auf einmal so dickköpfig, eigenbrötlerisch, mies gelaunt, aber ist das nicht normal für eine Fünfzehnjährige? Die brauchen doch Zeit und Raum für sich und wollen sich ihr eigenes Leben, ihre eigenen Wertigkeiten und Beziehungen aufbauen, ohne dass ständig die Eltern Einsicht haben. Oder die Kontrolle. Das gehört zum Erwachsenwerden dazu.«

»So wie der heimliche Besuch in einer angesagten Disco?«

Milbert zog die Schultern hoch. »Ja, vielleicht. Es ist denkbar, oder? Auch wenn ich ihr das nie und nimmer zugetraut hätte. Vielleicht habe ich nicht richtig hingeguckt. In dem Punkt mag meine Mutter recht haben, auch wenn sie andere Schlussfolgerungen zieht. Abenteuerliche, wie ich finde – und nicht nur ich, aber … Haben Sie schon mit ihr gesprochen?«

Johanna schüttelte den Kopf. »Nein. Ich wollte zunächst mit Ihnen reden.«

»Meine Mutter hatte schon immer ein sehr gutes Verhältnis zu Karen«, erläuterte Milbert, nachdem er seine Zigarette weggeschnippt hatte. »Die beiden waren ein Herz und eine Seele –

auch als wir in Emden und Kassel gelebt haben.« Er warf ihr einen Seitenblick zu. »Ich arbeite als Informatiker bei VW, bin zuständig für Datensicherheit, Netzwerke und so weiter und war einige Jahre auch in anderen Werken beschäftigt. Nach Wolfsburg sind wir vor gut einem Jahr zurückgekehrt. Und trotzdem: Karen hat wahrscheinlich immer mehr mit ihr geredet als mit uns, auch das wird mir erst jetzt so richtig klar.«

»Trotzdem halten Sie die Einschätzung Ihrer Mutter für abenteuerlich. Warum?«

Milbert stopfte beide Hände in die Hosentaschen. In seinem Gesicht arbeitete es. »Nicht trotzdem – gerade deshalb. Meine Mutter ist krank vor Schmerz. So, wie wir auch.« Er schluckte. »Meine Frau isst nicht mehr, ich zermartere mir den Kopf, und meine Mutter flüchtet sich in abenteuerliche Geschichten, um Erklärungen, die ihr sinnvoll erscheinen, auf die schreckliche Frage zu finden, warum eine Fünfzehnjährige sterben musste – ihre Enkelin, ihr Ein und Alles ...« Er brach ab.

Gänse zogen über ihre Köpfe hinweg. Johanna blickte hoch. Das aufgeregte Rufen lenkte sie für einen Moment ab. Der Herbst hatte längst Einzug gehalten. Bald würden Kinder mit Lampions um die Häuser ziehen. Oder feierte man heutzutage nur noch Halloween? Böse Geister vertreiben. Gar keine schlechte Idee.

»Ihre Frau ...«

»Will nicht mehr darüber reden«, unterbrach Milbert sie.

»Ich werde ihr das wohl nicht ersparen können.«

»Sie wird sich weigern und notfalls ein ärztliches Attest vorlegen.«

Johanna atmete tief aus. »Ich muss es höchstwahrscheinlich irgendwann in den nächsten Tagen trotzdem versuchen.«

»Sie würde Ihnen nichts anderes sagen als ich, selbst wenn sie mitteilungsfreudiger wäre.«

Johanna sah ihn an. »Glauben Sie mir – wenn es sich verhindern lässt, bin ich die Erste, die diese Möglichkeit wahrnimmt, aber unter Umständen bleibt mir gar nichts anderes übrig, als das Gespräch mit ihr zu suchen.«

Milbert zuckte mit den Achseln. »Wie Sie meinen.«
»Karens Zimmer ...«
»Was soll damit sein?«
»Ist es noch unverändert?«
»Nein – meine Frau hat es kurz nach der Beerdigung geräumt.«
Johanna stöhnte innerlich auf. »Komplett?«
»Ja. Möbel, Klamotten, Bücher, Persönliches – alles ist weg. Sie konnte den Anblick nicht länger ertragen.«
»Was ist mit dem Handy?«
»Das hatte sie an dem Abend dabei – es ist wohl zerstört worden. Wir haben es jedenfalls nicht zurückbekommen.«
»Und der Computer?«
Milbert zögerte einen winzigen Moment. »Den habe ich an mich genommen. Er war nagelneu und sehr gut. Ich wollte nicht, dass meine Frau ihn auch wegschmeißt oder verschenkt ...« Er wirkte etwas verlegen. »Ich bin nun mal ein Computerfreak, und es wäre schade ...«
»Sie haben ihn also noch?«
»Ja.«
»Haben Sie mal nachgesehen beziehungsweise überprüft, ob Ihre Tochter in diesen üblichen Schüler-Chatprogrammen unterwegs war oder intensiven Mailaustausch hatte?«
Milbert schüttelte sofort den Kopf. »Nein, dazu bestand kein Anlass. Und nun ist es auch zu spät. Ich habe alles runtergeschmissen und neu formatiert ...«
»Sie haben die gesamte Festplatte gelöscht, ohne auch nur einen einzigen genaueren Blick darauf zu werfen?«
»Ja – warum denn auch nicht?«
»Weil ich auf der Suche nach Hinweisen bin und es mich sehr interessiert, mit wem Karen worüber kommuniziert hat!«, erwiderte Johanna – eine Spur zu heftig, wie sie Milberts Blick entnahm.
Er blieb wieder stehen und wandte sich mit einer ruckartigen Bewegung zu ihr um. »Wir konnten zu dem Zeitpunkt nicht wissen, dass der Fall noch mal aufgerollt werden würde«, erwiderte

er leise. »Die Untersuchungen waren abgeschlossen, mit dem Ergebnis, dass ein tragischer Unfall geschehen war, dessen Hintergründe eindeutig schienen und mit denen wir uns abzufinden hatten. Und meine Frau wollte zumindest mit dem äußeren Abschließen beginnen – verständlicherweise, finden Sie nicht?«

Johanna nickte nur. Er hatte natürlich recht. Woher hätte er wissen sollen, dass eine Kommissarin Wochen, Monate später Interesse an Karens Chatfreunden und Mailkontakten haben könnte? Die Milberts gehörten zu den Eltern, die möglichst eilig Spuren tilgen wollten – in der ebenso verzweifelten wie trügerischen Hoffnung, dann schneller vergessen zu können. Anders als die Mütter und Väter, die monate- oder gar jahrelang die Zimmer ihrer toten Kinder nicht veränderten, um die Nähe zu einer Normalität aufrechtzuerhalten, die unwiderruflich zerstört war.

Milbert nahm sich eine neue Zigarette und sah sie an. Er hatte tiefe Ringe unter den Augen. »Können wir zurückgehen? Ich würde das Gespräch gerne beenden.«

»Ja – natürlich, sofort. Eine Frage noch. Sagt Ihnen der Name Philippa etwas?«, schob Johanna rasch hinterher. »Philippa Hummel.«

»So heißt das Mädchen, das meine Mutter beschuldigt, nicht nur mit ihrem Sturz, sondern auch mit Karens Tod etwas zu tun zu haben.«

»War sie je bei Ihnen zu Hause? Ist das ein Mädchen, mit dem Karen häufiger mal zusammen war oder hat sie je von ihr erzählt?«

»Ich kann mich nicht erinnern. Allerdings – ich bin viel unterwegs, und ehrlich gesagt war ich vielleicht nicht immer auf dem allerneuesten Stand, was Karens Freundinnen oder neue Bekanntschaften anbelangte ...« Er verlagerte das Gewicht von einem Bein aufs andere.

»Karen hat sich an jenem Abend mit Philippa und drei anderen Mädchen getroffen – eine ging in ihre Klasse, die anderen sind ebenfalls Kreuzheider Schülerinnen –, um dann zusammen in die Diskothek zu gehen.«

»Ja, ich weiß. Sie hat unbemerkt das Haus verlassen.«

Johanna kramte rasch die Akte hervor und schlug die Liste von Reinders auf. »Sagen Ihnen zum Beispiel die Namen Lola, Nelli, Rabea etwas? Sind das Freundinnen Ihrer Tochter gewesen, die Sie auch mal persönlich kennengelernt haben?«

»Nein, nicht dass ich wüsste. Mir ist nur ein Name geläufig, Betty Flint – das ist eine Klassenkameradin, mit der sie in letzter Zeit häufiger mal zusammen war oder telefoniert hat.« Er wirkte für einen Moment erleichtert.

Johanna nickte. »Okay. Lassen Sie uns umdrehen. Ich danke Ihnen.«

Später Nachmittag. Sofia Beran war es tatsächlich gelungen, gleich für den nächsten Morgen Termine in der Schule und später dann einen Besuch bei Waltraud Milbert zu vereinbaren. Sie informierte Johanna, als die gerade ihr Headset aufgesetzt hatte und in Richtung Innenstadt fuhr. Plötzlich spürte Johanna, wie die Erschöpfung in ihr hochstieg. Sie hatte Hunger, und ihr Kopf schmerzte.

»Ich komme kurz vorbei und hole mir noch die Akte vom Gerichtsmediziner ab«, sagte sie. »Und dann sind Sie mich für heute los.«

»So würde ich das nicht ausdrücken.«

»Ich schon.«

»Wie Sie meinen – einen erholsamen Feierabend wünsche ich Ihnen.«

»Danke, Ihnen auch, Sofia. Ach, übrigens, Ihre Arbeitsweise gefällt mir.«

»Freut mich«, sagte Beran, und sie klang auch so.

Johanna war über sich selbst erstaunt. Normalerweise bewertete sie die Arbeit von Kolleginnen oder Kollegen nur selten in ausführlicher positiver oder gar herzlicher Weise.

Am liebsten wäre sie nach dem Abstecher bei der Kripo sofort ins Hotel zurückgekehrt, um sich mit der Akte zu beschäftigen, noch einige Telefonate zu erledigen und dann zu versuchen, bei einem guten Abendessen abzuschalten. Ein Glas Wein, um die nötige Bettschwere zu bekommen. Vor dem Fernseher oder mit Kopfhörern auf den Ohren. Harfenmusik. Kaum jemand traute ihr das zu: Johanna und Harfe? Für manche klang das wie ein Witz. Aber das Lachen blieb ihnen im Halse stecken, wenn sie Johannas Blick begegneten.

Es fiel ihr immer schwer abzuschalten – gerade zu Beginn eines neuen Falls, und erst recht, wenn es um Kinder ging. Noch dazu in dieser Stadt, wo an jeder zweiten Ecke Erinnerungen auf sie warteten. Keineswegs nur angenehme. Johanna seufzte, als sie den Weg zur City einschlug. Sie wusste, dass ihre Mutter stinksauer werden würde, wenn sie erfuhr, dass sie schon seit einem Tag in Wolfsburg war und sich nicht meldete. Oder besser ausgedrückt: Johanna vermutete, dass Gertrud Krass so reagieren könnte und wollte ihren Anstandsbesuch hinter sich bringen. Das Pflichtprogramm. Für beide.

Seit dem letzten Besuch vor einem Dreivierteljahr hatte sie sich nicht verändert. Klein und dürr, mit zerzaustem Haarschopf und faltigem Gesicht stand sie in der halb geöffneten Wohnungstür und starrte Johanna aus dunklen Augen entgegen. Der gleiche, zunächst ungläubig skeptische Blick, gefolgt von Stirnrunzeln und schließlich einem leichten Kopfschütteln. »Du?«

»Ja – ich. Kann ich hereinkommen?«

»Ich hab nichts weiter vor heute.« Gertrud Krass schob die Tür auf und ließ Johanna eintreten. »Willst du einen Kaffee? Oder hast du nicht so viel Zeit?«

Bevor sie sich umdrehte und vorausging, machte sie ein Geräusch, das sich schwer einordnen ließ – ein Zischen oder Räuspern; vielleicht auch ein kleines, meckerndes Lachen. Auf jeden Fall hatte Johanna dieses Geräusch noch nie bei einem anderen Menschen gehört.

»Kaffee ist eine gute Idee.« Johanna folgte ihr in die Wohnküche, wo es nach Bratkartoffeln und Essig roch.

Es war schummrig in der engen Wohnung. Verbrauchte Luft, die das Atmen schwer machte. Alte Tapeten, verschlissene Möbel, sechziger Jahre und gar nicht romantisch – trotz der kleinen Vasen und Tierfiguren, die auf dem Küchenschrank aufgereiht waren. Gertrud Krass trug Pantoffeln und einen Kittel, der auch schon bessere Tage gesehen hatte. Vor Jahren hatte Johanna ihrer Mutter einmal finanzielle Unterstützung angeboten und sich eine so barsche Abfuhr eingefangen, dass sie das Thema nie wieder erwähnte.

»Du hast nicht gesagt, dass du kommst, oder habe ich das nur vergessen?« Johannas Mutter setzte Wasser auf und stellte eine Kanne bereit. »Setz dich.«

Ein vergilbtes Wachstuch bedeckte den Küchentisch. Johanna schob einige Krümel, eine Obstschale und einen Stapel mit abgegriffenen Frauenzeitschriften beiseite.

»Nein, ich habe mich nicht angekündigt. Es ging alles ein bisschen schnell – ich habe beruflich in Wolfsburg zu tun.«

Gertrud Krass löffelte Kaffeemehl in den Filter und zählte halblaut mit. »Drei, vier … Was meinst du – beruflich? Jagst du jetzt etwa hier Verbrecher? Habt ihr denn keine eigenen in Berlin?« Sie feixte und zählte dann weiter. »Fünf und noch einen halben Löffel für die Kanne, zur Feier des Tages sozusagen. Wann bequemt sich denn schon mal meine Tochter zu mir?«

»Mutter, ich habe mal hier, mal da, mal dort zu tun, das habe ich dir doch schon so oft erklärt …«

Gertrud winkte ab. »Ach ja, mag sein. Nicht so wichtig. Verbrecher sind Verbrecher – egal wo, oder? Worum geht es denn diesmal?«

»Um ein totes Kind.«

Johannas Mutter zuckte zusammen. Der Kessel pfiff. Sie goss auf. Die Küchenuhr tickte laut und eindringlich.

»Willst du Milch?«

Johanna seufzte. »Nein danke.« Sie trank ihren Kaffee schon seit Ewigkeiten schwarz.

»Willst du auch wieder ins Heim, die Alte besuchen?« Gertrud Krass öffnete den Schrank über sich und holte zwei Tassen heraus. »Brauchst du einen Unterteller – nö, oder? Macht nur unnötig Arbeit.«

Johanna schüttelte den Kopf. »Gib mir einfach einen der großen Kaffeebecher.«

»Dass du das Zeug so pechschwarz überhaupt herunterkriegst.« Gertrud schüttelte den Kopf, während sie zwei Tassen auf den Tisch stellte. Eine gelbgraue Haarsträhne rutschte ihr ins Gesicht. Sie strich sie unwillig zurück, holte Milch aus dem Kühlschrank und setzte sich mit leisem Ächzen zu Johanna an den Tisch. »Wie dein Vater. Der hat auch immer nur schwarzen Kaffee getrunken. Für meinen Geschmack seid ihr beide euch viel zu ähnlich.«

Den Satz hörte Johanna auch nicht zum ersten Mal. Gleich erwähnt sie, dass er an einem Herzinfarkt gestorben ist und schon allein deshalb dem Genuss von schwarzem Kaffee zu misstrauen sei, dachte sie und schluckte die Bemerkung unerwidert herunter, auch nicht zum ersten Mal.

»Du weißt, dass sein Herz nicht mehr mitgespielt hat – kein Wunder bei all dem schwarzen Kaffee. Aber dein Vater war sowieso ein Idiot, ein ziemlich großer sogar. Habe ich das schon mal von mir gegeben?« Gertrud grinste plötzlich. Immerhin.

»Ungefähr sechzigtausend Mal, seit er uns verlassen hat.«

»Kein schlechter Schnitt für zweiunddreißig Jahre.«

Sie zählt immer noch die Jahre, seit er gegangen ist, um eine neue Familie zu gründen, dachte Johanna, aber sie wunderte sich nicht wirklich darüber.

»Also – willst du zur Oma?«

»Ja – wenn ich die Zeit finde, werde ich im Seniorenheim vorbeischauen und sie besuchen.«

»Stell dich drauf ein, dass sie …«

»… kaum noch etwas mitbekommt und ansonsten alle Leute um sich herum tyrannisiert, so, wie sie es mit dir ein Leben lang gemacht hat.«

»Genau das wollte ich sagen.« Gertrud schlürfte ihren Kaffee. »Und was gibt es sonst Neues bei dir? Hast du mal jemanden kennengelernt?«

»Ich lerne jeden Tag Menschen kennen, Mutter.«

»Du weißt, was ich meine.«

»Sagen wir so: Ich ahne es, und um deine Frage zu beantworten: Einen Schwiegersohnkandidaten werde ich dir auch diese Woche nicht vorstellen.«

Gertrud zog eine Schulter hoch. »Hätte ich mir auch denken können.«

Warum fragst du dann, schob Johanna in Gedanken hinterher, aber bevor sie etwas sagen konnte, spürte sie den Vibrationsalarm ihres Handys, das sie in einer Ledertasche am Hosengürtel trug. »Entschuldige, ich muss telefonieren.« Sie zog es heraus und stellte die Verbindung her. »Ja, hier Johanna Krass.«

Ihre Mutter schüttelte den Kopf und stand auf. »Ja, mach nur – ich muss sowieso mal für kleine Mädchen. Eine Unsitte, diese ständige Telefoniererei.«

»... Ihre Nummer von Staatsanwalt Reitmeyer«, verstand Johanna nur die letzten Worte, während Gertrud Krass weiter vor sich hin grummelnd schließlich die Küche verließ.

»Entschuldigung, die Verbindung war gerade etwas gestört. Wer bitte spricht dort?«, fragte Johanna.

»Thomas Kasimir. Ich bin der Rechtsmediziner, der die Leiche von Karen Milbert untersucht hat.«

»Oh, danke, ich hatte gehofft, dass Sie anrufen. Ich habe heute mit Reitmeyer gesprochen, und er erwähnte, dass Sie im Urlaub seien.«

»Nur noch bis Ende der Woche. Freitag bin ich wieder am Institut. Wenn Sie wollen, kommen Sie einfach vorbei, und wir reden darüber, was mir so aufgefallen ist.«

»Ich will nicht unhöflich sein, aber das ist ein bisschen spät. Hätten Sie nicht vorher mal ein paar Minuten Zeit für ein längeres Telefonat?«

»Ich bespreche derlei ungern am Telefon.«

Das konnte Johanna gut verstehen. »Es ist dringend.«

»Es ist immer dringend«, erwiderte Kasimir. »Hm. Na schön – Donnerstagabend. Da sehe ich ohnehin meine Post durch.«

»Danke. Das hilft mir sehr.«

Johanna steckte ihr Handy wieder ein, nachdem sie Sofia Beran kurz über den Termin informiert hatte. Sie trank ihren Kaffee aus. Nebenan rauschte die Wasserspülung. Einen Moment später trat ihre Mutter wieder zur Tür herein.

»Und? Musste wieder los?«

»Ja. Ich muss wieder los.« Johanna fügte nicht hinzu, dass es ihr leid tat.

»Kannst dich ja noch mal melden«, meinte Gertrud Krass, als sie sich an der Wohnungstür voneinander verabschiedeten.

»Ja, mal sehen.«

»Und denk dran, wenn du bei der Oma bist: Sie ist nicht mehr die Alte – ich meine, so wie früher.«

»Ich werde es berücksichtigen.«

Auch beim Abschied keine Umarmung. Nur eine kurze Berührung. Ein schneller Blick. Wie immer. Es war noch nie anders gewesen. Warum auch immer.

6

Tom drückte seine Zigarette aus und zog die Kapuze der Regenjacke hoch, als Milbert zur Tür heraustrat – pünktlich um kurz nach sieben verließ er das Haus in Joggingklamotten. Auf die Kreuzheider war Verlass. Das schlechte Wetter schien ihn nicht im Mindesten zu stören. Ein kurzer Blick zum Himmel, der sich gerade aufzuhellen begann, ein flüchtiges Dehnen und Strecken, und schon trabte er los.

Tom schob sein Fahrrad ein Stück neben sich her, bevor er aufstieg und Milbert langsam folgte.

»Er kann allmählich ruhig mitbekommen, dass wir ihm auf den Fersen sind«, hatte der Alte gesagt. »Aber halt dich zurück, bleib einfach im Hintergrund. Im Moment jedenfalls noch.«

Tom grinste. Der Alte war sein Chef, Georg. Nachnamen spielten keine Rolle. Tom arbeitete gern für ihn. Er wusste stets, was er zu tun hatte und wohin er gehörte, und die Bezahlung war gut. Was konnte man mehr verlangen? Wenn er seine Sache besonders gut machte, gab es einen Hunderter extra, wenn er Mist baute, fackelte Georg nicht lange.

Das letzte Mal hatte Tom vor über einem halben Jahr Mist gebaut, und er hatte Prügel bezogen, deren Nachwirkungen er noch vier Wochen später gespürt hatte. Es war in Ordnung gewesen. Tom hätte an seiner Stelle nicht anders gehandelt. Natürlich hatte der Alte nicht selbst Hand an ihn gelegt, sondern nur stumm zugeguckt, als Louis und Pappe ihn fertiggemacht hatten. Auch den beiden trug Tom nichts nach. Ebenso gut hätte Georg ihn auffordern können, gemeinsam mit Louis Pappe zu verdreschen oder mit Pappe Louis oder wen auch immer. Seitdem gab Tom sich jedenfalls besondere Mühe. Vielleicht würde es ihm eines Tages doch noch gelingen, zu den auserwählten Leuten zu gehören – so wie Rico, der erst Anfang zwanzig war und sich schon einen gut funktionierenden Vertrieb aufgebaut hatte und oft sein eigenes Ding machen durfte, in allen möglichen Geschäftszweigen. Der Chef hatte ihn sogar monatelang allein in Süddeutschland herumdüsen lassen, und nun gab es gute Kontakte in den Osten. Rico war ein echter Winner-Typ.

Auf Milbert hatte Tom seit einiger Zeit in unregelmäßigen Abständen immer mal wieder ein Auge zu werfen, und so waren ihm einige Gewohnheiten vertraut. Mal sollte er ihn am Werk abfangen und mit dem Wagen hinter ihm herfahren, ein paar Tage später morgens zur Stelle sein, wenn er das Haus verließ, oder am Wochenende den unauffälligen Stalker machen. Warum und weshalb wusste Tom nicht, jedenfalls nicht genau. Georg erläuterte seine Motive nicht. Das brauchte er auch nicht.

Milbert lief am Teich entlang und bog in nördlicher Richtung in den Wald ein. Die schummrigen Lichtverhältnisse schienen ihn überhaupt nicht zu stören, wahrscheinlich weil er die Wege wie seine Westentasche kannte. Tom vermutete, dass er sich nach der Durchquerung des Waldes westlich halten und an den Feldern entlang nach Brackstedt laufen würde, um dann zurückzukehren – das wäre seine Acht-Kilometer-Tour. Die große Runde, bei der er sich schon im Wald östlich hielt, um dann in Richtung Teichbreite und von dort weiter zum Allersee herunterzulaufen und ihn zu umrunden, bevor er sich wieder auf den Heimweg machte, war er schon eine ganze Weile nicht mehr gejoggt. Während dieser Tour war er gut und gerne doppelt so lange unterwegs. Vielleicht fehlte ihm gerade die Zeit oder die Kondition. Tom war es recht. Frühmorgendliche Ausflüge bei Regen und Nebel waren nicht unbedingt nach seinem Geschmack.

Doch zu seiner Verblüffung bog Milbert im Wald schon nach wenigen Minuten in Richtung Osten ab, um sich dann südlich zu halten. Tom hoffte, dass er nur bis zum Alten Teich lief – eine circa fünf Kilometer lange Waldstrecke, die über meist schnurgerade und gut ausgebaute Wanderwege führte – und ihnen beiden an diesem feuchtkühlen Morgen die Allerseerunde ersparte. In tropfnassen Bäumen hing der Nebel wie Zuckerwatte. Ab und zu rief ein Vogel. Rascheln im Laub. Das leise Schmatzen der Reifen. Milberts gleichmäßige Schritte.

Nach ungefähr zehn Minuten warf er das erste Mal einen

Blick nach hinten über die Schulter. Tom verlangsamte und ließ sich zurückfallen. An einer Weggabelung blieb er stehen. Milbert wandte sich wieder nach vorne und lief etwas zügiger weiter. Zwei Minuten später setzte Tom sich wieder in Bewegung. Er lächelte. Bald würde Milbert den Spaß an seinem morgendlichen Lauf verlieren. Das Gefühl, verfolgt zu werden, löste die unterschiedlichsten Reaktionen aus. Manche wurden erst nervös, später panisch, andere aufgeregt und aggressiv oder ängstlich, aber in einem Punkt waren alle gleich: Sie handelten unüberlegt und machten Fehler. Sie wurden zur Beute. Der eine früher, der andere später.

Tom liebte die Jagd.

7

Johanna rief Polizeiobermeisterin Sofia Beran noch während des zweiten Frühstückskaffees an. Sie war dabei, die Gesprächsliste durchzugehen, und je mehr Notizen sie sich zu einzelnen Punkten machte, desto deutlicher schlichen sich Zweifel an ihrer üblichen Vorgehensweise ein. Auch wenn Johanna es grundsätzlich vorzog, alleine zu arbeiten, wusste sie selbst, dass ihre Methode nicht immer sinnvoll war und gerade in diesem Fall überdenkenswert. Vor ihr lag ein Vernehmungsmarathon, bei dem sie zusätzliche Augen und Ohren ebenso gut gebrauchen konnte wie eine zweite Meinung und jemanden, der ihr zuarbeitete und einen souveränen Eindruck machte. Beran schien ihr genau die Richtige für diese Aufgabe zu sein – hinzu kam, dass sie selbstbewusst war und eine Uniform trug –, und Johanna fragte sich, wieso sie nicht schon am Tag zuvor darauf gekommen war.

»Ich möchte, dass Sie mich ins Schulzentrum Kreuzheide begleiten«, erklärte sie ohne Umschweife. »Können Sie das mit Ihrem Vorgesetzten klären oder soll ich ...«

»Das kriege ich hin«, wandte Beran schnell ein. »Kein Problem.«

»Fünf Mädchen vernehmen, mindestens, dazu den Klassenlehrer von Karen, und wer weiß, was sich dann daraus an zusätzlichem Klärungs- und Gesprächsbedarf noch ergibt ... Das ist ein bisschen viel für eine einzelne Ermittlerin, zumal nur jeweils zwei Mädchen in eine Klasse gehen und von Haupt- über Realschule und Gymnasium alle Schularten vertreten sind. Können Sie mich in einer halben Stunde abholen – mit Aufnahmegerät und in Uniform?«

»Kein Problem.«

Johanna wollte das Gespräch beenden, als ihr noch ein Punkt einfiel. »Ich brauche Fotos von den Mädchen, mit denen wir sprechen, um sie zum Beispiel Waltraud Milbert zu zeigen. Die

Frau liegt noch in der Reha, und wir können im Moment keine Gegenüberstellungen vornehmen.«

Pause.

»Sind Sie noch dran, Beran?«

»Ja. Wir haben keine Fotos von den Mädchen, Frau Krass.«

»Dann müssen wir welche beschaffen, in der Schule zum Beispiel, oder machen ... Aktuelle Aufnahmen sind wohl besser. Egal, das klären wir nachher. Bis gleich.«

Dieter Hansen unterrichtete Deutsch, Geschichte und Englisch in der 10 B, deren Klassenlehrer er seit zwei Jahren war. Er war klein und rundlich, ungefähr vierzig und trug einen blonden Backenbart. Hinter einer runden Brille funkelten wasserblaue Augen. Hansen war ein Allroundtyp, den man sich auf einem Traktor ebenso gut vorstellen konnte wie hinter einem Bankschalter und dem man nicht zutraute, seine Mitmenschen mit schlechter Laune zu belästigen. Wie viel Autorität er ausstrahlte, um Zehntklässler zu bändigen, vermochte Johanna jedoch auf den ersten Blick nicht einzuschätzen.

Hansen hatte eine Freistunde und führte Johanna und Beran in einen kleinen Raum neben der Cafeteria, wo sie ungestört reden konnten. Den hatte es zu Johannas Schulzeiten noch nicht gegeben, oder sie erinnerte sich nicht an ihn.

»Ich dachte, die Ermittlungen zu dem furchtbaren Zugunglück wären längst abgeschlossen«, bemerkte Hansen, während er sich hinter einen kleinen Tisch zwängte und Beran Stühle für Johanna und sich bereitstellte. »Die Polizei hat damals mit etlichen Schülern aus Kreuzheide gesprochen, die an dem Abend ebenfalls in der Diskothek waren, und dabei ging es auch um Drogen. Was führt Sie erneut hierher?«

Johanna setzte sich und bedeutete Beran mit einer beiläufigen Handbewegung, das Aufnahmegerät einzuschalten.

»Nun, es gibt neue Aspekte, die weitere Fragen aufgeworfen haben. Dazu muss ich mit einigen Jugendlichen sprechen. Da sie in Kreuzheide zur Schule gehen, ist es am einfachsten, die Befragungen hier durchzuführen. Außerdem erhoffe ich mir Hinweise von Ihnen, mit wem zum Beispiel Karen befreundet oder auch nicht so gut befreundet war.«

Hansen lehnte sich zurück und faltete die Hände über seinem Bauch. Die allgemein gehaltene Auskunft gefiel ihm nicht hundertprozentig, aber er schluckte sie.

»Aus meiner Klasse war, glaube ich, nur noch Nelli Beisall mit von der Partie. Die anderen sind von der Real- und der Hauptschule.«

Johanna schlug ihr Notizheft auf. »Rabea Solga und Lola Kranstedt besuchen die zehnte Klasse der Realschule und Philippa Hummel ist in der neunten Klasse der Hauptschule.« Die Kommissarin sah kurz hoch. »Kennen Sie die Mädchen?«

»Flüchtig und erst im Zusammenhang mit den polizeilichen Ermittlungen. Ich habe mit der Real- und Hauptschule kaum etwas zu tun.«

»Aus den damaligen Nachforschungen hat sich ergeben, dass die fünf Mädchen zusammen unterwegs waren, eine Clique bildeten. Sind Ihnen die Mädchen hier in der Schule vielleicht mal als Gruppe aufgefallen?«

Hansen schüttelte den Kopf. »Nein, aber die Real- und Hauptschüler haben ihre eigenen Pausentreffpunkte und Aufenthaltsräume. Kann es nicht eher sein, dass die ganz zufällig gemeinsam dort waren?« Er runzelte die Stirn.

Johanna sah ihn aufmerksam an. »Nach den übereinstimmenden Aussagen der Mädchen haben die fünf sich zu dem gemeinsamen Discobesuch verabredet. Und das klang ganz so, als wären sie miteinander befreundet oder würden sich zumindest ganz gut kennen. Was kommt Ihnen daran eigenartig vor?«

»Hm, ich weiß nicht … Karen war kein Mädchen, das Anschluss an eine Clique suchte, das ist das eine. So wirkte sie jedenfalls nie auf mich. Und das andere …« Er zog die Augenbrauen hoch.

»Ja?«

Hansen setzte sich gerade auf. »Das Mädchen hatte ein Niveau – sowohl intellektuell als auch charakterlich –, das meiner

Ansicht nach zumindest gegen eine innige Freundschaft mit den Vieren spricht.«

»Weil drei von ihnen auf die Real- beziehungsweise Hauptschule gehen?«

»Weil sie ihr garantiert nicht das Wasser reichen konnten – und das gilt auch für ihre Klassenkameradin Nelli!«

»Manchmal werden andere Dinge wichtiger, gerade in dem Alter. Außerdem kennen Sie doch die anderen Mädchen kaum, wie Sie gerade selbst erklärt haben. Oder habe ich da etwas missverstanden?«

Hansens Blick wechselte zweimal zwischen Aufnahmegerät und Johannas Gesicht hin und her. Die Kommissarin verzog keine Miene.

»Sprechen Sie sich ruhig ganz offen aus.«

Der Lehrer beugte sich vor. »Ich glaube ganz einfach, dass das Mädchen zufällig in eine dumme Geschichte geraten ist. Außerdem war Karen kein Junkie – das hätte man doch eher gemerkt!«

»Die anderen sind bislang in dieser Sparte auch nicht auffällig geworden.«

Hansen zuckte mit den Achseln. »Wie Sie meinen. Sie wollten meine Ansicht hören.«

»Richtig.« Johanna lächelte. »Und ich bin froh, dass Sie so offen sind. Was können Sie mir eigentlich zu Betty Flint sagen?«

»Betty? Was hat die damit zu tun?«

Johanna hob beide Hände. »Keine Ahnung – sagen Sie es mir! Waren Karen und Betty miteinander befreundet?«

»Tja, schwer zu sagen. Betty ist ziemlich scheu und introvertiert. Die beiden haben in letzter Zeit nebeneinandergesessen und auch mal ein Referat zusammen erarbeitet. Ich will nicht ausschließen, dass sich daraus freundschaftliche Nähe entwickelt hat, aber sicher bin ich nicht. Dazu müssten Sie wohl das Mädchen persönlich befragen – allerdings fehlt sie heute.«

Die Pausenglocke unterbrach das Gespräch in volltönendem Dreiklang. Johanna hielt einen Augenblick die Luft an, so intensiv war das Déjà-vu-Gefühl. Nur Sekundenbruchteile später krachten Türen, und Stimmengewirr hallte durch das Gebäude. Kreischen, Schritte, Lachen. Die Cafeteria wurde erobert. Stühlescharren.

»Mit wem wollen Sie als Nächstes sprechen?«, fragte Hansen, als draußen ein gleichmäßiger Lärmpegel erreicht war.

Johanna lächelte. Hansen hatte die Nase voll. Sie wollte seine Geduld nicht überstrapazieren, darum entschied sie, ihn fürs Erste in Ruhe zu lassen. Sie betätigte die Stopptaste des Aufnahmegeräts und überlegte kurz.

»Mit Nelli. Sagen Sie ihr bitte nicht, worum es geht.«

8

Sie lauschte einen Moment an der Tür und vergewisserte sich, dass niemand im Hausflur war. Dann schlüpfte sie hinaus, um mit wenigen Schritten die Treppe zum Dachboden hinaufzueilen. Das Schloss knarrte leise. Rabea blieb einen Moment stehen, um ihre Augen an das trübe Halbdunkel zu gewöhnen, und zog die Tür behutsam hinter sich zu. Nur noch wenige Mieter hängten ihre Wäsche zum Trocknen auf dem Boden auf – die alte Schmidt mit den Stützstrümpfen aus dem ersten Stock zum Beispiel und manchmal auch der Dicke von unten. Rabea hörte ihn immer die Treppe hochschnaufen, und später war die Wäscheleine voller Unterhosen in XXL, daneben Socken in undefinierbarem Grau, von denen man nicht vermutete, dass sie jemals frisch gewaschen gewesen seien. Die meisten Hausbewohner hatten sich ein Plätzchen gesichert, wo sie einen kaputten Stuhl, ein ausrangiertes Regal oder auch Koffer und Kartons lagerten, für die in der Wohnung oder auch im Keller kein Platz mehr war. An der dicken Staubschicht konnte man erkennen, dass die Sachen schon lange niemanden mehr interessierten und in Vergessenheit geraten waren.

Am linken Giebelende stand ein uralter, wuchtiger und mitsamt eines Aufsatzes an die drei Meter hochragender Küchenschrank, der die gesamte Breite des Dachbodens einnahm. An einer Seite befanden sich Schubladen und Fächer, an der anderen war eine Tür eingelassen. Rabea lauschte erneut, bevor sie die Tür öffnete. An einer Garderobenstange hingen Arbeitsklamotten und Regenjacken, am Boden reihten sich Stiefel und einige Kartons mit Schulbüchern und Ordnern auf. Rabea schob die Bügel beiseite, bückte sich und tastete an der rückwärtigen Wand nach einem kleinen Riegel. Wenig später ließ sich die Wand ein Stück zur Seite schieben und gab den Zugang zu einem kleinen abgetrennten Raum frei, in dem eine Matratze mit einigen Decken und Kissen, eine Holzkiste und ein kleines Regal Platz hatten: das Krähennest. Sie zog die Schranktür zu, schob die Wand wieder an ihren ursprünglichen Platz zurück und trat an das runde Dachlukenfenster, um den Ausblick zu genießen.

Rabea war vor über zehn Jahren, als sie sieben war, mit ihren Eltern und den drei älteren Halbbrüdern aus der ersten Ehe ihrer Mutter in das dreistöckige Mehrfamilienhaus aus den 1960er Jahren im Krähenhoop, dem südlichen Teil der Teichbreite, eingezogen. Hier versperrten keine Hochhäuser den Blick, und man konnte auf Wiesen, Felder, den Allersee und die B 188 gucken, die Wolfsburg und Vorsfelde verband. Eigentlich eine schöne Gegend.

Die ersten Pläne für das Krähennest hatte sie bereits mit zwölf Jahren geschmiedet. Damals hatte ihre Mutter mit dem Saufen angefangen, und irgendwie war dann nach und nach alles aus dem Ruder gelaufen – so sehr, dass sie sich später kaum noch daran erinnerte, wie es vorher mal gewesen war: zu Hause, Familie, lachen, zusammenhalten und so, der Vater, der nach der Schicht nach Hause kam und nach den Kindern fragte. Geburtstage, Weihnachten, Urlaub. Sie sprach nicht gerne darüber. Noch weniger wollte sie darüber nachdenken oder davon träumen, aber das ließ sich kaum verhindern. Träume kamen ungerufen. Manchmal hatte sie drei oder vier Wochen Ruhe, dann wieder überfielen sie jede Nacht die gleichen Bilder mit den gleichen Gestalten.

Mit dreizehn hatte sie angefangen, sich auf dem Dachboden zu verstecken, wenn die Brüder mit ihren Freunden nach Hause kamen, die Musikanlage aufdrehten und Schnaps und Bier auf den Tisch stellten, zur Freude der Mutter. Wenn der große schlanke Typ mit den schwarzen Haaren und dem schiefen, gemeinen Lächeln dabei war, bekam sie Magenschmerzen. An einem Samstagabend zwang er sie, sein Ding in den Mund zu nehmen. Sie war vierzehn gewesen, als er sie erst betrunken gemacht und dann vergewaltigt hatte. Wenige Tage später fing sie an, das Krähennest zu bauen. Als es fertig war, durchströmte sie ein starkes Gefühl von Sicherheit und Ruhe, gefolgt von der plötzlichen Erkenntnis, genau zu wissen, was getan werden musste.

Als der Schwarzhaarige ihr das nächste Mal auf den Leib zu rücken versuchte, zerschlug sie eine Bierflasche auf seinem Schädel und trat ihm anschließend mit voller Wucht in den Bauch. Niemals würde sie seinen Blick vergessen und die fassungslosen Gesichter ihrer Brüder, als sie den blutüberströmten Kerl aus ihrem Zimmer warf. Sie hatte gewonnen, und sie schwor sich, nie wieder eine Verliererin zu sein. Ein Opfer. Egal, wie hoch der Preis sein würde.

Mittlerweile war die Familie beträchtlich zusammengeschrumpft. Nur noch der Jüngste der Brüder wohnte im Krähenhoop, Rabeas Vater war kaum zu Hause, und ihre Mutter schlief oder soff oder saß vor dem Fernseher oder schrie und schlug um sich. Aber sie wagte es nicht, ihre Tochter anzurühren.

Rabea fröstelte und schloss die Dachluke. Sie streckte sich auf der Matratze aus, als das Handy in ihrer Hosentasche vibrierte. Sie blickte aufs Display und zuckte mit den Achseln. Mit ihr hatte sie nicht gerechnet, aber sie würde einen Grund haben anzurufen, davon war Rabea überzeugt.

»Was gibt's, Nelli?«

»Geile Idee von dir, heute nicht in die Schule zu kommen. Du ahnst nicht, wer hier ist und einen Haufen blöder Fragen stellt!«

Nellis Stimme klang aufgeregt und ängstlich. Sie spie die Worte förmlich aus. Wahrscheinlich trampelte sie von einem Bein aufs andere und wusste gar nicht, wohin mit ihrer Unsicherheit und dem gleichzeitigen Bestreben, keine Fehler zu machen. Rabea konnte es nicht ausstehen, wenn Nelli so drauf war. Wenn überhaupt jemand so drauf war.

»Mach nicht so einen Aufriss, komm zur Sache.«

»Die Bullen sind da und vernehmen alle.«

Rabea setzte sich auf. »Was?«

»Ja – du hast richtig gehört: die Bullen.«

»Dass ich nichts an den Ohren habe, ist mir klar. Wer wird vernommen?«

»Na wir: die Krähen. Ich bin gerade durch, jetzt holen sie Philippa und …«

»Und worum geht es?«

»Um Karen, deswegen sage ich ja …«

Rabea atmete scharf ein. »Wie?«

»Karen. Der Fall wird noch mal genauer beleuchtet, wie die Kommissarin gesagt hat – das ist echt ‘ne schräge Type, aber egal. Was machen wir denn jetzt?«

»Zunächst mal treffen wir uns heute Nachmittag am Alten Teich. Um drei. Du sagst den anderen Bescheid – unauffällig natürlich.«

»Ja, okay, aber sag mal, wenn …«

»Reg dich ab. Wir reden später darüber.«

»Aber …«

»Nelli?«

»Ja?«

»Halt die Schnauze!«

Rabea unterbrach die Verbindung und pfefferte das Handy in die Ecke. Ihr Herz flatterte wie ein kleiner Vogel. Sie hasste dieses Gefühl. Aber sie würde es in den Griff bekommen. Wie immer.

Mit dem Rad brauchte sie nur wenige Minuten bis zum Waldrand. Ihr Weg führte am schicken Neubaugebiet, das die Felder verdrängt hatte, und der Schule in der Teichbreite vorbei. Der Alte Teich existierte schon seit einigen Jahrhunderten, wie Rabeas Vater erzählt hatte, als sie mal vor einer halben Ewigkeit – oder auch einer ganzen – einen langen Spaziergang zusammen unternommen hatten. Seine Entstehung ging zurück auf die Zeit, als man hier in der Gegend Ton gewonnen und sich in der ursprünglichen Entnahmestelle später Wasser gesammelt hatte. Dreihundert Meter nördlich des Teichs hatte es bis um 1970 eine Ziegelei und weitere Tonentnahmestellen gegeben, die später mit Müll aufgefüllt worden waren. Rabea war erstaunt, dass sie sich noch so genau an die Schilderungen ihres Vaters erinnerte. Ihr Erdkundelehrer wäre noch erstaunter.

Sie waren an der östlichen Uferseite verabredet. Wald und Schilf wuchsen hier besonders dicht und undurchdringlich. Modriger Geruch stieg auf. Enten schnatterten. Rabea schob ihr Rad in ein Gebüsch und folgte einem Wildpfad, während sie nach allen Seiten Ausschau hielt und die Ohren spitzte. Vor den Schwänen musste man sich in Acht nehmen. Die verstanden keinen Spaß, insbesondere wenn sie Junge hatten. Rabea bewunderte ihre Eleganz und kompromisslose Angriffswut, wenn man ihre Grenze überschritt.

Plötzlich hörte sie eine leise Stimme, dann eine zweite: Nelli und Philippa. Lola war entweder still, was durchaus zu ihr passte, oder noch nicht eingetroffen, was Rabea wundern würde. Sie beide waren seit der Grundschule in einer Klasse, und Lola war immer pünktlich. So wie ihr Haar immer gekämmt war und sie niemals mit schmutzigen Schuhen aus dem Haus ging. Lola war etwas Besonderes.

Der Pfad beschrieb zur Teichseite einen Bogen und führte ins Schilf. Auf einer verwitterten Holzbank kauerten Nelli und Philippa und hatten die Köpfe zusammengesteckt. Sie fuhren herum, als Rabea plötzlich vor ihnen stand.

»He! Wie wäre es, wenn ihr mal ein bisschen mehr aufpassen würdet?«

Nelli erhob sich ächzend und setzte ein zittriges Lächeln auf. Das Sweatshirt spannte über ihrem Busen, und die Hose saß knalleng. Philippa blickte mit kohlschwarzen strahlenden Augen zu Rabea hoch und rutschte zur Seite.

»Willst du dich setzen?«

»Nein. Wo ist Lola?«

»Wahrscheinlich zu Hause. Kann sein, dass da die Kacke ziemlich am Dampfen ist«, sagte Philippa und streckte die Beine aus. »Wegen der Bullen. Die haben bei ihr vor der Tür gestanden.«

Rabea verschränkte die Arme. »Wieso das? Ich denke, die waren in der Schule.« Sie warf Nelli einen schnellen Blick zu.

»Eure Klasse hat eine Exkursion ins Schloss gemacht – irgendeine Ausstellung besuchen –, und Lola ist danach gleich nach

Hause gefahren. Deshalb sind die Bullen bei ihr aufgekreuzt. Ich schätze, ihre Mutter hat sie danach nicht mehr weggelassen und ihr Handy kassiert. Wir haben kurz telefoniert, und plötzlich war die Verbindung unterbrochen.« Philippa grinste. »Du kennst ja ihre Mutter.«

Allerdings. Rabea starrte einen Moment über den Teich. Lolas Mutter war der Ansicht, dass sie noch eine ganze Menge mitzureden hatte, was das Leben ihrer Tochter betraf. Wenn sie sich da mal nicht gewaltig in den Finger schnitt. Oder längst geschnitten hatte.

»Bei dir waren sie also noch nicht?«, fragte Philippa.

Rabea zuckte die Achseln. »Ich war nicht zu Hause.« Sie wandte sich Nelli zu. »Leg mal los – was genau wollten die wissen?«

»Na, den ganzen Mist noch mal von vorne – was an dem Abend los war, ob wir fünf befreundet waren und häufiger zusammen losgezogen sind und so weiter. Die übliche Frage nach den Drogen. Und ich hab halt alles noch mal erzählt«, berichtete Nelli. Sie versuchte, die Hände in die Hosentaschen zu stecken, was ihr aber nicht gelang. »Soweit ich es noch wusste.«

»Na, das dürfte doch nicht allzu schwierig gewesen sein.«

»Nö.«

»Was noch?«

Philippa blickte hoch. »Mich haben sie noch nach der Alten und dem Sturz vor den Bus befragt. Ich hab erzählt, dass ich gesehen habe, wie sie auf die Straße gestolpert ist – Ende Gelände.«

Rabea atmete tief durch. »Geht es etwas genauer?«

»Na, die Kommissarin wollte wissen, wo ich stand, als der Unfall passierte, ob ich etwas mitbekommen hätte, ob ich die Großmutter von Karen kannte und so weiter.«

»Hm. Klingt auch nicht neu.«

»Ganz meine Meinung.« Philippa griente.

»Aber es muss doch einen Grund geben, dass die noch mal in der Schule auflaufen und nachfragen«, überlegte Rabea. »Habt ihr eine Idee?«

»Na ja ...« Nelli kratzte mit der Stiefelspitze in der Erde herum. »Ich war schon auf dem Weg nach draußen, da hat die Kommissarin mich noch nach Betty gefragt.«

Rabea wandte sich langsam um. Ein warmes Gefühl von Wut quoll in ihr hoch und breitete sich zitternd in ihr aus. »Und das sagst du erst jetzt?«

»Aber wieso? Karen war in meiner Klasse, Betty ist es auch und … wer weiß, wen die noch alles zu wem befragen? Einfach so – Routine. Das muss doch gar nichts bedeuten. Vielleicht …«

Rabea starrte sie an. »Manchmal bist du so bescheuert, dass ich schreien könnte! Verrat mir eins – wie bist du zu einer Gymnasialempfehlung gekommen?«

Philippa fing an zu kichern und verstummte abrupt, als Rabea ihr einen Stoß verpasste. »Halt die Klappe!«

Einen Augenblick lang hörte man nur die Enten und das Wispern des Schilfs. Rabea sah die beiden Mädchen abwechselnd an. Nellis runde Wangen waren flammend rot, Philippa gab sich cool unbeteiligt.

»Was genau hat die Kommissarin gefragt?«, hakte Rabea in ruhigerem Ton nach. »Und wenn ich genau sage, meine ich auch genau, kapiert?«

Nelli nickte eifrig. »Sie hat nur gefragt, ob Karen und Betty befreundet waren.«

»Und was hast du gesagt?«

»Dass ich das nicht genauer wüsste. Könnte sein, könnte nicht sein. Und dass Betty heute nicht in der Schule war, das hab ich auch noch erwähnt.«

Rabea fuhr sich mit dem Zeigefinger über die Lippen und das Kinn. »Okay. Und dabei bleibst du, verstanden? Und du auch!« Sie sah Philippa an. »Bloß nicht konkret werden.«

»Natürlich nicht. Schon längst kapiert. Und wie geht es jetzt weiter? Ich meine …«

»Zurückhaltung ist das Zauberwort«, erklärte Rabea. »Keine Aktionen. Keine Kontakte. Nichts. Und wenn ich ›nichts‹ sage, dann meine ich auch ›nichts‹. Jedenfalls für den Moment. Wir warten ab, was Lola erzählt, und zu mir werden sie wohl auch noch kommen. Und dann sehen wir weiter.«

Philippa hob die Hände. »Aber wir könnten doch Betty …« Sie brach ab, als Rabea sie anblickte.

»Das bereden wir später, wenn wir genauer wissen, was los ist. Und nun lasst uns verschwinden.«

9

Betty Flint wohnte An der Tiergartenbreite, keine fünf Minuten mit dem Auto von der Schule entfernt. Lola war in der Allerstraße zu Hause, von der die Örtzestraße abging: Hier hatte Johanna gelebt. Fast zehn Jahre lang. Der Krähenhoop, wo Rabea wohnte, befand sich nur wenige Straßen weiter.

»Erst zu Betty, oder?«, fragte Sofia Beran, als sie die Schule verlassen hatten und in den Wagen stiegen. »Liegt ja direkt auf dem Weg.«

Johanna nickte. »Ja. Halten Sie unterwegs bitte mal an irgendeinem Kiosk. Ich brauche unbedingt einen kleinen Imbiss.«

Wenig später vertilgte sie einen Schokoriegel und öffnete eine Kekspackung, während Beran ihr einen prüfenden Seitenblick zuwarf. »Ich hätte Ihnen auch etwas anderes besorgen können, was Richtiges meine ich …«

Johanna winkte ab. »Nein danke, nicht nötig. Ich bin ein Fan von Süßkram – gerade und erst recht beim Ermitteln.«

»Ach so.« Das klang nicht sehr überzeugt.

Johanna griente kurz. »Erzählen Sie mal – was ist Ihnen aufgefallen bei den Gesprächen?«

Beran ordnete sich zum Abbiegen ein. »Tja, ehrlich gesagt: nicht viel. Ich habe mir die Aussagen der Mädchen direkt nach Karens Tod heute früh noch mal genau angesehen, nachdem Sie mich angerufen hatten.« Sie zuckte mit den Achseln. »Keine Widersprüche, keine neuen Darstellungen oder Ähnliches. Nelli war ziemlich aufgeregt und nervös, aber das ist bei einer polizeilichen Vernehmung nichts Ungewöhnliches. Philippa wirkte deutlich ruhiger.«

Johanna nickte. Die Fünfzehnjährige war ein apartes Mädchen – wach und freundlich, höflich und humorvoll. Selbstsicher. Vielleicht eine Spur zu selbstsicher in Anbetracht der Situation und ihres Alters. »Die Darstellungen der beiden klangen ziemlich ähnlich – das Treffen am Abend, Aufbruch in die Disco, Karens Flirt mit dem Jungen, den keine von ihnen näher kannte, ihr Verschwinden …«

»Na ja – die haben sich mit der Sache natürlich auch immer wieder beschäftigt, und wahrscheinlich schleifen sich die eigenen Schilderungen irgendwann ein, und man benutzt sie ohne nachzudenken immer wieder.« Beran parkte vor einem Reihenhäuschen und stellte den Motor ab. »Erlauben Sie mir eine Bemerkung?« Sie wandte Johanna ihr Gesicht zu.

»Nur zu.«

»Ich hätte erwartet, dass Sie intensiver nachfragen würden – bei beiden Mädchen.« Sofia hob rasch die Hände. »Missverstehen Sie mich bitte nicht – ich will Sie auf keinen Fall kritisieren oder so was in der Art. Ich hatte nur angenommen, dass …« Sie warf ihre Locken zurück. »Na ja … Oder ich kriege die wichtigen Sachen einfach nicht mit? Das will ich auf keinen Fall ausschließen.«

Johanna lächelte. Die junge Polizistin hatte angenommen, dass die erfahrene BKA-Expertin ihre ganzen Vernehmungskünste ausspielen und bei der Zeugenbefragung von Beginn an so richtig vom Leder ziehen würde, um dann in null Komma nichts wichtige neue Erkenntnisse zu gewinnen und den Fall in wenigen Stunden aufzuklären oder zumindest ganz locker in eine entscheidende Phase überzuleiten.

»Sie meinen, ich habe zu viel belangloses Zeug geplaudert und Dinge abgefragt, die niemanden aufs Glatteis führen, geschweige denn zu verdächtigen Aussagen verleiten können?«

»Das hätte ich so nicht auszudrücken gewagt.«

Johanna löste den Sicherheitsgurt. »Wissen Sie, vielleicht ist das Schlimmste, was die Mädels angestellt haben, ihr nächtliches Umherflanieren und das Konsumieren der Drogen und jeder Menge Alkohol gewesen, was sie natürlich einem Erwachsenen gegenüber nicht zugeben wollen – verständlicherweise«, sagte sie und legte die Hand auf den Türgriff. »Vielleicht war Karen tatsächlich nur zu Hause und im Unterricht das nette, gescheite und harmlose Mädchen – der Liebling der Oma und Lehrer –, aber in Wirklichkeit hatte sie es faustdick hinter den Ohren und verstand es fabelhaft, ihr zweites Gesicht zu tarnen. Und vielleicht hat Philippa einfach nur an der Bushaltestelle gestanden – mit zwei Dutzend anderen Schülern –, und Frau Milbert bringt in ihrem ganzen Kummer einiges durcheinander. Diese Option, von der Kollege Reinders ausgeht, darf ich nicht aus den Augen verlieren. Das ist das eine.« Sie stieg aus.

Beran erhob sich ebenfalls und sah sie über das Wagendach hinweg fragend an. »Und was ist das andere?«

Es gibt zu viele Vielleichts, dachte Johanna, behielt diesen Gedanken aber ebenso wie ihr Gespräch mit dem Staatsanwalt in Braunschweig zunächst lieber für sich.

»Ich lerne die Mädchen gerade in einer ersten Gesprächsrunde kennen. Ich nehme sozusagen Tuchfühlung auf. Dabei war es mir vorhin wichtig, die beiden in Sicherheit zu wiegen und zunächst keine überraschenden Fragen zu stellen oder besonders forsch vorzugehen. Welche Dynamik sich daraus ergibt, und wie die anderen nun auf uns reagieren, werden wir sehen.« Außerdem führe ich Vernehmungen meist intuitiv, fügte Johanna lautlos hinzu. Manche halten dieses Vorgehen für planlos. Milde ausgedrückt.

Beran nickte langsam. »Glauben Sie, dass die Mädchen mit unserem Kommen rechnen? Dass ausgerechnet heute drei von fünf fehlen, mit denen wir vor Ort sprechen wollen, finde ich schon merkwürdig.«

»Ich denke, wir können davon ausgehen, dass Philippa von Nelli über uns informiert worden ist, und die anderen Mädchen dürften inzwischen ebenfalls Bescheid wissen. Das heißt aber gar nichts. Es ist immer interessant, wenn die Polizei unterwegs ist und Fragen stellt.«

Das Grundstück war von einem Jägerzaun eingefasst. Beran schob das Tor auf, und sie traten in einen winzigen Vorgarten. Johanna ging voraus und steckte die Hände in die Taschen ihrer Jacke. Es war nasskalt. Die Haustür wurde nur wenige Sekunden nach dem Klingeln geöffnet. Als hätte jemand dahinter gewartet und durch den Spion gelinst. Eine schmale Frau mit spitzem Gesicht und hellbraunem halblangem Haar, die Johanna auf Mitte vierzig schätzte, stand vor ihnen. Ihr Blick schwankte zwischen unverhohlener Skepsis und Neugierde, und Johanna hätte ihren letzten Schokoriegel darauf verwettet, dass die Frau schon aus Prinzip eine begeisterte Spionguckerin war. Als sie Berans Uniform registrierte, runzelte sie die Stirn.

»Ja, bitte? Was wünschen Sie?«

»Frau Flint?«, fragte Johanna und wartete auf das zustimmende Nicken, bevor sie sich vorstellte. »Ich möchte kurz mit Ihrer Tochter sprechen. Vor einigen Monaten gab es ein tragisches Unglück, bei dem eine Klassenkameradin von Betty ums Leben gekommen ist.«

»Ja, ich erinnere mich«, sagte Frau Flint, ohne ihr Stirnrunzeln einzustellen. »Wie furchtbar.«

»Es haben sich im Nachhinein noch ein paar Fragen ergeben, über die wir mit einigen Schülern aus Kreuzheide erneut reden müssen und ...«

»Aber Betty kann doch gar nichts dazu sagen.«

Johanna lächelte aufmunternd. »Vielleicht doch. Sie kannte Karen ganz gut und ...«

»Ja? Das ist mir neu.« Die Frau umfasste die Türklinke.

»Die Mädchen waren in einer Klasse.«

»Ja, schon, aber ... Außerdem ist Betty krank.«

»Es dauert wirklich nicht lange.«

Niemand hatte gern die Polizei im Haus, nicht einmal wahre Unschuldsengel, aber Bettys Mutter gab sich außerordentlich wenig Mühe, ihre abweisende Haltung zu verbergen. Johanna vermutete, dass Gastfreundschaft in diesem Haus ganz allgemein nicht besonders hochgehalten wurde und dass sie mit leutseligen Überzeugungsversuchen nicht allzu weit kommen würde. Sie nahm den Blick der Frau auf und trat zwei Schritte näher. Neben sich hörte sie Beran tief durchatmen.

»Zehn Minuten, dann sind Sie uns wieder los, Frau Flint – versprochen«, sagte Johanna und schob sich an der langsam zurückweichenden Frau vorbei in den Flur.

Rechts führte eine Treppe nach oben, links roch es nach Küche, und geradeaus war die Tür geschlossen. Wahrscheinlich die gute Stube. Die Kommissarin legte die Hand aufs Geländer.

»Ist Betty oben?«

»Ja, aber ...«

»Kommen Sie, Beran?«

»Bin unterwegs.«

»Hinten links«, rief Frau Flint plötzlich. »Soll ich nicht lieber dabei sein? Ich meine ...«

»Danke. Wir sagen Bescheid, wenn wir Sie brauchen.«

Johanna sah sie gar nicht mehr an, sondern ging die engen Stufen eilig nach oben. Sie wusste, dass sie juristisch nicht ganz sauber vorging, um es zurückhaltend zu formulieren, und wollte sich zügig ein Bild verschaffen – bevor Bettys Mutter auf die Idee kam, mit wem auch immer über das Auftreten der Polizei zu sprechen. Sie warf Beran einen bedeutungsvollen Blick zu und klopfte zweimal. Es folgte ein Hüsteln und ein zartes, erstauntes »Ja?«.

Der Geruch nach Fencheltee und Pinimenthol schlug Johanna schon beim Türöffnen in einer dichten Wolke entgegen. Ansonsten wirkte der kleine Raum mit den Dachschrägen gemütlicher, als sie erwartet hatte. Betty war auf einem Sofa unter dem Fenster in eine dicke Wolldecke gekuschelt und starrte die beiden Polizistinnen aus dunkel umrandeten Augen perplex an. So viel stand fest – dieses Mädchen war nicht gewarnt worden. Betty sah jünger aus als sechzehn Jahre, und Johanna entschied sich, auch dieses Mädchen zu duzen.

»Hallo Betty«, sagte Johanna. »Ich bin Kommissarin Krass, und meine Kollegin heißt Sofia Beran. Wir ermitteln noch einmal im Zusammenhang mit dem Unfalltod von Karen Milbert und haben auch einige Fragen an dich. Ich weiß, dass du krank bist, aber vielleicht kannst du uns trotzdem ein paar Minuten zur Verfügung stellen.«

Betty setzte sich gerade auf und schniefte. Sie war völlig überrumpelt. »Ja, aber ich dachte, das wäre längst ... Was haben Sie denn meiner Mutter gesagt?«

Interessante Gegenfrage, dachte Johanna. »Na, das Gleiche

natürlich. Sie hat uns freundlicherweise sofort nach oben geschickt.«

Betty runzelte die Stirn, während Sofia sich deutlich vernehmbar räusperte. Johanna lächelte, zog sich den Schreibtischstuhl heran und nahm unaufgefordert Platz.

»Betty, wir haben gehört, dass du mit Karen befreundet warst.«

»Befreundet? Nicht richtig, nein. Und ich kann Ihnen wirklich nichts sagen.«

»Bisher habe ich noch nicht mal eine Frage gestellt.«

Das Mädchen sah die Kommissarin einen Moment abwartend an, dann griff sie hinter sich und zog aus einer Vorratspackung ein frisches Taschentuch.

»Sie war in meiner Klasse. Mehr kann ich nicht dazu sagen.« Sie schnäuzte sich lautstark.

Johanna lehnte sich zurück und schlug ein Bein über das andere. »Sogar ihr Vater erinnert sich an deinen Namen.«

»Wir haben mal Hausaufgaben zusammen gemacht, und Karen hat mich vorgestellt.« Betty zerknüllte das Taschentuch und zog die Decke bis zum Hals hinauf.

»Karen ist auf besonders unschöne Weise ums Leben gekommen«, sagte Johanna nach einer kurzen Pause eindringlich. »Ich gewinne gerade den Eindruck, dass du sie am liebsten gar nicht gekannt hättest. Warum eigentlich?«

Betty schluckte. »Das war eine üble Geschichte, und ich mag gar nicht mehr daran zurückdenken. Verstehen Sie das denn nicht? Außerdem ist von Alkohol und Drogen die Rede gewesen! Meine Eltern ticken ab, wenn sie annehmen, dass ich vielleicht auch …« Sie stockte.

»Verstehe. Möchtest du das Gespräch unter Umständen in den nächsten Tagen an einem anderen Ort fortsetzen?«

»Nein.«

»Ich kann dir versichern, dass es unter uns bleibt.«

»Trotzdem: nein.«

»Aber ich habe noch ein paar Fragen.«

Betty zog die Knie an.

»Kennst du eigentlich Lola, Rabea und Philippa?«

»Die waren in der Nacht auch in dieser Disco – zusammen mit Nelli und Karen. Und zig anderen«, antwortete das Mädchen. »Das hat sich an der Schule herumgesprochen.«

»Ist mir klar, aber sind dir diese vier oder auch fünf ansonsten schon mal über den Weg gelaufen beziehungsweise als Freundinnengruppe aufgefallen?«

Sie schüttelte den Kopf. »Nö.« Eine verschwitzte blassbraune Haarsträhne fiel ihr ins Gesicht. Sie pustete sie beiseite und hustete.

»Betty, sind dir in der Schule oder von Schülern aus Kreuzheide schon mal Drogen angeboten worden – Ecstasy oder Ähnliches?«

Erneutes Kopfschütteln.

»Und wenn ich dir versichere, dass niemand erfährt, von wem wir die Information haben, könntest du mir dann einen Hinweis geben?«

»Nein.«

Johanna stand im selben Augenblick auf, als im Flur die Treppe knarzte.

»Danke, Betty, das war es schon.« Für den Moment jedenfalls, fügte sie lautlos hinzu.

Bettys Mutter öffnete die Tür, und keine Minute später befanden sich Beran und Kommissarin Krass wieder draußen auf der Straße.

»Puh!«, stöhnte Sofia. »Da herrscht ja eine nette Stimmung.«

»Ja – so stellt man sich fröhliches Familienleben vor.« Johanna schritt kräftig aus. »Nur zur Sicherheit: Überprüfen Sie doch bitte mal, ob es zu dieser Familie irgendeinen polizeilichen Vermerk gibt.«

»Woran denken Sie?«

»An ruhestörenden Partylärm.«

»Was?«

Johanna verdrehte die Augen. »Das war ein Scherz. Wahrscheinlich mal wieder völlig unangemessen, aber na ja … Ich dachte an anonyme Anzeigen. Gewalt in der Familie oder so was. Ist nur eine Idee.«

»Okay.« Beran eilte über die Straße und öffnete den Wagen. »Allerstraße oder Krähenhoop?«

»Machen Sie mal erst die Biege zum Krähenhoop.«

Bei Rabea Solga hatte niemand geöffnet, also waren sie über die Drömling- und vorbei an der Örtzestraße weiter in die Allerstraße gefahren. Die Fassaden der Hochhäuser waren inzwischen mehrfach renoviert worden, hinter dem Kindergarten entstand ein neues Viertel, das Wolfsburg und Vorsfelde noch enger zusammenwachsen ließ, und man durfte nur noch dreißig fahren. Die alte Feldmark war verschwunden. Viele Rasenflächen waren inzwischen mit aufwendigen Bepflanzungen versehen. Sah adrett aus, aber Fußball konnte man da nicht mehr spielen. Vor achtunddreißig Jahren hatten manchmal zehn, fünfzehn Kinder auf dem kleinen Spielplatz und dem Rasen hinter der Örtzestraße 1 herumgetobt. Sie hatten Indianer und Cowboy gespielt und waren am Feld zwischen Birnbäumen und dichtem Gebüsch an einem Bach herumgestromert. Ein kleiner Junge, Christian, erinnerte Johanna sich plötzlich, hatte irgendwann behauptet, dass es dort Füchse gebe. Von da an hieß das Gebiet nur noch die Fuchsi. Wie albern, dachte sie und versuchte die eindringlichen Bilder abzuwehren, die ungerufen in ihr hochstiegen. Sie war immer ganz aufgeregt gewesen, wenn sie im Frühjahr endlich die Rollschuhe herausholen konnte. Dabei war sie gar keine besonders geschickte Fahrerin gewesen. Aber der Singsang der Rollen auf den Wegen rund um die Schule in der Teichbreite hatte etwas Tröstliches gehabt.

Die Atmosphäre bei Lola zu Hause war in keiner Weise mit der bei Betty zu vergleichen. Eine geschäftige rothaarige Frau in gut sitzenden schwarzen Jeans und buntem Pullover bat Beran und Johanna mit lebhafter Gestik sofort ins Wohnzimmer – ein heller Raum voller Holzmöbel, der nicht nur an Sonn- und Feiertagen genutzt wurde. Zwei kleinere Kinder im Alter von fünf und schätzungsweise neun oder zehn Jahren spielten auf dem Teppich. Das ältere Kind, ein Junge, saß im Schneidersitz an einen Sessel gelehnt und bearbeitete mit verkniffenem Gesicht einen Gameboy, das Mädchen zog einer Barbiepuppe ein Hochzeitskleid an.

Die gibt es ja immer noch, dachte Johanna, ich fasse es nicht. Auf dem Wohnzimmertisch waren mehrere Frauenzeitschriften aufgeschlagen, eine Tasse Kaffee dampfte vor sich hin, aus einem Nebenzimmer drang laute Popmusik.

»Lola ist gerade nach Hause gekommen«, erklärte ihre Mutter rasch. »Ich hole sie sofort. Nehmen Sie doch schon mal Platz – am besten am Esszimmertisch.«

Sie sammelte die Spielutensilien von Lolas Geschwistern ein und scheuchte die Kleinen zur Tür hinaus, während die Polizistinnen sich setzten. Dann sah sie Johanna an. »Und meine Tochter hat wirklich nichts angestellt? Es geht lediglich um dieses Unglück?«

»Wir müssen nur ein paar Fragen klären und wenden uns noch mal an die Mädchen, die an dem Abend mit Karen unterwegs waren«, erklärte die Kommissarin.

»Karen … Hm, ja. Ein wirklich schreckliches Unglück.«

»Kannten Sie das Mädchen näher? War sie mal bei Ihnen zu Hause?«

»Nein. Lola ist meistens mit Rabea zusammen oder auch mit Philippa und dieser Nelli«, sie zog die Augenbrauen hoch. »Was ich nicht so ganz nachvollziehen kann. Muss ich vielleicht aber auch nicht. Die vier sind schon eine ganze Weile sehr eng befreundet – das ist ein richtiges Kleeblatt.«

Johanna lächelte. »Was Ihnen nicht hundertprozentig gefällt?«

Frau Kranstedt winkte ab. »Haben Sie Kinder? Nein? Wissen Sie, man hat so seine Vorstellungen und Ideen, wenn man Kinder in die Welt setzt, aber je älter sie werden, desto deutlicher zeigt sich, wie wenig Einfluss Eltern wirklich haben. Ja, und das entmutigt mich manchmal oder macht mich sehr nachdenklich … Insbesondere wenn es um den Umgang geht.« Sie zuckte mit den Achseln.

»Was ist denn nach Ihrer Ansicht nicht okay an Rabea oder Philippa und Nelli?«

»Lola und Rabea sind schon seit ewigen Zeiten befreundet. Ich mag das Mädchen – wirklich, aber … sie kommt aus problematischen Familienverhältnissen. Ausgesprochen problematisch. Soweit ich weiß, gibt es drei Söhne aus erster Ehe, die Mutter trinkt und kümmert sich um nichts, der Vater sowieso nicht – ich glaub, der wohnt auch gar nicht mehr zu Hause –, und Rabea musste sehr früh selbstständig werden. So etwas verkraften nicht alle Kinder, und man macht sich so seine Gedanken. Verstehen Sie?«

»Durchaus. Gute Freunde können sehr hilfreich sein.«

»Ja, das stimmt wohl.« Kranstedt nickte.

»Und die beiden anderen Mädchen?«

»Philippa ist ein hübsches Ding, aber schulisch völlig uninteressiert. Das kann man sich heutzutage doch gar nicht mehr leisten. Na ja, und Nelli besucht zwar das Gymnasium, aber … Ich weiß einfach nicht, was meine Tochter mit ihr verbindet.«

Sie hält sie für ein hässliches, dickes Trampeltier, das nicht zu Lola passt, fuhr es Johanna durch den Kopf.

»Aber … na ja. Ich hole jetzt mal Lola.« Damit schlüpfte sie aus dem Zimmer.

Ein blondes, langbeiniges Mädchen mit beneidenswert reinem Teint, das man sich gut im Reitstall oder auch beim Klavierunterricht vorstellen konnte, trat wenig später von seiner Mutter begleitet zur Tür herein und bemühte sich um eine gleichmütig freundliche Miene, während sie ein höfliches »Hallo« in den Raum warf. Sie wusste natürlich längst Bescheid. Johanna lächelte ihr herzlich zu und sah dann ihre Mutter an.

»Frau Kranstedt, es wäre hilfreicher, wenn wir die Unterredung allein mit Ihrer Tochter führen könnten.«

»Ach? Aber …«

»Jugendliche entspannen sich häufig besser, wenn die Eltern bei derlei Gesprächen nicht anwesend sind.«

Johanna zuckte mit keiner Wimper, während Frau Kranstedt noch einen Augenblick unschlüssig in der Tür stehen blieb und schließlich nickte, bevor sie der Kommissarin – schweren Herzens – die Regie überließ. Lola trat näher, setzte sich neben Beran und betrachtete Johanna aufmerksam.

»Du weißt natürlich, worum es geht, nicht wahr?«, fragte die Kommissarin.

»Na klar. Meine Mutter hat es mir gesagt.«

Lola lächelte und entblößte zwei Reihen blitzweißer Zähne, die die Spangenzeit längst hinter sich oder aber nie nötig gehabt hatten. Johanna tippte eher auf Letzteres.

»Sonst niemand?«

Unschuldiger Augenaufschlag. »Bitte?«

»Hat dich denn niemand über unsere erneuten Ermittlungen in Kenntnis gesetzt?«

»Ich verstehe nicht.«

»Natürlich verstehst du uns. Nelli oder Philippa haben doch bestimmt angerufen oder eine SMS geschickt.«

»Ich war mit meiner Klasse in einer Ausstellung, da mussten wir die Handys ausstellen.« Lola rückte auf dem Stuhl hin und her und warf mit einer lässigen Bewegung eine Strähne über die Schulter zurück.

Johanna nickte betont nachdenklich. »Weißt du, was das Erste ist, was die Kids heutzutage machen, wenn sie mittags aus der Schule kommen? Sie stöpseln sich ihre Ohrhörer rein und schalten die Handys an. Machst du das nicht genauso?«

Lolas Wangen verfärbten sich rötlich. Bei Blondinen war das besonders gut zu erkennen.

»Warum reiten Sie da eigentlich so drauf rum?«

»Ganz einfach: Weil ich mich frage, wieso du diese Selbstverständlichkeit nicht einfach zugibst. Natürlich informieren sich Freundinnen gegenseitig über das Auftauchen der Polizei – alles andere wäre ziemlich daneben, oder?«

Lola starrte Johanna verwirrt an. Die Kommissarin fing einen Blick von Sofia Beran auf und gab ihr per Handzeichen zu verstehen, dass sie das Aufnahmegerät einschalten solle.

»Na schön, lassen wir das. Also, Lola, dann erzähl mal – ganz von vorne.«

»Wie ganz von vorne?«

»Der besagte Abend – wann habt ihr euch getroffen? Warum ausgerechnet diese Disco? Wann habt ihr Karens Verschwinden bemerkt? Und so weiter und so fort«, erläuterte Johanna und machte eine einladende Handbewegung. »Nur zu. Ich bin ganz Ohr.«

Lola seufzte. Sie wirkte mittelprächtig entnervt. »Na schön. Wir haben uns gegen acht bei Philippa getroffen, um uns ein bisschen aufzustylen – Rabea, Nelli und ich. In der Disco war Party angesagt, zwei nette DJs, die immer gute Mucke spielen, sollten auflegen. Mit Karen waren wir erst kurz nach halb zehn unten am Allersee verabredet …«

»Warum?«

»Warum was?«

»Warum ist Karen nicht auch zu Philippa gekommen – um sich mit euch gemeinsam aufzustylen?«

Lola lächelte. »Sie hat den Abend mit ihren Eltern verbracht und sich dann unter dem Vorwand, sie hätte Kopfschmerzen, zurückgezogen, um später heimlich das Haus zu verlassen. Ihre Alten … Die Eltern glaubten, Karen würde schlafen.«

»Ach so. Und deine Eltern nahmen an, du würdest bei Rabea übernachten?«

Lola schüttelte den Kopf. »Nein, nein, wir haben allen erzählt, dass wir bei Nelli schlafen würden. Das war meiner Mutter zwar auch nicht hundertprozentig recht, aber damit konnte sie immer noch besser leben als mit der Vorstellung, wir würden bei Rabea übernachten. Bei der zu Hause ist nämlich häufig Zoff, und meine Mutter meint immer, die besorgte Mami raushängen lassen zu müssen, wenn es um Rabea geht oder wir zusammen unterwegs sind.« Sie verdrehte die Augen.

»Aha. Und das geht dir auf die Nerven?«

»Natürlich geht mir das auf die Nerven. Ich bin sechzehn!«

»Karen war fünfzehn«, erwiderte Johanna leise. »Sie war mit Drogen und Alkohol vollgepumpt, und sie hatte aller Wahrscheinlichkeit nach keinen freiwilligen Sex, bevor sie schließlich von einem Zug überrollt wurde. Angesichts dieser Ereignisse kann ich gut verstehen, wenn deine Mutter die Mami raushängen lässt, wie du es formulierst.«

Einen Moment war es still. Dann schluckte Lola. »Na ja, Karen hat sich wahrscheinlich mit irgendeinem fiesen Typen eingelassen.«

»Und davon habt ihr, hast du nichts mitbekommen?«

»Nicht direkt, aber sie hat lange mit einem Jungen getanzt – auch eng umschlungen. Wahrscheinlich hat sie sich verknallt oder so. Passiert ja. Aber wir kannten den nicht, keine von uns, und näher angesehen habe ich ihn mir auch nicht. Karen wollte ihren Spaß haben, so sah es aus, und mich interessierte der Typ nicht.«

»Wie viel Alkohol habt ihr getrunken?«

»Ich weiß nicht – drei, vier, fünf Gläser oder so. Vielleicht auch sechs. Ich zähl die nicht.«

»Bier?«

»Nein.« Das klang fast empört. Dann folgte ein mitleidiges Lächeln. »Wodka mit Maracujasaft.«

Na klar, was denn sonst, dachte Johanna. »Partydrogen?«

Lola schüttelte den Kopf. »Nö.«

Natürlich nicht, kommentierte Johanna wortlos. »Und dann war Karen plötzlich verschwunden?«

»Ja.«

»Wie spät war es da?«

»Das weiß ich nicht. Ich hab doch nicht die ganze Zeit darauf geachtet, wo Karen ist, und dauernd auf die Uhr gesehen. Irgendwann fiel uns auf, dass sie weg war – vielleicht um zwölf oder kurz danach oder auch kurz davor. Na ja, und wir haben uns gedacht, dass sie 'ne Weile mit dem Typen allein sein wollte. Ist doch normal, wenn man sich verknallt hat, oder?« Lola lächelte. »Sie verstehen schon.«

»Ich gebe mir Mühe.« Johanna verzog keine Miene. Lolas Schilderungen deckten sich mit denen von Nelli und Philippa. »Wieso ist Karen eigentlich mit von der Partie gewesen?«, fragte sie nach einer kurzen Pause. »Wenn ich es richtig mitbekommen habe, wart lediglich ihr vier schon seit langer Zeit eng befreundet. Was hatte Karen plötzlich mit euch zu schaffen?«

»Nelli hat sie mal zu einem Einkaufsbummel mitgebracht – die waren ja in einer Klasse. Und dann haben wir ab und an auch zu fünft was unternommen. Ich glaub, Karen wollte mal was anderes machen. Nicht nur Schule, Lernen, Eltern und so.«

»Auch mal Party, Jungs, Alk und so weiter?«, hakte Johanna nach.

»Ja.« Lola nickte. »Ist doch normal in unserem Alter, und Karen war nicht so artig und fein, wie sie meistens rüberkam. Die konnte sich ganz gut verstellen, und ich glaub nicht, dass sie an dem Abend zum ersten Mal Sex hatte.«

»Aber du weißt es nicht genauer?«

»Nö.«

»Reden Mädchen nicht über so was?«

Lola zuckte mit den Achseln. »So dicke waren wir nun auch wieder nicht.«

»Ach so. Aber dir ist schon klar, dass zwischen Sex haben und einer Vergewaltigung grundsätzlich ein Unterschied besteht? Sogar ein himmelweiter Unterschied.«

»Ja, ja, ich weiß, ich meine ja nur, weil Sie vorhin sagten …«

»Apropos Einkaufsbummel: Fahrt ihr häufiger mal zum Shoppen nach Braunschweig?«

Johanna registrierte ein blitzschnelles, kaum wahrnehmbares Zusammenziehen der Augenbrauen. »Klar – ist viel cooler als hier«, erwiderte Lola dann rasch.

»Fußgängerzone, Karstadt, Citypoint?«

Das Mädchen nickte langsam. »Ja, zum Beispiel.«

»Was ist eigentlich mit Betty?«

»Betty Flint?«

»Genau die.«

»Was soll mit ihr sein?«

»Weißt du, ob sie häufiger mit Karen zusammen war?«

»Nö, das weiß ich nicht. War die in Karens Klasse?«

Johanna lächelte. »Du kennst ihren Nachnamen, aber du weißt nicht, ob sie in einer Klasse waren.«

»Ich kann mir ja nicht alles merken.«

»Da gebe ich dir recht.« Johanna strich mit einer Hand über

den Tisch und betrachtete eine Weile interessiert ihre Fingernägel, bevor sie wieder hochschaute. »Kannst du mir vielleicht ein aktuelles Foto von euch zur Verfügung stellen?«

Lola runzelte die Augenbrauen. »Was wollen Sie denn damit?«

»Du kannst dir bestimmt vorstellen, dass wir im Zuge erneuter Ermittlungen zum Beispiel planen, auch noch mal in die Diskothek zu gehen und andere Leute zu befragen, ob ihr denen aufgefallen seid. Und sicherlich habt ihr keine Lust, jedes Mal für eine Gegenüberstellung zur Verfügung zu stehen, nicht wahr?«

»Nee, ganz sicher nicht.« Lola stand abrupt auf. »Ich hab letztens mit meinem Handy ein paar gemacht und ausgedruckt. Vielleicht reicht das ja. Die sind in meinem Zimmer.«

Johanna erhob sich ebenfalls und begleitete Lola in den Flur. Das Mädchen warf ihr einen abweisenden Blick zu, schlüpfte schnell in ihr Zimmer und zog die Tür fest hinter sich zu. Johanna grinste. Aus der Küche war Kindergeschrei zu hören und die mahnende Stimme der Mutter. Keine Minute später stand Lola wieder vor der Kommissarin und hielt ihr ein Bild vor die Nase.

»Hier – alle vier. Reicht Ihnen das?«

»Mal sehen. Danke dir.« Johanna sah auf.

Lola blieb im Flur stehen und starrte an der Kommissarin vorbei auf die Wohnungstür. Offensichtlich konnte sie es kaum abwarten, sie loszuwerden. In der Küche wurde es plötzlich mucksmäuschenstill.

»Kennst du eigentlich Karens Großmutter?«, fragte Johanna.

»Nur vom Erzählen.«

»Sie sagt, dass Philippa sie vor den Bus gestoßen hat.«

»Die spinnt«, meinte Lola, und in dem Moment öffnete sich die Küchentür.

Johanna nickte. »Ich verstehe.« Sie sah von der Mutter zur Tochter und rief schließlich nach Sofia Beran. »Danke fürs Erste.«

Einen Augenblick blieben sie einfach still sitzen. Dann wandte Beran ihr das Gesicht zu. »Gleich noch mal in den Krähenhoop, oder möchten Sie erst eine Pause einlegen?«

Johanna sah kurz zum Fenster hinaus. In ihrem Kopf summte es wie in einem Bienenstock. »Das Gespräch mit Rabea verschieben wir auf morgen. Mal sehen, wie sie darauf reagiert, warten zu müssen«, bemerkte sie schließlich. »Ich fahre nachher in die Rehaklinik und spreche mit Waltraud Milbert. Vorher bringen Sie mich bitte ins Hotel.« Sie überlegte einen Moment, bevor sie fortfuhr. »Lassen Sie alle vier Namen einfach mal durch den Computer laufen, und fragen Sie bei den Kollegen vom Drogendezernat nach, was an Wolfsburgs Schulen so los ist.«

»Alles klar.«

Beran startete nach kurzem Zögern den Wagen und fuhr los, während Johanna sich das Foto ansah. Drei lachende Mädchen, die ihre Gesichter bereitwillig in die Kamera hielten, in der Mitte das vierte, um das sich die anderen gescharrt hatten, Rabea: dunkelbrauner Lockenkopf, klare grüne Augen, kräftiges Kinn. Eine schöne junge Frau mit einem zurückhaltenden Lächeln.

Am Hotel parkte Beran in zweiter Reihe.

»Meinen Sie, dass die Mädchen etwas mit dem Unfall zu tun haben oder zumindest etwas wissen?«, fragte sie, als Johanna ihre Sachen zusammenklaubte.

»Ich vermute, dass sie etwas verbergen«, antwortete die Kommissarin zögernd. »Aber wissen Sie, was mir bislang am meisten aufstößt? Weder Nelli noch Philippa oder Lola haben auch nur einen Funken von Mitgefühl oder Entsetzen gezeigt, sondern sind ganz und gar darauf konzentriert, ihre Version von dem Abend möglichst überzeugend darzustellen.«

»Und was ist mit Betty?«

»Gute Frage.«

10

Sie zögerte die Besichtigung von Tatorten grundsätzlich so lange wie möglich hinaus, selbst wenn das Verbrechen schon eine ganze Weile zurücklag, und sie war heilfroh, meist erst dann zu den Ermittlungen hinzugezogen zu werden, wenn alle sicht- oder nachweisbaren Spuren längst beseitigt waren. Doch ein Tatort blieb immer ein Tatort, und irgendwann musste sie die Stelle aufsuchen, an der das Verbrechen oder auch ein tragisches Unglück passiert war.

Nach besonders brutalen Geschehnissen hatte Johanna häufig das Gefühl, plötzlich in gleißendem Scheinwerferlicht zu stehen und das Gewusel der Techniker, die Wochen oder Monate zuvor die Umgebung inspiziert hatten, sowie das halblaute Gemurmel oder Fluchen der Kriminalbeamten nachklingen zu hören. Die Anspannung kroch ihr unter die Haut, und der Schock, den alle zu leugnen und hinter Arbeitswut und starren Gesichtern zu verstecken suchten, ließ sie erschaudern. Manchmal spürte sie sogar den Nachhall der Gewalt und des Sterbens. Wäre das regelmäßig der Fall gewesen, hätte Johanna den Beruf gewechselt. Zumindest behauptete sie das, denn das leise drohende Wispern, das dann plötzlich ihren Kopf ausfüllte und ihr Herz abrupt aus dem Rhythmus brachte, war nur schwer zu ertragen. Es existierten so viele Tatorte, dass Johanna hin und wieder der alptraumhafte Gedanke überfiel, es könnte auf der ganzen Welt bald keinen einzigen Fleck mehr geben, an dem nichts Böses geschehen war, sodass sie mit jedem Schritt, den sie machte, den Nachwehen von Verbrechen und Tod ausgesetzt wäre.

Natürlich hatte sie damit gerechnet, gerade an diesem Ort besonders empfindsam zu sein, aber als sie mit dem Rad, das ihr der Wirt vom »Alten Wolf« geliehen hatte, am Ufer des Mittellandkanals entlang langsam in Richtung Vorsfelde fuhr und die Stimmung sie wie ein bleigrauer Schatten einzuhüllen begann, hatte sie Mühe, ruhig weiterzuatmen. Die Sonne stahl sich mit einigen matten Strahlen hinter einer dichten Wolkendecke hervor, ein Kahn schipperte in Richtung Berlin, nasse Kühle kroch ihr den Rücken herunter, während sie in die Pedale trat und ihren Beruf verfluchte – wieder einmal.

Am Wäldchen stieg sie ab und stellte das Rad beiseite. Abgesehen von einigen Fetzen rotweißem Absperrband, das noch an einzelnen Bäumen und Büschen haftete und im Wind flatterte, wies nichts auf einen Tatort und kriminaltechnische Untersuchungen hin. Bis zu den Gleisen waren es nur wenige Schritte. Johanna stiefelte keuchend durchs Unterholz und blieb schließlich stehen. Die Schienen waren in einem deutlich erhöhten Gleisbett verlegt, das man erst erklimmen musste, wenn es einen dort, aus welchen Gründen auch immer, hinaufzog.

Die Kommissarin wischte sich den Schweiß von der Stirn und folgte dem Schienenverlauf mit starrem Blick. Hier oben landete niemand zufällig. Wer hier volltrunken und mit zahlreichen Drogen betäubt umherirrte, würde gar nicht die zielgerichtete Konzentration und Koordinationsfähigkeit aufbringen, um den Damm hinaufzukraxeln – eher würde man bei dem Versuch ins Stolpern geraten und wieder herunterfallen. Johanna hielt die bisherige Version der Polizei auch angesichts der Bedenken des Gerichtsmediziners, die Reitmeyer angeführt hatte, für zunehmend unwahrscheinlicher, wenn sie die Option auch nicht völlig ausschließen durfte. Aber wer hatte ein Mordmotiv? Der junge Mann, mit dem Karen getanzt hatte? Oder steckte doch eine Drogen- und Sexorgie dahinter, die plötzlich eskaliert war? Ein nächtlicher Überfall, der kaschiert werden sollte?

Johanna drehte sich um und blickte in Richtung Osten, nach Vorsfelde. Dann machte sie sich auf den Rückweg. Sie musste sich beeilen, um nicht zu spät zu ihrem Termin mit Karens Großmutter zu kommen.

Waltraud Milbert hatte sich zahllose Prellungen, Verstauchungen und Abschürfungen sowie einen Armbruch zugezogen, außerdem war bei dem Sturz ein Schultergelenk ausgekugelt worden. Als Johanna in der Klinik eintraf, kam Karens Großmutter – trotz oder auch gerade aufgrund der Umstände sorgfältig gekleidet und geschminkt – gerade von der Physiotherapie zurück und schlug einen Besuch in der Cafeteria vor, nachdem sie die Kommissarin einen winzigen Augenblick lang konsterniert gemustert hatte. Johanna Krass entsprach mit großer Wahrscheinlichkeit nicht ihrem Bild von einer souveränen Ermittlerin, die festgefahrenen Fällen eine entscheidende Wendung zu geben vermochte. Aber Milbert fasste sich schnell wieder, ihr Ton war höflich, und sie ließ keinen Zweifel daran aufkommen, dass sie es gewohnt war, selbigen anzugeben, unabhängig davon, wen sie gerade in welcher Situation vor sich hatte.

Einige Minuten lang plänkelte das Gespräch dahin. Milbert prüfte ab und an mit vorsichtig tastenden Händen den Sitz ihrer augenscheinlich frischen Dauerwelle. Während Kaffee und Kuchen serviert wurden, berichtete sie über ihre gesundheitlichen Fortschritte und die Besonderheiten der Tagesklinik. Selbstverständlich sei sie privat versichert. Anders könne man sich ja keinem Arzt mehr anvertrauen. Die Kommissarin sehe das doch bestimmt ganz ähnlich, oder? Johanna deutete ein abwägendes Nicken an und bemühte sich, ein neutrales Gesicht aufzusetzen. Milbert war bestimmt keine Frau, mit der sie auf der Straße oder im Bus in angeregtes Plaudern geraten würde, und Johanna befürchtete nicht zu Unrecht, dass man ihr das an der Nasenspitze ansehen konnte.

»Frau Milbert«, hob Johanna in geschäftsmäßigem Ton an, als die zweite Tasse Kaffee serviert worden war. »Der Unfalltod Ihrer Enkelin ist Gegenstand erneuter Ermittlungen, nachdem Sie …«

»Das war kein Unfall, so wie mein Sturz auch nicht«, unterbrach Milbert sie scharf. »Ich habe das von Anfang an gesagt. Meine Enkelin hat noch nie im Leben Drogen genommen oder Alkohol getrunken – bis auf einen Schluck Sekt bei meinem letzten Geburtstag!« Ihr rechtes Augenlid begann zu zucken, sie sah kurz an Johanna vorbei zum Fenster hinaus. »Ich weiß nicht, wie sie auf die Gleise gekommen ist, aber sicherlich nicht freiwillig«, fügte sie schließlich ruhiger hinzu und wandte der Kommissarin wieder das Gesicht zu. »Meine rechte Hand lege ich dafür ins Feuer.«

Johanna stöhnte innerlich auf. Wie viele rechte Hände im Laufe ihrer beruflichen Laufbahn schon verwettet worden waren, mochte sie gar nicht aufzählen.

»Ich weiß, Frau Milbert«, erwiderte sie. »Aber was immer da passiert sein mag – Karen hatte vorher getrunken, sie hatte Drogen genommen und …«

»Man hat sie gezwungen!«, warf Milbert ein. »Etwas anderes ist überhaupt nicht vorstellbar.«

»Sie ist freiwillig in diese Diskothek gegangen.«

»Auch das sehe ich anders.« Milbert hob den Zeigefinger, und ihr Mund bildete für einen Moment eine scharfe, abwärts gebogene Linie.

Johanna runzelte die Stirn. »Bei allem Respekt, Frau Milbert, aber Karen ist dort nicht hingeschleift worden. Sie hat sich mit vier anderen Mädchen verabredet und zu Hause vorgegeben, sie würde sich mit Kopfschmerzen ins Bett legen, um sich später unbemerkt davonzuschleichen. Die Mädchen sind gemeinsam in die Disco gegangen, haben getanzt, sich amüsiert, und irgendwann war Karen verschwunden …«

»Karen hatte Probleme mit diesen Mädchen. Das hat sie mir selbst gesagt.«

Johanna beugte sich vor. »Mit den Vieren, mit denen sie unterwegs war?«

»Ja.«

»Sie hat Ihnen die Namen genannt?«

»Rabea, Philippa, Lola und Nelli«, bestätigte Milbert.

»Okay – was waren das für Probleme?«

»Die Vier bedrohen Mitschüler, lauern ihnen auf, verprügeln sie sogar …«

»Warum?«

»Um zum Beispiel Geld zu erpressen. Und von Drogengeschichten ist auch die Rede.«

Johanna nickte langsam. »Hat Karen Ihnen das genau so gesagt?«

Milbert schüttelte den Kopf. »Nicht ganz – sie hat Andeutungen gemacht und Befürchtungen ausgesprochen, weil sie mich nicht allzu sehr beunruhigen wollte.«

»Andeutungen allein sind wenig hilfreich, wenn es um knallharte Ermittlungen geht. Befürchtungen schon mal gar nicht«, wandte Johanna ein. Reinders würde sich die Hände reiben. »Und warum verabredet sich Karen ausgerechnet mit den vier Mädchen zu einem Discobesuch, mit denen sie Probleme hat? Wurde sie erpresst oder bedroht?«

Milbert presste kurz die Lippen aufeinander. »Keine Ahnung. Ich kenne den Zusammenhang ebenso wenig wie Sie. Ich weiß nur, dass eine Mitschülerin betroffen war, aber ich weiß nicht, um wen es sich dabei handelte. Später habe ich dann in der Schule mal ein bisschen herumgehorcht. Genaueres wollte mir niemand erzählen, aber immerhin ...«

»Sie sind persönlich und allein in die Schule gegangen, um sich zu erkundigen, was die Vier so machen?«

»Ja. Und um herauszufinden, inwiefern Karen davon betroffen war. Drei-, viermal bin ich in der großen Pause dort gewesen, um mit denen, aber auch mit anderen zu reden ...« Milbert sah Johanna einen Moment mit hochgezogenen Brauen fragend an, als erwarte sie eine weitere Zwischenfrage. »Das Unglück und die Ermittlungen in Kreuzheide hatten einen ziemlichen Wirbel ausgelöst«, fuhr sie fort, als Johanna sie nur unverwandt anblickte. »Viele wussten, wer die Mädchen waren, und es war nicht besonders schwierig, sie zu treffen. Nur gesprochen haben sie kaum mehr als zwei Sätze mit mir. Und andere Schüler auch nicht. Dafür habe ich zweimal einen versteckten, aber unmissverständlichen Hinweis bekommen.«

»Wie darf ich mir das vorstellen?«

»Einmal erhielt ich direkt nach der Rückkehr von der Schule einen anonymen Anruf von einem Mädchen. Sie sagte, dass man sich mit denen auf keinen Fall anlegen dürfe. Die meisten hätten Angst vor ihnen, und es ginge um Geld und auch Drogen.«

»Und beim zweiten Mal?«

»Empfahl mir eine Schülerin auf dem Pausenhof im Flüsterton, dass ich lieber mit meiner Fragerei aufhören solle – wenn ich keinen Ärger mit denen haben wolle. Die schreckten vor nichts zurück. Was sich ja bestätigt hat.«

Johanna lehnte sich zurück. »Würden Sie das Mädchen wiedererkennen?«

Milbert hob das Kinn. »Selbst wenn – sie würde diese Aussage nicht wiederholen. Und auch auf die Gefahr hin, dass Sie mich, wie viele andere auch, nun für albern und hysterisch halten oder meine Reaktionen als völlig überzogen betrachten, Frau Kommissarin: Ich hatte den Eindruck, dass viel Angst auf dem Schulhof herrscht, und ich bin davon überzeugt, dass diese Mädchen meine Enkelin auf dem Gewissen haben und mich ausschalten oder zumindest zu Tode erschrecken wollten, weil ich Ihnen unangenehm nahegekommen bin.« Milbert versuchte, das Zittern in ihrer Stimme zu unterdrücken. »Was ihnen durchaus gelungen ist.«

»Es geht nicht darum, wie ich Sie einschätze«, erwiderte Johanna. »Es geht um Indizien und Beweise. Ich benötige für meine weiteren Ermittlungen brauchbare und belegbare Ansätze und Hinweise, Zeugenaussagen und so weiter. Es genügt nicht, dass Sie von einem Verbrechen überzeugt sind, es muss auch bewiesen werden können. Und wenn niemand eine bestätigende Aussage macht und sich keine Spur findet, die ich verfolgen kann …«

»… dann wird die Akte geschlossen? Sehe ich das richtig?«

»Schlimmstenfalls, ja.«

»Ich bin auf die Straße gestoßen worden – von Philippa, dieser kleinen aalglatten Hexe mit dem unschuldigen Kindergesicht, die mir vorher zuflüsterte, dass ich wie Karen enden würde, wenn ich mich weiterhin in Sachen einmische, die mich nichts angehen. Habe ich mir das eingebildet?«

»Das Problem ist, dass niemand das Geschehen so bestätigen kann, wie Sie es schildern«, wandte Johanna ein. Sie zog das Foto, das Lola ihr zur Verfügung gestellt hatte, aus der Innentasche ihrer Jacke und zeigte es Milbert. »Erkennen Sie auf diesem Bild jemanden?«

Sie nickte. »Natürlich, das sind sie.« Sie zeigte auf Philippa. »Und sie hat sich erst hinter mich geschlichen und sich dann ganz schnell wieder unter die anderen Wartenden gemischt, als ich ins Stolpern geriet. Da hat niemand was Genaueres mitbekommen.« Waltraud Milbert hielt plötzlich inne. »Es ist nicht zu glauben, wie es diesen halbwüchsigen Mädchen gelingt, Behörden und Polizei für dumm zu verkaufen. Und das Rezept dafür scheint ganz einfach zu sein: zusammenhalten, an den richtigen Stellen Angst verbreiten und ansonsten ganz und gar harmlos tun. Worauf wartet die Polizei eigentlich? Dass ein weiterer Unglücksfall geschieht?«

»Ich warte ganz und gar nicht, Frau Milbert, ich bin dran an dem Fall, und ich tue alles, um eine verwertbare Spur zu finden.«

»Dann beeilen Sie sich, und schauen Sie genau hin!«

Eine Viertelstunde später verließ Johanna die Klinik und setzte sich tief durchatmend hinters Steuer. Waltraud Milbert war anstrengend und sicher keine einfache Persönlichkeit, der die Herzen nur so zuflogen; zudem klang ihre Darstellung zumindest stellenweise eher abenteuerlich als überzeugend. Skeptiker kämen aus dem Kopfschütteln wahrscheinlich gar nicht mehr heraus, und wer ihr Böses wollte, konnte ihr ein krankhaftes Bemühen unterstellen, Karen und damit natürlich auch die ganze Familie Milbert posthum mit spektakulären Geschichten reinwaschen zu wollen. Andererseits – beim Stichpunkt »Angst auf dem Schulhof« hatte Johanna sofort die Ladendetektivin vor Augen, und dem ständigen Hinweis auf Drogen musste deutlich verstärkt nachgegangen werden. Sie kramte ihr Handy hervor, setzte das Headset auf und wählte Berans Nummer, bevor sie losfuhr. Am anderen Ende meldete sich nach viermaligem Klingeln eine männliche Stimme. Kommissar Reinders.

»Eigentlich hatte ich Sofia Beran erwartet«, bemerkte Johanna statt einer Begrüßung unverblümt kühl. Reinders anfänglich so hohe Sympathiewerte waren tief in den Keller gerutscht.

»Hallo, Frau Kommissarin – tut mir leid, wenn Sie nun enttäuscht sind. Sofia ist gerade nicht im Büro. Vielleicht kann ich

Ihnen auch weiterhelfen«, erwiderte Reinders schwungvoll. »Wie ich höre, sind Sie mächtig am Recherchieren und Befragen. Kreuzheide scheint ja ein richtig heißes Pflaster zu sein.« Er klang amüsiert.

»Wenn das der Versuch einer heiteren Betrachtung der Fälle sein soll, finde ich ihn gänzlich unangemessen«, entgegnete Johanna scharf, während sie sich auf den Cityring in Richtung Alt-Wolfsburg einfädelte. »Ein junges Mädchen ist tot, dessen Großmutter fühlt sich bedroht und spricht von Mordanschlägen, und ganz offensichtlich ist an dieser Schule etwas im Gange!«

Einen Moment herrschte Stille. Dann räusperte Reinders sich.

»Offensichtlich? Darunter verstehe ich jedenfalls etwas anderes. Wenn Sie Beweise haben, können wir sofort aktiv werden. Wenn nicht …«

»Habe ich nicht! Noch nicht! Doch ich bin ja hier, um sie zu finden, und es nützt wenig, nur an der Oberfläche zu kratzen, Reinders, auch wenn Ihnen Waltraud Milbert unsympathisch ist! Zu meiner nächsten Teeparty werde ich sie aller Wahrscheinlichkeit nach auch nicht einladen. Aber was ist zum Beispiel mit Drogengeschichten in Wolfsburg? Gibt es ein Problem an den Schulen? In welchen Zusammenhängen tauchen die Mädchennamen noch auf? Diesbezüglich kann man schon aktiv werden, oder nicht?«

»Moment mal – wir sind den Hinweisen von Frau Milbert sehr wohl nachgegangen!«, empörte sich Reinders. »Aber keines von den vier Mädchen hatte an jenem Abend Drogen bei sich, und in der Diskothek sind wir auch nicht fündig geworden – sieht man mal von ein paar Gramm Koks, Hasch und einigen Partypillen bei anderen Gästen ab. Das muss natürlich nichts heißen, hat aber Auswirkungen auf die Berechtigung weiterer Ermittlungen. Keiner kann sich an den Jungen erinnern, mit dem Karen getanzt hatte, und die Aussagen anderer Schüler bestätigen Milberts Verdächtigungen bezüglich der vier Mädchen nicht. Niemand hat gesehen, wie Philippa die alte Dame gestoßen hat. Wo kann man denn da Ihrer Ansicht nach tiefer schürfen?«

»Zum Beispiel in Braunschweig«, schlug Johanna vor. »Lassen Sie sich doch mal vom Staatsanwalt Reitmeyer auf die Sprünge helfen.« Sie hörte, dass Reinders scharf einatmete. »Es gab im letzten Jahr ein Gewaltverbrechen an einer Ladendetektivin, die vier Mädchen beim Klauen beobachtet und eines erwischt hat. Name: Philippa Hummel. Die Detektivin wurde am selben Abend übel zusammengeschlagen – von diesen vier Mädchen, wie sie zunächst angab. Sie hat ihre Anzeige aber später wieder zurückgezogen. Die Frau ist gewaltig unter Druck gesetzt und außerdem vergewaltigt worden. Sie ist aber so verängstigt, dass sie keine Aussage machen würde. Und nur so nebenbei: Der Rechtsmediziner Kasimir hat bei Karen Spuren von K.-o.-Tropfen feststellen können. Der Gedanke an eine Vergewaltigung scheint mir deshalb nicht so abwegig. Also, wenn Sie mich fragen – ein gewisses Muster ist schon zu erkennen.«

»Solange es keine klare Beweislage gibt ...«

»Sie wiederholen sich, Reinders«, unterbrach Johanna den Wolfsburger Beamten in lakonischem Tonfall. Im Grunde hatte sie schon viel zu viel gesagt und erklärt. Reinders war längst dabei zu blocken, weil er nur eine Befürchtung hatte: irgendwie nicht gut auszusehen, falls Johanna zu anderen Ergebnissen kommen sollte als er. »Davon abgesehen habe ich genau das Milbert gegenüber zum Ausdruck gebracht. Sie bleibt trotzdem bei ihren Aussagen, und ich werde das dumme Gefühl nicht los, dass was dran ist an ihrer Geschichte. Nur was genau? Doch wie dem auch sei – ich hatte Beran gebeten, mal bei den Kollegen vom Drogendezernat nachzuhaken sowie die Namen der Mädchen durch den Computer zu jagen, und wollte jetzt eigentlich nur hören, was dabei herausgekommen ist.«

»Ich werde ihr ausrichten, dass Sie angerufen haben.«

»Tun Sie das, Reinders.« Damit wollte Johanna auflegen.

»Ihre Chefin aus Berlin hat sich übrigens gemeldet – Sie möchten mal zurückrufen.«

»Werde ich tun. Danke.«

Johanna überhörte den süffisanten Unterton und unterbrach die Verbindung. Einen neuen Freund hatte sie nach diesem Disput sicherlich nicht gewonnen. Sie winkte innerlich ab. Sie war nicht hier, um neue Freunde zu gewinnen, sondern um einen Fall aufzuklären.

Im »Alten Wolf« angekommen, bestellte sie sich das Abendessen aufs Zimmer und ging unter die Dusche. Ganze zehn Minuten lang ließ sie das heiße Wasser auf sich herabprasseln, nachdem sie sich mit einer Duschlotion, die nach Sommer und Vanille duftete, eingeschäumt hatte. Die reinste Verschwendung. Johanna genoss sie in vollen Zügen. Mit noch nassen Haaren und in einen weiten Pullover gehüllt, setzte sie sich an den kleinen Schreibtisch unterm Fenster, blickte einen Moment auf den Schlosspark und griff dann entschlossen zum Telefon. Grimich würde mit Sicherheit noch in ihrem Büro sein. Es wäre keine gute Idee, sie noch länger warten zu lassen.

»Wie kommen Sie voran?«, fragte Magdalena Grimich nach der üblichen knappen Begrüßung.

Johanna hatte eigentlich erwartet, angeranzt zu werden, weil sie sich bislang noch nicht unaufgefordert bei ihr zum Rapport gemeldet hatte, doch ihre Chefin hatte entweder einen guten Tag erwischt oder war ausnahmsweise einmal milde gestimmt, was die Arbeitsweise ihrer Sonderermittlerin betraf. Johanna entspannte sich und berichtete detailliert, was sie in den vergangenen zwei Tagen unternommen hatte. Dabei verhehlte sie nicht, dass sie auf der Stelle trat, wenn auch noch einige Befragungen ausstanden, in deren Verlauf sich neue Aspekte ergeben konnten.

»Kann es sein, dass Kollege Reinders sich ein bisschen ins Abseits geschoben fühlt?«, fragte Grimich, als die Kommissarin schließlich eine Pause einlegte.

»Das kann gut sein. Ich habe mich für eine junge Kollegin von der Schutzpolizei als Assistentin entschieden. Die macht ihre Sache ausgesprochen gut. Reinders, der vielleicht auch ein bisschen als Wolfsburger Kripochef auftreten will, solange sein Vorgesetzter krank ist, hat Angst, dass ihm die Felle davonschwimmen, wenn ich einen Fall entdecke, wo er schon die Akte geschlossen hatte. Außerdem sind er und Staatsanwalt Reitmeyer sich nicht sonderlich grün.«

»Was möchten Sie weiterhin unternehmen?«

»Ich muss noch mal an die Schule und mich umhören …«

»… die Schüler werden Ihnen gegenüber wahrscheinlich nicht plötzlich offener sein, als sie es bei den bisherigen Befragungen gewesen sind«, wandte Grimich ein.

»Gut möglich. Aber ich könnte mal nachforschen, wie die Fluktuation an der Schule ist – ob zum Beispiel in den letzten ein, zwei Jahren viele Schüler von Kreuzheide an eine andere Schule in der Nähe gewechselt sind und wenn ja, warum. Außerdem muss ich noch mal mit der Ladendetektivin sprechen, und die Mädchen haben mich auch nicht zum letzten Mal gesehen …«

»… in den nächsten zwei Tagen muss etwas Handfestes auf dem Tisch liegen, was über Verdachtsmomente, einzelne Indizien und vermutete oder auch nur gefühlte Zusammenhänge hinausgeht«, unterbrach Grimich sie.

Johanna atmete tief durch. »Ich verstehe.«

»Das ist gut. Freitag sprechen wir uns wieder. Einen schönen Feierabend, Kommissarin Krass.«

Die Verbindung war unterbrochen. Einen Moment später klopfte es, und in der nächsten Viertelstunde widmete Johanna sich ganz ihrem Essen: Forelle, Salat, zum Nachtisch Sahnepudding, Kaffee und etwas Gebäck durften auch nicht fehlen. Später schlief sie vor irgendeiner amerikanischen Krimiserie just in dem Moment ein, als wieder einmal ein findiger Laborheini mit einer hypermodernen Methode die entscheidenden Spuren unter dem Mikroskop sichtbar gemacht hatte. Johanna hatte bislang noch an keinem einzigen Fall mitgearbeitet, der so einfach und spektakulär zugleich gelöst werden konnte.

11

Tom blieb an der Theke und entschied sich für ein Bier. Das kleine Bistro in der Kaufhofpassage war nicht unbedingt nach seinem Geschmack, aber Milbert schien hier Stammgast zu sein. Er hatte per Handzeichen bei der rotblonden Kellnerin bestellt, die ihm ein breites Lächeln schenkte, und sich sogleich in die hinterste Ecke verkrochen, wo er in einer Motorradzeitschrift blätterte, bis sein Wein serviert wurde. Tom an seiner Stelle hätte sich eher auf die Kellnerin konzentriert. Er schickte seinem Chef eine SMS, löschte sie sofort wieder und bekam wenig später den Hinweis, unauffällig vor Ort zu bleiben. Tom hatte nichts anderes erwartet, war aber ziemlich erstaunt, als Georg keine zehn Minuten später höchstpersönlich im Bistro auftauchte und sich neben ihn stellte.

»Hallo, Chef«, begrüßte Tom ihn.

»Ich möchte heute Abend noch einige klärende Worte mit dem Herrn sprechen«, bemerkte Georg in leisem Plaudertonfall und öffnete einen Knopf seines gut sitzenden Sakkos, während er unauffällig nach Milbert Ausschau hielt. »Louis und Pappe warten neben seinem Auto.«

Toms Pulsschlag beschleunigte sich. Er wollte sich die Hände reiben, doch ein Blick aus Georgs blassblauen Augen ließ die Bewegung im Ansatz erstarren. »Bevor er einsteigt, schnappen wir ihn uns und bugsieren ihn in unseren Wagen. Es muss sehr schnell gehen und völlig unauffällig – haben wir uns verstanden?« Georgs freundliches Lächeln könnte nicht unpassender sein. Er entblößte zwei Reihen gut und teuer sanierter Zähne.

Tom nickte. »Klar, Chef. Kein Problem.«

»Sag kurz Bescheid, wenn er aufbricht, und kein weiteres Bier, verstanden?«

»Auch klar. Logisch. Ich dachte, es wäre …«

Georg winkte ab, drehte sich auf dem Absatz um und verschwand so schnell, wie er gekommen war. Tom nippte an seinem

Bier und warf einen Blick zu Milbert. Der las immer noch in der Zeitschrift. Gesund sah der Mann nicht aus, und wenn Tom nicht alles täuschte, würde er bald noch viel schlechter aussehen. Er grinste. Mal sehen, was so ein VW-Fuzzi und Joggertyp an Prügel einstecken konnte. Tom spürte eine Erektion und grinste noch breiter. Die Kellnerin ging an ihm vorbei. Ein straffer Hintern zeichnete sich unter den engen Jeans ab, und die Lippen leuchteten feuerrot und üppig. Genau seine Kragenweite. Einen Moment lang malte er sich aus, wie er es ihr besorgen würde.

Milbert brach zwanzig Minuten später auf. Tom schickte eine SMS und heftete sich an seine Fersen. Auf dem Parkplatz hinter der Kaufhofpassage war nicht viel los. Tom beobachtete aus einigen Metern Entfernung, wie Milbert gerade einsteigen wollte, als Pappe ihn von der Seite ansprach, während Louis plötzlich hinter ihm stand. Beide packten zu, und keine fünf Sekunden später saß Milbert in Georgs Wagen, einem dunkelgrünen Benz, ohne auch nur einen Mucks von sich gegeben zu haben. Eine saubere, schnelle Aktion, die zufälligen Beobachtern gar nicht auffallen würde.

Tom stieg lächelnd in sein Auto, und sie fuhren stadtauswärts in Richtung Gewerbegebiet, wo sich einer von Georgs Läden befand: »Spielen, Wetten, Vergnügen« stand in leuchtenden Lettern über der Hausfront. Über einen externen Eingang gelangte man in den zweiten Stock, in dem sich das Büro und eine kleine Wohnung befanden. Milbert saß bereits mitten im Büro auf einem Stuhl, als Tom eintrat und sich ans Fensterbrett lehnte. Louis und Pappe flankierten die Tür, und Georg nahm gerade am Schreibtisch Platz. Er lächelte geschäftsmäßig. Milbert hatte die Hände geballt und starrte Georg mit einer Mischung aus Wut und mühsam unterdrückter Angst an.

»Was bilden Sie sich eigentlich ein?«, blaffte er. »Was meinen Sie wohl, wie weit Sie mit Ihren Gangstermethoden kommen?«

»Ziemlich weit.« Georg gab Louis ein Zeichen.

Der stieß sich lässig vom Türrahmen ab, trat neben Milbert und stieß ihm ohne Vorwarnung den Ellenbogen gezielt und hart aufs linke Ohr. Milberts Kopf schleuderte zur anderen Seite, und im nächsten Moment hielt er ihn schmerzverzerrt und leise stöhnend mit beiden Händen umfasst. Louis betrachtete ihn einen Augenblick lang interessiert, dann stellte er sich vor ihn und trat den Stuhl nach hinten weg, sodass Milbert rücklings auf den Boden schlug. Georg hob die Hand, und Louis zog sich wieder auf seinen Posten zurück.

»Verstehen Sie, Herr Milbert – es liegt ganz bei Ihnen, in welchem Ton wir die Unterhaltung weiterführen«, erklärte er sanft. »Hier laufen einige hoch motivierte, kräftige und durchtrainierte junge Männer herum, die außerordentlich viel Spaß daran hätten, Sie krankenhausreif zu prügeln oder andere unschöne Dinge mit Ihnen anzustellen, wenn ich das wünsche.«

Milbert rappelte sich mühsam wieder auf, und Tom wünschte sich fast, dass er eine freche Bemerkung machen würde, aber der Schlag aufs Ohr hatte ihn sichtlich eingeschüchtert. Tom wusste aus eigener Erfahrung, wie schmerzhaft dieser Hieb war, wenn er professionell ausgeführt wurde, was Louis ohne Zweifel gelungen war.

»Setzen Sie sich«, sagte Georg und beugte sich über den Schreibtisch vor. »Haben Sie vergessen, wie unsere Abmachung lautet?«

»Natürlich nicht!«, erwiderte Milbert, ließ sich auf den Stuhl fallen und presste eine Hand auf das malträtierte Ohr. »Aber ich habe Ihnen doch gesagt, dass ich …«

»Sie haben Aufschub bekommen – wir sind ja gar nicht so –, doch inzwischen sind einige Monate ins Land gegangen, und Sie lassen kein Bemühen erkennen, Ihren Verpflichtungen nachzukommen beziehungsweise uns entsprechende Vorschläge zu unterbreiten. Es bleibt uns gar nichts anderes übrig, als selbst die Initiative zu ergreifen.«

»Ich habe Ihnen doch gesagt, dass ich nicht …«

»Es interessiert mich nicht die Bohne, was Sie nicht können, Herr Milbert!«, unterbrach Georg ihn. »Ich will wissen, was Sie können!«

Milbert ließ die Hand sinken. »Es ist alles so schwer im Moment.«

»Ich weiß.« Das klang fast verständnisvoll. »Aber das ändert nichts an den Tatsachen.«

Milbert starrte ihn aus dunkel umschatteten Augen an. »Ich brauche noch Zeit. Ich muss mit meinem Vater reden, doch das geht nicht jetzt sofort.«

»Es geht alles.«

»Da täuschen Sie sich.«

Georg schüttelte mit bedauernder Miene den Kopf und gab Tom ein Zeichen. Milbert war der Handbewegung gefolgt und stand langsam und mit abwehrend erhobenen Händen auf. Tom lächelte, als er sich zu ihm umwandte. Ansatzlos stieß er Milbert sein Knie in die Hoden und verpasste ihm zusätzlich einen kraftvollen Tritt in die Nieren, als er zu Boden ging. Milbert schnappte nach Luft und krümmte sich ächzend vor Schmerzen. Georg hob die Hand, um Tom auszubremsen. Viel zu früh für dessen Geschmack. Widerwillig trat er zurück.

»Was genau machen Sie eigentlich im Werk, Milbert?«, fragte Georg freundlich und im Tonfall eines interessierten Geschäftspartners.

Milbert hob mühsam den Kopf. »Was soll das jetzt?« Er keuchte und versuchte, wieder auf die Beine zu kommen.

»Sind Sie nicht für die Computer zuständig beziehungsweise für die Sicherheit bei der Datenübertragung?«

Milbert hielt sich am Stuhl fest und zog sich an ihm hoch. »Ja. Ich bin Informatiker.«

»Wissen Sie – es gibt vielleicht eine andere Möglichkeit …« Georg lächelte. »Informationen sind heutzutage viel wert. Sehr viel.«

Milbert presste die Arme um seinen Unterleib. »Das können Sie sofort wieder vergessen. Die Sicherheitsbestimmungen kann ich nicht umgehen … keine Chance!«

»Ach? Ich denke, Sie werden eine Möglichkeit finden. Für Forschungsinterna zum Beispiel werden hervorragende Preise erzielt. Denken Sie mal darüber nach, wie schnell Sie Ihr Problem los sein könnten.«

Milbert schüttelte den Kopf. »Das ist ein Irrtum: Dann würden meine Probleme erst so richtig beginnen. Es ist nicht möglich … selbst wenn Sie mich totschlagen!«

Georg lächelte breit. »Milbert, das ist ein gutes Stichwort. Sie sollten keine Sekunde daran zweifeln, dass ich Sie totschlagen lasse, wenn Sie Ihre Schulden nicht begleichen. Wie heißt es doch so schön? Spielschulden sind Ehrenschulden. Vergessen Sie das nicht.«

Einen Moment herrschte völlige Stille. Dann zwinkerte Milbert. »Haben Sie etwas mit dem Tod meiner Tochter zu tun?«

Georg hob die Achseln. »Nein, habe ich nicht, aber es ist gut, wenn Sie mir derlei zutrauen. Sehr gut.«

Milbert atmete schwer und starrte Georg an.

»Na, Lust auf ein Spielchen?«

12

Wieder dieses klackende Geräusch. Zum dritten Mal innerhalb weniger Minuten zerschnitt es die nächtliche Stille im Haus. Oder auch zum vierten Mal. So genau konnte sie es nicht sagen. Merkwürdig, dass niemand sonst es hörte. Sonst hörten die immer alles, jede Kleinigkeit. Sie blickte auf die Leuchtanzeige ihres Weckers. Zwei Uhr fünfzehn. Zwei Uhr sechzehn. Vielleicht hatte sie doch nur geträumt. Sie träumte viel wirres Zeug in letzter Zeit. Zwei Uhr siebzehn. Klack. Nein, das war kein Traum. Plötzlich war sie hellwach. Sie tastete nach einem Taschentuch und zerknüllte es zwischen den Händen. Noch einmal: Klack. Dazu das leise Vibrieren der Fensterscheibe. Und noch etwas war nun ganz deutlich zu hören: Ein Wispern unten im Garten – als würde jemand ums Haus schleichen oder unterdrückt flüstern. Oder beides. Vielleicht waren es auch mehrere. Sie schüttelte den Kopf. Natürlich waren es mehrere, vielmehr mindestens zwei, denn warum sollte jemand mit sich selbst flüstern? So ein Quatsch.

Sie zog die Bettdecke bis über die Nasenspitze. So bekam sie noch schlechter Luft, aber das spielte eigentlich keine große Rolle. Nicht für sie. Aus einer Erkältung konnte leicht eine Bronchitis werden oder eine Lungenentzündung. Damit war nicht zu spaßen. Manchmal musste man sogar ins Krankenhaus.

Sie wartete auf das nächste Klack, aber es blieb still, auch das Wispern war verschwunden, als wäre es nie da gewesen. Aber Betty wusste es besser. Um drei Uhr zwölf stand sie auf und öffnete das Fenster. Außer dem Dröhnen in ihrem Kopf war nichts Ungewöhnliches zu hören. In der Ferne fuhr ein Auto an, irgendwo bellte ein Hund, der Wind rüttelte an den Bäumen. Sie zog die Schlafanzugjacke aus und legte sich mit nacktem Oberkörper zurück ins Bett. Sie betete, dass sie krank werden würde. Richtig krank.

13

Die Schulsekretärin hieß Karola Mohnhaupt, hatte einen verkniffenen Mund und schlechte Laune. Das wurde Johanna schon beim Betreten des Sekretariats klar, und einen Moment lang bereute sie es, Sofia Beran nicht gleich mitgenommen zu haben. Die junge Polizistin hatte etwas wohltuend Ausgleichendes, was ihr selbst selten nachgesagt wurde. Eher gar nicht. Mohnhaupt musterte Johanna mit unverhohlen skeptischem Blick, nachdem die ihr klarzumachen versucht hatte, wie wichtig eine Auskunft über Schülerinnen und Schüler war, die in den letzten ein bis zwei Jahren die Schule gewechselt hatten – womöglich überraschend oder mit wenig überzeugend klingenden Argumenten.

»Aber das fällt unter das Datenschutzgesetz!«, wandte sie ein und strich kurz mit dem Zeigefinger über ihre Schläfe. »Ich kann doch nicht einfach so derart persönliche Informationen herausgeben.« Sie rückte ihre schwarz umrandete Brille zurecht und runzelte bemerkenswert buschige Augenbrauen.

»Das ist mir vollkommen klar«, stimmte Johanna zu. »Von ›einfach so‹ ist hier auch gar nicht die Rede. Es geht um eine polizeiliche Ermittlung.«

»Aber ich denke, der Fall ist längst abgeschlossen.«

»Offensichtlich nicht. Sonst stünde ich jetzt kaum hier und würde Sie nerven.«

Mohnhaupt nickte zögernd. Überzeugt war sie nicht. »Wir sind eine ganz normale Schule – Schüler kommen und gehen, mal gibt es mehr Ärger, mal weniger …«

»… und manchmal muss man einen zweiten Blick auf etwas werfen, um die feinen Unterschiede erkennen zu können«, unterbrach Johanna das Lamentieren.

»Kann sein, aber der Rektor ist nicht da. Ich kann nicht einfach …«

»Doch – Sie können!« Johanna knirschte mit den Zähnen.

»Oder erwarten Sie tatsächlich, dass ich mir wegen einer Auskunft einen richterlichen Beschluss hole? Falls ja, stehen in einer halben Stunde fünf Beamte auf der Matte und packen alle Akten ein, derer sie habhaft werden können. Wäre das eher in Ihrem Interesse?«

Mohnhaupt erschrak weniger, als Johanna gehofft hatte, aber immerhin wurde ihr Blick deutlich zugänglicher. »Na schön, ich habe hier aber nur Zugriff auf die Daten der Real- und Hauptschüler.«

Mit diesen Worten drehte die Sekretärin sich zu einem deckenhohen Regal um. Nach kurzem, prüfendem Blick zog sie einen Ordner mit der Aufschrift »Statistiken« heraus, wuchtete ihn auf ihren Schreibtisch und öffnete ihn mit gewichtiger Miene.

»Schulwechsel und -abbruch«, murmelte sie und blätterte einige Seiten durch. Schließlich entnahm sie dem Ordner vier Blätter und ging zu Johanna.

»Tatsächlich«, sagte sie und sah kurz hoch. Ein leiser respektvoller Ton schlich sich in ihre Stimme. »Letztes und vorletztes Jahr haben überdurchschnittlich viele Schüler Kreuzheide vor dem Abschluss verlassen, um an einer anderen Schule hier in Wolfsburg weiterzumachen. Das kommt zwar hin und wieder vor, aber …«

»Wie viele Schüler?«, fragte Johanna.

»Fünf. Allerdings …«

»Ich brauche die Adressen.«

»Aber …«

»Jetzt!«

Mohnhaupt kniff die Lippen zusammen, nickte aber schließlich.

»Und dann melden Sie mich bitte bei Ihrer Kollegin vom Gymnasium an. Dort möchte ich in ungefähr fünf Minuten exakt die gleiche Auskunft. Danke.«

Mohnhaupt öffnete den Mund – und schloss ihn wieder. Sie stolzierte zu ihrem Kopiergerät, rückte erneut die Brille zurecht, und eine Minute später steckte Johanna die Liste mit den

Adressen ein und trat auf den Pausenhof, während Mohnhaupt sie im Sekretariat des Gymnasiums bei Regina Klar ankündigte. Dort wurde sie kurz darauf von einer überaus charmanten jungen Frau mit kurzer Stoppelhaarfrisur und breitem Lächeln empfangen.

»Hallo, Frau Kommissarin.«

Johanna lächelte zurück. »Ist mir mein Ruf vorausgeeilt?«

»Könnte man so formulieren.«

»Und – was sagt Ihre Statistik zu Schulwechslern?«

»Nichts Ungewöhnliches – auf den ersten Blick«, erklärte Regina Klar ohne Umschweife und tippte auf einen vor ihr liegenden Ordner. »Aber ich erinnere mich spontan an eine Schülerin, bei der ich seinerzeit, na, sagen wir: irritiert war. Angeblich wollten die Eltern nach Helmstedt umziehen, doch ein paar Wochen später bekam ich zufällig mit, dass die Familie in Wolfsburg-Reislingen gebaut hatte – eine Freundin von mir lebt auch in dem Neubaugebiet. Der Schulwechsel war zumindest aus örtlicher Sicht nicht besonders sinnvoll, und ich war mir auch ziemlich sicher, dass ich mich nicht verhört hatte und von Helmstedt die Rede gewesen war, aber zu dem Zeitpunkt habe ich nicht weiter darüber nachgedacht. Erst eben …«

»Wann war das?«

»Vor einem halben Jahr.« Regina Klar reichte Johanna einen handgeschriebenen Zettel. »Marie Clemens, vierzehn Jahre. Ein sehr nettes Mädchen.«

»In welcher Klasse war sie?«

»In der 9 A von Frau Bär. Es ist gleich große Pause. Möchten Sie vielleicht …?«

»Unbedingt.«

Annegret Bär trug den unpassendsten Namen, den Johanna sich vorstellen konnte. Die junge Lehrerin hatte die filigrane Figur und Ausstrahlung einer Tänzerin, rotes Haar und Sommersprossen und war zur Hofaufsicht eingeteilt. Die meisten Zwölfjährigen waren kräftiger als Bär und würden sie wahrscheinlich einfach über den Haufen rennen, befürchtete Johanna, als sie gemeinsam über den Schulhof spazierten und sie der Lehrerin kurz den Sachverhalt erörterte.

»Ist Ihnen in den Monaten vor dem Schulwechsel etwas Besonderes an Marie aufgefallen?«, fragte Johanna schließlich. »Etwas, was Sie stutzen lässt, vielleicht auch erst jetzt im Nachhinein.«

»Marie hatte leistungsmäßig deutlich nachgelassen«, erwiderte Bär und schlug den Kragen ihrer Jacke hoch, um dem nasskalten Wind zu trotzen.

»Haben Sie dafür einen Grund erkennen können?«

»Ach, wissen Sie, das ist eine Klassenstufe, ein Alter, in dem es zu beeindruckenden Schwankungen und auch Persönlichkeitsveränderungen kommen kann – die Pubertät hat die Jugendlichen voll in ihren Klauen, wenn ich es mal so ausdrücken darf. Da ist alles möglich. Allerdings … Marie sah manchmal ziemlich mitgenommen aus.«

»Haben Sie mal versucht, mit ihr ins Gespräch zu kommen?«

Bär verlangsamte ihren Schritt. »Ja, auf einer Klassenfeier habe ich sie gefragt, ob alles in Ordnung sei. Sie hat merkwürdig reagiert, wenn ich mir die Situation genauer in Erinnerung rufe. Sie hat mich einfach nur wortlos angelächelt.«

»Könnten Drogen im Spiel gewesen sein?«

Bär blieb stehen. »Das hätte ich seinerzeit vehement verneint, aber … nach dem, was man so hört … Ich würde meine Hand nicht mehr dafür ins Feuer legen, obwohl Marie zu den Mädchen gehört, bei denen allein die Frage absurd scheint.«

»Typ artiges, fleißiges, nettes Mädchen?«

»Ja, genau. Zuverlässig, ehrlich, gradlinig.« Die Lehrerin sah Johanna direkt ins Gesicht. »Was vermuten Sie eigentlich genau?«

»Ich könnte mir vorstellen, dass Marie unter erheblichem Druck gestanden hat, und ich will wissen, wer dafür wie und warum verantwortlich ist.«

»Mobbing?«

Johanna hob kurz die Hände. »Unter Umständen, aber Genaueres kann ich im Moment noch nicht sagen. Bitte haben Sie

Verständnis dafür.« Die Kommissarin zog eine Visitenkarte aus der Innentasche ihrer Lederjacke. »Würden Sie mich bitte anrufen, wenn Ihnen noch etwas einfällt?«

Bär nickte und zog ihre winzige Nase kraus. »Natürlich.«

Der Gong unterbrach das Gespräch. Annegret Bär tänzelte von dannen, und Johanna ging nach kurzem Überlegen noch mal zurück ins Sekretariat der Realschule, um sich zu erkundigen, in welchem Raum Rabea Solga zurzeit Unterricht hatte. Rabeas Klasse befand sich in der Sporthalle, wie Mohnhaupt ihr erfreulich zügig mitteilte. Johanna dankte ihr mit breitem Lächeln. Ihr Handy klingelte, als sie gerade überlegte, ob es sinnvoll war, mit großer Geste in den Sportunterricht zu platzen. Sofia Beran hatte Neuigkeiten für sie.

»Ich habe mit unserem Drogenspezialisten gesprochen«, erklärte sie, und wenn Johanna nicht alles täuschte, schwang eine kräftige Portion Stolz in ihrer Stimme mit. »In Wolfsburg und Umgebung kursiert eine Menge Zeug aus Afrika und aus dem osteuropäischen Raum, aber Partydrogen können natürlich auch in jedem Keller zusammengebraut werden, meint er. Von einer besonderen Zunahme oder Auffälligkeiten an den Schulen kann er nicht berichten, aber sie sind gerade dabei, jemanden in die Szene einzuschleusen. Vielleicht gibt es da in Kürze genauere Auskünfte.«

Johanna seufzte. Was hieß schon in Kürze?

»Na schön, das hilft uns ad hoc zwar nicht weiter, aber wir haben immerhin nachgehakt. Was anderes: Ich gebe Ihnen gleich noch die Namen von Schülerinnen durch, die Kreuzheide frühzeitig verlassen haben. Checken Sie die bitte mal durch. Eventuell müssen wir die einzeln abklappern. Außerdem wenden Sie sich an Staatsanwalt Reitmeyer in Braunschweig und sagen ihm, dass ich die Videos zu der Klauaktion bei Karstadt haben möchte, und zwar mit einem Vorlauf von mindestens zehn Minuten. Außerdem möchte ich das Filmchen aus mehreren Kameraeinstellungen sehen – wäre klasse, wenn er das veranlassen könnte – heute noch!« Johanna nahm die Namensliste zur Hand. »Und wenn er Ihnen sagt, dass man da sowieso nichts erkennen kann, erklären Sie ihm bitte, dass ich trotzdem einen Blick drauf werfen möchte, wär so 'ne Macke von mir, immer alles überprüfen zu wollen – eine von meinen Macken. Okay?«

Beran räusperte sich. »Klar.«

»Haben Sie was zu schreiben?«

»Selbstverständlich.«

Johanna diktierte Namen und Adressen und verabschiedete sich mit dem Hinweis, dass sie später in die Dienststelle kommen würde.

Die Sporthalle des Gymnasiums, in der Johanna als Schülerin geschwitzt hatte, war vor gut einem Jahr abgebrannt, wahrscheinlich Brandstiftung. Ihre Mutter hatte ihr seinerzeit ebenso aufgeregt wie entsetzt davon berichtet. Johanna schlug den Weg zur kleinen Halle der Realschule ein, während sie sich daran erinnerte, dass sie seltsam unbeteiligt reagiert hatte. Sie schüttelte den Kopf und schob die Erinnerungen beiseite. Der typisch muffig-schwitzige Turnhallengeruch drang ihr in die Nase, kaum dass sie die schwergängige Außentür aufgezogen hatte, zugleich hörte sie lautes Rufen, Lachen, das Prellen von Bällen und Quietschen der Schuhe auf dem Hallenboden, Geschrei, eine Trillerpfeife. Sie ging an den Umkleideräumen vorbei bis ans Ende des Flurs und öffnete die Doppeltür.

Unter der Regie einer runden kleinen Lehrerin in engem Trainingsanzug wurden Vorbereitungen für ein Basketballspiel getroffen – eine Mädchengruppe machte sich warm. Johanna erkannte nach kurzem Rundblick Lola, neben ihr stand Rabea. Sie hüpfte auf der Stelle und schwang die Arme. Das Foto hatte nicht geschmeichelt. Das Mädchen war beeindruckend hübsch. Nein, hübsch passte nicht – sie war schön. Als hätte sie den Gedanken laut ausgesprochen, wandte Rabea den Kopf und sah Johanna an. Die Kommissarin lächelte und winkte ihr zu. Im gleichen Moment legte Lola Rabea eine Hand auf die Schulter und flüsterte ihr mit Blick auf Johanna etwas zu. Rabea nickte und schlenderte gelassen zur Tür, nachdem sie der Lehrerin bedeutet hatte, ihre Übungen kurz unterbrechen zu müssen. Ein tiefgrünes Augenpaar musterte Johanna ohne Scheu.

»Hallo Rabea«, sagte die Kommissarin. »Du weißt sicherlich, wer ich bin.«

Das Mädchen blieb in gebührendem Abstand stehen und ließ die nackten, muskulösen Arme locker herunterhängen. Auf der rechten Schulter war ein kleines schwarzes Tattoo zu erkennen.

»Ich kann es mir denken.« Die Stimme passte zu ihr – dunkel, volltönend. Kein Lächeln erhellte das Gesicht. Als hätte es das gar nicht nötig.

»Ich will den Unterricht nicht lange stören, aber da ich ohnehin noch in der Schule zu tun hatte, möchte ich die Gelegenheit nutzen und gleich einen Termin mit dir vereinbaren.«

»Ich habe heute um vierzehn Uhr Schulschluss.«

»Prima, ich warte am vorderen Tor.«

Rabea nickte und drehte sich ohne ein weiteres Wort um. Johanna beobachtete noch einen Augenblick, wie sie in die Gruppe der Mädchen zurückschlenderte, deren offensichtlich neugierige Mienen gelassen ignorierte und achselzuckend wieder Aufstellung nahm. Bevor sich die Lehrerin für sie interessieren konnte, schloss Johanna die Tür und ging zum Parkplatz.

Beran reichte ihr eine Tasse Kaffee und wies auf einen Stuhl vor einem großen Monitor. »Der Staatsanwalt hat veranlasst, uns die digitalisierte Aufzeichnung rüberzumailen – auf einem sicheren Kanal natürlich. Mit zwölf Minuten Vorlauf.«

»Das ging aber flott«, meinte Johanna und setzte sich. Kaffeedampf stieg ihr in die Nase.

»Allerdings haben sie nur diese eine Einstellung. Die Aufzeichnungen der anderen Kameras sind inzwischen längst gelöscht.«

»Ja, das habe ich befürchtet.« Johanna trank einen Schluck und nickte der Polizistin zu. »Starten Sie mal.«

In der Tat – viel war nicht zu erkennen: Die Kamera erfasste aus der Vogelperspektive zwei Regale in der PC- und Elektronikabteilung, zwischen denen Leute hin und her gingen, kurz stehen blieben, einen Artikel begutachteten, wieder zurücklegten oder sich damit auf den Weg zur Kasse machten. Junge Männer,

Ehepaare, Jugendliche, ein paar Kinder. Von den vier Mädchen war minutenlang nichts zu sehen. Philippa trat so unbemerkt ins Bild, dass Johanna die Szene noch einmal zurückspulen ließ. Das Mädchen schlenderte den Weg zwischen den Regalen zweimal auf und ab, verschwand zwischenzeitlich aus dem Bild, tauchte plötzlich wieder auf, inspizierte erneut die Ware, nahm dies und jenes in die Hand, um es sogleich wieder zurückzulegen. Ihr puppenhafter Gesichtsausdruck war entspannt und fröhlich. Auf einmal wandte sie sich um, griff mit einer Hand nach ihrem Handy, die andere umschloss mit flinker Bewegung eine PC-Speicherkarte und ließ sie unter dem T-Shirt verschwinden. Mit unschuldiger Miene blickte Philippa auf das Handydisplay und wandte sich zum Gehen. Dann sah sie hoch und zwinkerte. Der- oder diejenige, dem das Zwinkern galt, befand sich außerhalb der Kamerareichweite. Plötzlich kam Bewegung in die Szene. Philippa drehte sich um und rannte in die entgegengesetzte Richtung davon, während am oberen Bildausschnitt lediglich mehrere davoneilende Beinpaare auszumachen waren. Sekundenbruchteile später stürmte die Ladendetektivin Sandra März ins Bild, die erst einen Blick hinter sich warf, um dann jedoch Philippa zu folgen. Ende der Aufzeichnung.

Johanna ließ die Sequenzen noch zweimal durchlaufen und sah dann Beran an. »Was meinen Sie, warum beschäftigt Philippa sich zwischenzeitlich mit ihrem Handy?«

»Ein Ablenkungsmanöver«, erwiderte Sofia Beran schnell. »Oder sie hat wirklich gerade eine SMS bekommen und spontan das eine mit dem anderen verbunden.«

Johanna nickte langsam. »Mich würde brennend interessieren, ob sie in der Situation tatsächlich kommuniziert hat – und wenn ja, mit wem. Kann man den Bildausschnitt nicht so vergrößern, dass die Daten auf dem Display gelesen werden können? Wenn es eine SMS war, die sie geöffnet hat, und die Szene vermittelt diesen Eindruck …«

Beran spitzte die Lippen und zog zugleich eine Augenbraue hoch. »Ich weiß, worauf sie hinauswollen, allerdings …«

Johanna winkte ab. »Und ich weiß, was Sie jetzt einwenden

möchten. Selbst wenn es gelänge – wir könnten nichts davon offiziell verwenden. Aber was heißt schon offiziell?« Sie trommelte eine Weile mit den Fingern auf der Tischplatte, griff schließlich nach ihrer Tasse, um festzustellen, dass sie nur noch eine kalte Kaffeepfütze enthielt. »Gibt es noch Kaffee? Und vielleicht auch ein paar Kekse?«

Beran stand auf und kehrte wenig später mit einer vollen Kaffeekanne und einer Schale Süßigkeiten zurück. Sie goss Johanna ein.

»Es gibt hier jemanden, der sich mit solchen Sachen sehr gut auskennt und mir ganz gerne mal einen Gefallen tut. Nur ...«

Johanna setzte ihr unschuldigstes Gesicht auf und griff sich einen Schokoriegel aus der Schale. »Tatsächlich? Was für ein Zufall!« Sie riss die Folie auf und biss herzhaft ab.

»Aber wir dürfen keinerlei Spuren hinterlassen.«

»Ich weiß – Reinders würde sich ins Fäustchen lachen, wenn er mir einen Strick daraus drehen könnte.«

Beran lächelte. »So ist es.«

Der junge Mann hieß Paul Stein und wurde nur Kiesel oder liebevoll Kieselchen genannt, was angesichts seiner höchstens einssechzig und allenfalls einhundertzehn Pfund ein mehr als treffender Spitzname war. Dass der Mann den lieben langen Tag vor Computern verbrachte, konnte man sich angesichts seiner blassen Gesichtsfarbe und der leicht hervorquellenden Augen gut vorstellen. Kiesel redete nicht viel, sondern drosch gut zwanzig Minuten auf die Tastatur ein – lediglich ab und an unterbrochen von leisem Gemurmel und Geschimpfe, während der Bildschirm in Windeseile die abenteuerlichsten Buchstabenfolgen und -zeichen zeigte. Schließlich nickte er beifällig.

»Damit kann man bestimmt was anfangen.« Er sah hoch. »Ich zieh jetzt eine Kopie über den Drucker und lösche anschließend alles, und niemand hat je diese Daten in den Händen gehabt, klar?«

»Klar«, erwiderten Beran und Johanna gleichzeitig.

Der Text der SMS war nicht gestochen scharf, aber dennoch

gut zu entziffern. »Heh cool aber vorsicht kleine! Rc«, las Johanna halblaut vor, musterte eine Weile die verschwommene und nur mühsam zu erkennende Handynummer und reichte Beran die Seite.

»Das Checken der Mobilnummer geht nicht so ohne Weiteres«, bemerkte Kiesel leise, während er sich erneut der Tastatur widmete. »Außerdem könnte es sich um eine nicht oder aber falsch registrierte Nummer handeln, und da wird es dann ganz abenteuerlich, wenn Sie verstehen, was ich meine.«

»Nur allzu gut«, erwiderte Johanna. »Ich danke Ihnen erst mal. Wenn Sie mal in Berlin sind ...«

Kiesel stand auf. »Häufig – aber dann meist mit Google Earth.«

Johanna verkniff sich den Kommentar, dass sie das auf Dauer etwas armselig fand, sondern gab ihm die Hand. Kiesel warf Beran ein breites Lächeln zu und schlüpfte durch die Tür.

Wer war Rc? Mit großer Wahrscheinlichkeit ein Mann, dachte Johanna und stellte sich ans Fenster. Ein junger Mann, der Philippa »Kleine« nannte – Freundinnen in dem Alter bezeichneten einander eher nicht so –, der ihr Vorhaben kommentierte und sogar ein wenig in Sorge schien. Ein Freund? Ihr Freund?

Auf dem Weg zum Auto notierte sie sich die Handynummer und rief einen Techniker im BKA in Berlin an. Eine Viertelstunde später teilte der ihr mit, was Kiesel bereits befürchtet und ausgesprochen hatte: Rc besaß eine nicht registrierte Nummer. Auch der Versuch, Rc mit einem Anruf von einem öffentlichen Telefon aus der Reserve zu locken, schlug fehl – eine blecherne Mobilboxstimme forderte Johanna dazu auf, Namen und eigene Nummer zu hinterlassen und auf einen Rückruf zu warten.

14

Rabea war in dem Pulk der Schülerinnen und Schüler, die dem Ausgang entgegenströmten, leicht auszumachen. Sie trug den Kopf gerade, hatte den Blick nach vorn gerichtet und ging genauso locker und entspannt wie in der Turnhalle auf die Kommissarin zu. Als seien sie zum Kaffeeplausch miteinander verabredet.

»Gehen wir ein Stück?«, fragte Johanna.

»Warum nicht?«

Sie schlugen den Waldweg ein, der in weitem Bogen um die Schule herumführte. Rabea schulterte ihre Schultasche.

»Sie ermitteln noch einmal im Zusammenhang mit Karens Tod und dem Sturz ihrer Großmutter vor einigen Wochen, nicht wahr?«, fragte sie, nachdem Schwärme von Schülern mit Rädern an ihnen vorbeigebraust oder zur Bushaltestelle abgebogen waren und sie unbehelligt nebeneinandergehen konnten.

Johanna hatte sich im Voraus keinerlei Gedanken darüber gemacht, wie sie versuchen wollte, das Mädchen aus der Reserve zu locken, und es war ihr recht, dass Rabea die Initiative ergriff.

»Das ist richtig. Es gibt da noch ein paar offene Fragen, die ich klären möchte, und da ihr vier – du, Philippa, Nelli und Lola – an dem Abend gemeinsam mit Karen unterwegs wart, seid ihr natürlich meine ersten Ansprechpartnerinnen«, erläuterte Johanna und steckte die Hände in die Taschen ihrer Jacke.

»Verständlich.«

»Was war Karen für ein Mädchen?«

»Sie hat Anschluss gesucht.« Die Antwort kam schnell, ohne jegliches Zögern.

»Bei euch, in eurer Gruppe?«

»Ja.«

»Warum?«

»Ich denke, sie war auf der Suche – wie die meisten in unserem Alter.« Das klang abgeklärt, ein wenig zurechtgelegt.

»Und was hat sie bei euch gefunden?«

»Das kann ich Ihnen nicht sagen – so gut kannten wir uns noch nicht.«

»Hat Karen Drogen genommen?«

»Dazu möchte ich nichts sagen.«

»Warum nicht?«

Rabea verlangsamte ihren Schritt. »Das steht mir nicht zu.«

»Nein? Karen ist tot. Wenn es hilft, den Fall aufzuklären?«

Rabea schüttelte den Kopf. »Karen ist an dem Abend an den falschen Typen geraten. Wie wollen Sie den jetzt noch finden? Anhand irgendwelcher Drogen, die sie eingeworfen hatte?«

»Warum nicht? Die Gerichtsmedizin fördert da heute Erstaunliches zutage. Außerdem ist Karen vergewaltigt worden. Das hinterlässt Spuren, wie du dir denken kannst.«

»Das verstehe ich, ehrlich gesagt, nicht«, wandte Rabea ein und blieb kurz stehen. »Sie hatte sich jemanden angelacht – die beiden sind nach draußen und schienen sich ziemlich einig, wie der Abend weitergehen sollte.«

»Du hast also beobachtet, wie sich die Geschichte zwischen den beiden entwickelte?«

»Das habe ich nicht gesagt.« Rabea setzte sich langsam wieder in Gang. »Es war nicht zu übersehen, dass sie sich nähergekommen waren – ein eng umschlungenes, herumknutschendes Paar auf der Tanzfläche. Da kann man davon ausgehen, dass die Feuer gefangen hatten, oder? Schließlich sind die beiden vor die Tür – na, was hatten die wohl vor?«

»Erläutere es mir.«

»Meine Güte – die wollten es tun, und was ich sagen will, ist Folgendes: Der Typ hatte es doch gar nicht nötig, sie zu vergewaltigen.«

»Ich verstehe, was du meinst. Aber vielleicht hat Karen es sich doch anders überlegt, oder es kam noch eine dritte Person ins Spiel.«

Rabea nickte. »Möglich, aber dazu kann ich nichts sagen.«

»Ihr seid häufiger in dieser Diskothek?«

»Hin und wieder.«

»Kennt ihr das Publikum, das dort verkehrt?«

»Manche kennt man vom Sehen, andere nicht – das ist ganz unterschiedlich.« Rabea lächelte zum ersten Mal. Johanna lächelte zurück. Fühl dich ruhig sicher, dachte sie.

»Kannst du was über Drogen an der Schule sagen?«

»Nein.«

»Nimmst du manchmal Drogen?«

»Ich trinke hin und wieder mal was – zum Beispiel in der Disco, aber das war es auch schon.«

»Du trinkst also kontrolliert mal den einen oder anderen Schluck?«

»Könnte man so sagen.«

»Ist ja auch scheußlich, wenn man sich sinnlos zuschüttet, stimmt's?«, fragte Johanna in unverändert freundlichem Tonfall.

Rabea umfasste den Griff ihrer Schultasche. »Sie sagen es.«

»Kennst du eigentlich Betty Flint?«

»Die geht in Karens Klasse.«

»Hattest du, hattet ihr mal was mit ihr zu tun?«

»Was meinen Sie damit?«

Johanna hob kurz die Hände. »Hat sie vielleicht auch Anschluss in eurer Clique gesucht?«

»Nö.«

»Marie Clemens?«

Ein winziges Zögern. »Wer soll das sein?«

»Kennst du sie?«

»Nein.«

Johanna lächelte. »Gehen wir zurück?«

»Wie Sie meinen.«

Am Parkplatz berührte Johanna das Mädchen kurz am Arm. Rabea zuckte zurück.

»Hast du an der Schule mal was von Schülern mitbekommen, die andere mobben? Vielleicht sogar eine ganze Gruppe, die Druck ausübt?«

Rabea hob die Schultern. »Ach, wissen Sie, es gibt immer welche, die sich stärker fühlen als andere oder eine dicke Lippe riskieren.«

»Aha. Hat schon mal dir gegenüber jemand eine dicke Lippe riskiert oder dich einzuschüchtern versucht?«

»Ich habe solche Probleme nicht«, erwiderte Rabea.

Das glaube ich dir aufs Wort, dachte Johanna. »Eine ganz persönliche Frage hätte ich da noch, Rabea – hast du einen Freund?«

»Sie meinen – einen festen Typen, mit dem ich gehe?«

»Das meine ich.«

»Habe ich nicht.«

»Das wundert mich.«

Rabea hob statt einer Antwort kurz eine Augenbraue.

»Sagt dir eigentlich die Abkürzung Rc etwas?«

Für den Bruchteil einer Sekunde weiteten sich die dunkelgrünen Augen des Mädchens, und Johanna fixierte sie.

»Sagt mir nichts«, gab Rabea schließlich zurück.

»Okay, das war es auch schon«, meinte Johanna. »Eventuell komme ich demnächst noch mal auf dich zurück. Danke fürs Erste.«

Sie wandte sich um und ging zu ihrem Wagen. Minuten später radelte Rabea an ihr vorbei. Johanna entnahm der Brusttasche ihrer Jacke ein kleines Aufnahmegerät und stellte es ab. Natürlich durfte sie den Mitschnitt nicht verwenden. Er diente lediglich als Erinnerungsstütze. Johanna griff nach ihrem Block und machte sich einige Notizen. Anschließend saß sie geschlagene zehn Minuten hinterm Steuer und starrte blicklos zur Windschutzscheibe hinaus.

Das Neubaugebiet in Reislingen wirkte wie die meisten Neubaugebiete allzu perfekt und gradlinig. Zu viel Beton. Zu viel Ordnung. Das Grün stand in vielen Gärten noch nicht besonders hoch; Ein-, Zwei- und Mehrfamilienhäuser suchten sich an Gleichförmigkeit zu überbieten; und auch die Reihenhausanlagen ähnelten sich wie ein Ei dem anderen – bis hin zur Auswahl der Gardinen und Spielrutschen.

Familie Clemens bewohnte ein Reihenendhaus. Ein handbemalter Willkommensgruß aus Holz prangte am Gartentor, der Schuhabtreter war bunt, dick und beeindruckend sauber. Entweder kommen hier nur Leute mit sauberen Schuhen zu Besuch, oder sie benutzen den Abtreter nicht, dachte Johanna und betätigte die Klingel. Die Tür wurde keine drei Sekunden später geöffnet. Ein vielleicht zehnjähriger Junge mit rötlich brauner Ponyfrisur blickte sie kaugummikauend an.

»Hallo«, grüßte Johanna. »Ist deine Mutter zu Hause?«

»Nee. Die ist im Schichthaus. Nur meine Schwester ist da.«

»Deine Schwester heißt Marie, nicht wahr?«, fragte Johanna freundlich und beschloss spontan, das Mädchen erst in Augenschein zu nehmen und ein, zwei Sätze mit ihm zu wechseln, bevor sie erläuterte, dass sie von der Polizei war.

Das Kaugummi wurde langsam von einer Wange in die andere befördert. »Stimmt.«

»Kannst du sie bitte holen?«

Der Junge nickte, drehte sich um und brüllte aus vollem Hals nach seiner Schwester: »Mariiieee! Hier ist jemand für dich. Komm mal!«

Johanna klingelten die Ohren, aber das Mädchen, das kurz darauf durch den Flur an die Haustür trat und Johanna fragend anblickte, schien über den Radau des jüngeren Bruders nicht sonderlich erstaunt zu sein. »Ja – was gibt es?«

»Marie, mein Name ist Johanna Krass, und ich würde mich gerne einen Moment mit dir unterhalten.«

»Ich kenne Sie gar nicht – worum geht es denn?« Marie legte beide Hände auf die Schultern des Jungen und schob ihn ein Stück zur Seite. Ihr Haar leuchtete im selben Farbton. Sie trug es schulterlang. Ihr Blick war offen, aber wachsam.

»Es geht um deinen Schulwechsel.«

Marie gab dem Bruder einen kleinen Stoß. »Geh schon mal rein, Kai, und stell das Essen in die Mikrowelle. Ich komm gleich.«

Kai zuckte lässig mit den Achseln und verschwand nach einem letzten prüfenden Blick auf die Kommissarin im Hausinnern. Marie sah ihm einen Moment nach, bevor sie sich wieder Johanna zuwandte.

»Mein Schulwechsel? Ich verstehe nicht.«

»Ich bin von der Kripo, und ich habe ein paar Fragen, die den

Tod einer Schülerin aus Kreuzheide vor einigen Monaten betreffen. Sicherlich hast du davon gehört und vielleicht kennst du sie sogar – Karen Milbert.«

Marie erblasste und schluckte. »Eben haben Sie gesagt, dass es um meinen Schulwechsel geht.«

»Ja, auch. Vielleicht gibt es da einen Zusammenhang. Warum hast du Kreuzheide verlassen, Marie?«

Das Mädchen drehte den Kopf nach hinten und lauschte einen Augenblick.

»Ich verstehe überhaupt nicht, was Sie von mir wollen«, sagte sie dann leise. »Ich habe die Schule verlassen …«

»Ja, aber angeblich, weil ihr nach Helmstedt ziehen wolltet, oder?«

Marie biss sich auf die Unterlippe. »Ich habe mich in Kreuzheide nicht mehr wohlgefühlt, und meine Zensuren waren auch ziemlich schlecht geworden. Außerdem wollte ich eine andere Fremdsprachenkombination …«

»Das hast du deinen Eltern erzählt, und die hatten wegen des Hausbaus und Umzugs so viel um die Ohren, dass sie das geschluckt und nicht weiter nachgeforscht haben«, mutmaßte Johanna. »Aber warum wolltest du wirklich dort weg?«

»Ich muss nicht mit Ihnen reden.«

»Da hast du völlig recht.« Johanna nickte. »Du kannst mir die Tür vor der Nase zuschlagen. Aber ich würde höchstwahrscheinlich wiederkommen – wenn deine Eltern da sind.«

Marie trat zwei Schritte zurück.

»Red mit mir, und es bleibt alles unter uns – versprochen.«

»Ich kann Ihnen gar nichts sagen, und ich weiß auch nicht, was Sie von mir wollen.«

»Kennst du Rabea, Philippa, Nelli und Lola?«

»Die Krähen«, flüsterte Marie, wich in den Flur zurück und schlug die Haustür zu.

Vielleicht hätte ich sie gar nicht auf diese Idee bringen sollen, dachte Johanna. Die Krähen. Ein passender Name. Rabea wohnte im Krähenhoop. Die Kommissarin wählte Berans Nummer, während sie sich hinters Steuer setzte und losfuhr.

»Erstens: Ich brauche einen Streifenwagen«, erklärte sie ohne Begrüßung und Einleitung. »Er soll in der Teichbreite mal ein paar zusätzliche Runden fahren und ab und an vor den Häusern der Mädchen parken – bewusst auffällig. Falls die sich auf den Weg machen, soll der Kollege dranbleiben, auch ganz auffällig, und ich brauche ein Protokoll.«

Sofia Beran seufzte. »Ich hoffe, dass Reinders da mitspielt.«

»Das hoffe ich auch – für ihn! Zweitens möchte ich, dass Ihr Computerspezialist noch mal aktiv wird.«

»Kiesel wird sich freuen.«

»Ist das ironisch gemeint?«

»Ich weiß noch nicht – kommt drauf an, worum es geht.«

»Eher harmlos. Es gibt doch im Internet diese Schüleraustauschplattformen …«

»SchülerVZ, Facebook und Ähnliche meinen Sie.«

»Wie auch immer. Vielleicht kann er sich da mal einloggen und unter dem Begriff ›Krähen‹ sowie dem Namenskürzel Rc ein bisschen nachforschen.

»Krähen? Die Krähen?«

»Genau. Wenn mich nicht alles täuscht, nennen die vier sich nämlich so.«

»Gut – ich tu mein Bestes.«

»Davon bin ich überzeugt.«

»Danke. Brechen Sie jetzt nach Hannover auf?«

»In circa einer Stunde. Vorher habe ich noch einen anderen privaten Termin. Aber Sie können mich trotzdem anrufen, falls sich etwas Wichtiges ergibt. Vergessen Sie bitte nicht, der Sache mit den Schulwechslerinnen nachzugehen.«

Oma Käthe war inzwischen dreiundneunzig Jahre alt, und obwohl Johanna schon bei ihrem letzten Besuch vor einem Dreivierteljahr gedacht hatte, dass in dem mausartigen Gesicht unmöglich noch mehr Falten Platz fänden, sah es an diesem späten Herbstnachmittag ganz danach aus, als müsste sie ihre Einschätzung revidieren. Käthe – schon immer klein und hager wie Tochter und Enkelin auch – war im Verlauf der letzten Monate förmlich zusammengeschrumpft. Der dürre Körper war zerknittert, grau, trocken. Sie saß in einem Rollstuhl am Fenster im Aufenthaltsraum des Seniorenheims und beobachtete zwei Eichhörnchen, die im Garten ihre Wintervorräte auffüllten. Eine Wolldecke, die Johanna bereits aus Kindertagen kannte oder zu kennen meinte, bedeckte ihre Knie. Als Johanna zu ihr trat, wandte sie den Kopf und lächelte. Augen, so strahlend blau wie die Südsee. Johanna lächelte zurück.

»Erkennst du mich, Oma?«

Käthe winkte ab. »Ich weiß nicht genau, aber ist das überhaupt wichtig?«

»Eigentlich nicht.« Doch, mir ist es wichtig – warum auch immer, fügte Johanna in Gedanken hinzu, während sie sich einen Stuhl heranzog und neben ihrer Großmutter Platz nahm. »Ich bin Johanna, Gertruds Tochter«, fügte sie einen Moment später hinzu.

Käthe nickte beiläufig, während sie wieder in den Garten hinaussah. »Ach so. Und wie geht es dir?«

»Ganz gut. Und dir, Oma – behandeln sie dich hier gut?«

Käthe kicherte plötzlich und legte eine knöcherne Hand auf Johannas Unterarm.

»Klar! Ist nur die Frage, wie ich die hier behandle.«

Sie grölte los, und einige der anderen Bewohner, die vor dem Radio saßen oder Karten spielten oder vor sich hin dösten, reckten die Hälse. Einige fielen in das Lachen ein.

Käthes Gelächter brach abrupt ab. »Wie geht es eigentlich deinem Bruder? Von dem habe ich schon lange nichts mehr gehört.«

»Meinem Bruder?«

»Ja – deinem Bruder. Gertrud war so glücklich damals: endlich ein Junge.«

Johanna fröstelte es plötzlich. Sie hatte keinen Bruder. »Oma, du verwechselst da was. Ich habe keinen Bruder.«

»Red keinen Unsinn!« Die Alte schüttelte entrüstet den Kopf, und eine schneeweiße Haarsträhne rutschte ihr ins Gesicht. In ihrem Mundwinkel hatte sich ein Speichelfaden festgesetzt, den sie mit der Zungenspitze zu entfernen suchte. Erfolglos. Sie nestelte nach einem Taschentuch und starrte nach kurzem Überlegen wieder nach draußen.

Wie lange war es her, dass Käthe sie hochgehoben und durch die Luft gewirbelt hatte? Hundert Jahre. Mindestens. Im Sommer hatten sie auf dem Balkon gesessen und große Schalen Erdbeeren mit Schlagsahne verdrückt. Eimergroße Schalen, wie es Johanna seinerzeit vorgekommen war, und so viel Schlagsahne, dass die Beeren darunter kaum zu sehen waren. Im Winter gab es pfundweise selbst gebackene Kekse und Topfkuchen. Manchmal war ihr anschließend schlecht geworden. Aber das war nicht weiter schlimm. Was raus muss, muss raus. Wer viel fritt, der viel schitt. Die Küche war völlig überheizt, und im Badezimmer bollerte der Ofen. Die gute Stube blieb kalt und wurde nur an Sonn- und Feiertagen genutzt. Oma Käthe lachte immer laut und gutmütig. Es sei denn, der Alte kam heim. Dann war sie nur noch zittrige Unruhe. Angst. Augen, die wie Mäuse hin und her huschten. Sie roch nach starkem Kaffee – Jakobskaffee mit einer ordentlichen Portion Dosenmilch von Bärenmarke –, Kölnisch Wasser und Zigaretten. Sie trug Schürze und eine winzige goldene Uhr mit noch winzigeren Zeigern. Züge ratterten vorbei, und eine alte Standuhr verströmte ihren satten Klang. Wie ein Versprechen.

Johanna blieb noch zehn Minuten neben ihr sitzen. Dann stand sie auf und stellte ihren Stuhl beiseite. Käthe blickte nachdenklich zu ihr hoch, als sie die Hand auf ihre Schulter legte.

»Ich bin ganz sicher, Johanna.«

»Was meinst du, Oma?«

»Du hast einen Bruder. Hat Gertrud nie von ihm gesprochen?«

Johanna hatte plötzlich das Gefühl, ihr Herz werde auseinandergezogen.

»Er heißt Peter.«

Peter, dachte sie lautlos und legte eine Hand auf ihren Mund, ohne zu wissen, warum.

»Frag deine Mutter.«

Das werde ich nicht tun, dachte Johanna. Nicht jetzt. Sie hörte, dass sie schwerer atmete.

»Wo ist Peter? Ich habe ihn ewig nicht mehr gesehen.«

Johanna ging in die Hocke und nahm ihre Großmutter in den Arm. »Bis bald, Oma. Lass es dir gut gehen.« Ihre Stimme klang so weich und zart, dass sie sie kaum selbst erkannte. Sie sprang auf und eilte zur Tür.

»Johanna!«, rief Käthe ihr hinterher. »Ist was passiert mit Peter?«

Sie beschleunigte ihre Schritte. Als sie im Wagen saß, zitterten ihre Hände, und ihr Herz raste. Sie stellte das Radio an, setzte das Headset auf und machte sich auf den Weg nach Hannover. Keine Zeit für alte Familientragödien.

15

Heiß. Und wieder kalt. Eiskalt wie ein Bergsee. Ihre Zähne schlugen aufeinander, und der Rücken schmerzte bei jedem Atemzug, als würde er von einem Messer durchbohrt. Irgendjemand rief etwas. Schrie. Laut und böse. Sie antwortete, konnte sich aber schon Sekundenbruchteile später an ihre eigenen Worte nicht mehr erinnern. An die der anderen auch nicht. Welche anderen? Eine schöne Frau mit schwarzen Flügeln stand plötzlich vor ihr. Ein Traum? Ihr Lächeln war grausam. Und wissend. Du hast es doch getan, flüsterte sie und entblößte die Zähne. Ich habe dich gewarnt. Ihre Stimme drang in jede Pore und füllte mit wuchtigem Beben den gesamten Kopf aus. Sie bewegte ihre Flügel wie Peitschen. Ein Hieb traf sie und noch einer. Der Schmerz machte sie atemlos.

Wie gut, dass ich es getan habe, dachte Betty. Bald kann mir niemand mehr etwas antun.

16

Es war schon vier Uhr durch, als sie nach Hause kam. Im Radio waren gerade die Nachrichten gelaufen: Finanzkrise, Rezessionsängste, Konsumflaute. Weiterhin trübes Herbstwetter. Tolle Aussichten. Lisa gähnte und stieg unter die Dusche, um die Gerüche und den Schweiß der letzten acht Stunden loszuwerden. Der Kneipenjob brachte schönes Geld, das sie als Studentin gut gebrauchen konnte, aber nach einer halben Nacht hinter der Theke und in der Küche war sie heilfroh, in die Stille ihrer kleinen Wohnung zurückzukehren und ein paar Stunden schlafen zu können, bevor sie zur Uni aufbrechen musste.

Lisa studierte im dritten Semester Publizistik und Kulturwissenschaften. Brotlose Kunst, wie ihr Vater stets zu betonen pflegte, aber was hieß schon stets – sie sah ihn kaum, und das war auch gut so. Zwischen Berlin und Wolfsburg lagen gut und gerne zweihundertdreißig Kilometer, und Lisa genoss jeden einzelnen Meter Distanz zwischen sich und ihrem Elternhaus. Um den Kontakt zu ihrer Schwester tat es ihr manchmal leid, aber die Kleine musste da allein durch, und in ein paar Jahren würde sie es auch geschafft haben: volljährig, Abitur und raus aus dem biederen Muff. Vielleicht entschied sie sich ja auch, nach Berlin zu gehen. Hier gab es genug Möglichkeiten – nach wie vor.

Erfrischt und fast schon wieder munter schlüpfte Lisa in ihr Schlafshirt, setzte Wasser für einen Tee auf und fuhr kurz entschlossen ihren Laptop hoch. Vielleicht war ja noch jemand *on*, und sie konnte zum Entspannen ein bisschen chatten. Mit Sven oder Maik oder Charlotte. Drei Mails warteten auf sie. Lisa schaufelte mehrere Löffel Zucker in den Tee und biss von einem üppig belegten Käsebrot ab. Eine Nachricht war von ihrer Schwester. Witzig – eben noch hatte sie an Betty gedacht. Lisa lächelte und klickte die Mail an. Eine lange Nachricht. Seitenlang. Das war ungewöhnlich. Nach den ersten Zeilen war das Käsebrot vergessen. Das Lächeln auch.

Lange nichts gehört von Dir. Ich bin seit ein paar Tagen zu Hause – Erkältung, Fieber und so weiter. Und es wird immer schlimmer. Du hast Besseres zu tun, als an mich zu denken oder an die Eltern. Na ja, ich kann es verstehen. Wirklich. Ist kein blöder Spruch.

Heb diese Mail gut auf, Lisa. Vielleicht kannst Du etwas unternehmen. Vielleicht auch nicht. Aber dann hab ich es wenigstens versucht. Glaub bitte nicht, dass ich hysterisch bin oder Fieberträume habe, auch wenn es mir schwerfällt, mich zu konzentrieren, weil mein Schädel fast zu platzen scheint. Ich habe Angst, große Angst, ich ertrage das nicht mehr. Ein Mädchen ist tot. Ein Unfall. Aber das glaube ich nicht. Andere glauben das auch nicht. Ich hatte sie gern, richtig gern. Sie war so … ja: edel. Auch wenn sich das kitschig anhört. Und mutig. Wie ich nie sein werde. Verstehst Du? Ich stehe tief in ihrer Schuld. Sagt man das so?

Es begann vor ungefähr anderthalb Jahren. Nelli aus meiner Klasse bot mir eine Pille an – gegen Müdigkeit und Frust, wie sie sagte. Damit kommst du wieder so richtig in Fahrt, erklärte sie mir. Ich lehnte sofort ab. Ja, das kannst Du mir ruhig glauben. Ich wollte dieses Zeug nicht nehmen, und ich war ziemlich baff, dass ausgerechnet Nelli damit dealte. Das passte so gar nicht zu ihr, aber vielleicht hatte ich ja einfach nur keine Ahnung, was vorging, weil ich nirgendwo so richtig dazugehöre. Ein paar Tage später fragte sie mich in der großen Pause noch einmal. Ich schüttelte den Kopf.

»Nein. Hab ich doch schon letztens gesagt.«

»Bist du sicher? Tut echt gut. Probier doch einfach mal.«

»Nelli, lass mich in Ruhe, ja?« Ich war genervt.

Nach Schulschluss wartete sie am Fahrradabstellplatz auf mich. Direkt neben ihr stand ein zweites Mädchen, das ich nicht kannte. Eine hübsche Schwarzhaarige, die mich anlächelte.

»Hallo, ich bin Philippa. Ich hab gehört, du willst mal probieren?« Sie kam auf mich zu. »Wir haben zufällig was dabei.«

Ich warf Nelli einen verblüfften Blick zu. »Was erzählst du denn da? Nein, ich will nichts probieren, wie oft muss ich denn das noch sagen?« Dann sah ich Philippa an. »Sie will es offensichtlich nicht verstehen.«

Das Mädchen lächelte noch breiter. »Sie möchte nur freundlich sein, verstehst du? Nelli ist immer sehr freundlich.«

Eigentlich verstand ich das nicht wirklich. Ich hatte Nein gesagt. Ende.

»Du könntest auch etwas freundlicher sein.«

»Ich bin doch nicht unfreundlich – ich möchte nur nichts davon haben.«

Philippa nickte. Sie sah sich um. Die meisten Schüler waren entweder längst auf dem Heimweg oder saßen schon wieder im Unterricht. Wir waren allein auf dem Fahrradplatz. Sie kam zwei Schritte näher.

»Wir laden dich zu einer Kostprobe ein – was hältst du davon?«

Auf einmal stand sie ganz dicht vor mir, streckte die Hand aus und stopfte ein Papiertütchen in meine Jackentasche, bevor ich auch nur einen Mucks von mir geben oder sie abwehren konnte. Sie sah mir direkt in die Augen, und nun lächelte sie nicht mehr.

»Es ist besser, wenn du jetzt nicht unhöflich und unfreundlich wirst, kapiert?«

Ich hatte plötzlich einen trockenen Mund. Das Mädchen war jünger als ich, kaum vierzehn, aber ich war eingeschüchtert, und sie merkte es und genoss ihren Vorteil wie ein Stück Sahnekuchen. Eine Minute später war der Spuk vorbei. Die beiden trollten sich, und ich machte mich auf den Heimweg. Die beiden Pillen warf ich weg. Kopfschüttelnd, mit einem schlechten Beigeschmack, aber die Sache war damit für mich erledigt. Dachte ich.

Vier Tage später sprach mich auf dem Heimweg ein Mädchen in meinem Alter an. Wir überquerten die Hubertusstraße, als sie mich von der Seite anlächelte. Sie war blond und roch gut. Teures Parfum, dachte ich, und ihre Lederjacke war bestimmt auch nicht billig gewesen.

»Und? Sind sie dir gut bekommen?«

Ich verstand nicht. »Bitte?«

»Du brauchst sicherlich Nachschub.«

Eine dumpfe Ahnung machte sich in mir breit. Ich ging etwas schneller. Mein Herz klopfte unangenehm laut. »Ich weiß nicht, was das soll. Lass mich in Ruhe.« Ich ging noch schneller.

»Heh – nicht so unfreundlich!«

Plötzlich stand Philippa neben mir. Ich hatte sie weder kommen gehört noch gesehen. Sie war flink und lautlos wie eine Katze, und sie wusste es. Die beiden nahmen mich in die Mitte. Wieder stopfte Philippa mir ein Tütchen in die Tasche. Als ich mich abwenden wollte, trat sie mir mit voller Kraft in die Wade, und auf einmal war ihr Gesicht ganz nah an meinem. »Mach keinen Scheiß, verstanden? Ich kann verdammt ungemütlich werden!«, zischte sie und quetschte mir die Brust, bis mir schwindelig wurde. Währenddessen schob sich die Blonde vor mich, sodass mein Körper vor neugierigen Blicken abgeschirmt war, und trällerte laut.

»Zwanzig Euro bekommen wir von dir«, sagte Philippa. »In zwei Tagen hast du das Geld.«

So hatte alles angefangen. Ab diesem Tag forderten sie regelmäßig Geld von mir, und sie bekamen es. Da ich nicht so viel Taschengeld zur Verfügung hatte, versuchte ich hin und wieder, die Pillen weiterzuverkaufen. In der Schule in der Teichbreite, auf Sportplätzen, vor dem Jugendclub am Hansaplatz, möglichst unauffällig. Es gelang mir nicht oft, ich bin kein Verkaufstalent, und ich hatte Angst und verachtete mich und mein Tun, aber manchmal biss doch jemand an, und schließlich hatte ich zwei, drei Stammkunden. Zweimal versuchte ich auszubrechen. Ich bezahlte nicht, ich verkaufte nicht, und ich machte mich klein wie ein Mäuschen. Vielleicht vergaßen sie mich einfach oder gaben es auf. Wer war ich schon? Auf keinen Fall wichtig, und unter Umständen lohnte es sich gar nicht, mir großartig hinterherzuforschen.

Eine Woche tat sich nichts, und ich begann zu hoffen. Ich dachte schon, ich hätte gewonnen – mein eigenes kleines Leben zurückgewonnen. Dann, nach acht Tagen, überfielen sie mich, als ich abends vom Nachhilfeunterricht nach Hause kam. Es war schon dunkel, als plötzlich drei Gestalten hinter mir auftauchten. Bevor ich schreien oder mich wehren konnte, hatten sie mich in einen Hauseingang gezerrt. Nelli und die Blonde hielten mich fest, Philippa schlug und trat zu, immer wieder. Sie achtete darauf, nur den Körper zu treffen, nicht das Gesicht. Bis ich mich übergeben musste. Danach wagte ich monatelang nicht, auch nur ein Wort des Widerspruchs von mir zu geben.

Ja, zumindest hin und wieder habe ich daran gedacht, jemanden ins Vertrauen zu ziehen. Aber wen? Die Eltern? Sag selbst – wie hätten sie wohl reagiert? Mir geglaubt und beigestanden? Etwas unternommen? Wahrscheinlich wären sie misstrauisch geworden. Und hätten mich am nächsten Tag zur Schule geschickt. Lehrer? Die hatten auch so schon genug um die Ohren. Und hätten sie mich beschützen können? Ich bezweifelte das. Oder die Polizei? Ach, du liebe Güte! Sie hätten alles abgestritten und mich bei der nächstbesten Gelegenheit fertiggemacht. Freunde? Hatte ich nicht. Die Möglichkeit, Ausschau zu halten nach anderen, die sie genauso in ihrer Gewalt hatten, verwarf ich schnell wieder. Die anderen waren genauso schwach und hilflos wie ich. Sonst wären sie nicht in einer solchen Situation.

Dann kam Karen in meine Klasse. Ich mochte sie sofort. Sie war klug und aufmerksam und sah mich oft so fragend an, dass ich das Gefühl hatte, entweder auf der Stelle weglaufen oder ihr mein Herz ausschütten zu müssen. Das tat ich nicht oder besser gesagt, nicht gleich, aber als wir uns nach einigen Monaten etwas näher kennengelernt hatten, deutete ich an, dass ich Probleme mit anderen Schülerinnen hätte. Sie ließ nicht locker, bis ich ihr die Namen nannte: »Philippa, Lola, Nelli und Rabea – die scheint die Chefin zu sein, aber ich habe sie bislang nicht kennengelernt. Die drei reden nur immer wieder von ihr.«

Ich weiß nicht genau, was dann passierte. Karen übernahm jedenfalls die Initiative und sprach die Mädchen von sich aus an, und zwei Wochen lang ließen sie mich völlig in Ruhe. Sie erzählte mir nicht, wie sie das erreicht hatte, es schien auch nicht wirklich wichtig. Sie war meine Heldin. Ich war frei und konnte wieder durchatmen, lachen, nach vorne blicken. Bis zu jenem Abend, als ich bei unserer Tante Hildegard, die zur Kur war, die Blumen goss und den Briefkasten leerte. Das machte ich seit drei Wochen alle paar Tage. An diesem Tag sollte es das letzte Mal sein. Ich verließ die Wohnung und wollte gerade abschließen, als das Licht im Hausflur ausging. Ich streckte die Hand nach dem Lichtschalter aus und bekam einen solchen Stoß in den Rücken, dass ich lang hinschlug. Im nächsten Moment wurde ich gepackt und zurück in die Wohnung geschleift. Jemand stellte Musik an. Der Schock lähmte mich derart, dass ich nicht schreien konnte. Ein Alptraum begann.

Sie waren zu fünft – die drei Mädchen, die ich bereits hinreichend kannte, dazu eine Vierte mit grünen Augen, von der ich ahnte, dass es Rabea war, und ein junger Mann in schwarzen Klamotten und mit einer Wollmütze über dem Kopf, die nur schmale Schlitze für die Augen und den Mund freiließ. Ich sollte ein Glas Wasser trinken. Als ich den Kopf schüttelte, fiel Philippa über mich her und hörte erst wieder auf, als das Mädchen mit den grünen Augen ihr schließlich Einhalt gebot. Ich weiß noch, dass ich ihre Stimme mochte. Absurderweise. Ich sah zu ihr hoch und erhoffte mir – ja: Hilfe, Beistand. Sie lächelte.

»Ich bin Rabea. Es ist besser, wenn du machst, was man dir sagt. Grundsätzlich solltest du dich nicht mit den Krähen anlegen, sondern tun, was wir dir sagen. Hast du das verstanden?«

Ich nickte und trank das Glas Wasser. Rabea lächelte wieder. Sie ist schön, dachte ich. Minuten später veränderte sich alles. Mir wurde schwindelig, meine Beine waren auf einmal ganz schwer, ich konnte mich kaum bewegen, und ich stotterte. Die vier lachten. Der Typ lag plötzlich auf mir. Zwischen meinen nackten Beinen. Er bewegte sich. Sein Gesicht kam näher und entfernte sich wieder, kam näher und verschwand wieder, und ein merkwürdiger Schmerz füllte mich aus. Jemand stöhnte. Der Mann. Jemand kreischte. Vor Vergnügen. Philippas kohlrabenschwarze Augen starrten mich gierig an. Hasserfüllt. Neidisch. Dachte ich. Ein Mädchen schrie. Das war ich. Erst später begriff ich, dass der Mann mich vergewaltigte, und noch später verstand ich, dass die Szene gefilmt worden war und ich aufgrund der Substanz, die ich mit dem Wasser zu mir genommen hatte, kaum Gegenwehr leistete. Verstehst du, Lisa – es sah aus, als würde ich freiwillig mit dem Typen schlafen! Papa und Mama würden in Ohnmacht fallen! Als ich aufwachte, waren Stunden vergangen, und ich hatte Mühe, mich zu orientieren und nach Hause zu finden. Glücklicherweise waren die Eltern an dem Abend unterwegs und bekamen gar nicht mit, wie ich ins Haus stolperte.

Am nächsten Tag hatte ich den Film per E-Mail-Anhang in meinem Postfach – mit lieben Grüßen von den Krähen. Ich war so entsetzt, dass ich sofort alles löschte. Bis ich Karen gegenüber eine Andeutung machte – nur eine Andeutung, die ganze Wahrheit hätte ich nicht über die Lippen gebracht –, vergingen Wochen. Wochen, in denen ich brav bezahlte.

»Sie erpressen mich«, gab ich schließlich zu. »Frag nicht, womit, aber sie haben mich in der Hand.«

Karen sagte minutenlang kein Wort, sondern starrte Löcher in die Luft. Schließlich sah sie mich an und nickte. »Ich habe eine Idee.«

»Karen ...!«

»Diesmal werden sie dich in Ruhe lassen – glaub mir.«

»Was hast du vor? Bitte tu nichts Unüberlegtes!«

»Ich tue nie wieder etwas Unüberlegtes, das du dann ausbaden musst. Vertrau mir!«

»Aber ...«

»Ich werde dich freikaufen. Glaub mir – darauf werden sie sich einlassen. Ich habe Geld – genug Geld. Damit kann ich sie locken.«

»Aber ...«

»Lass es mich wenigstens versuchen«, unterbrach Karen mich erneut und sah mich wild entschlossen an. »Kannst du denn nicht verstehen, dass ich etwas tun muss – etwas Besonderes? Schließlich hat mein bisheriges Eingreifen dir nur noch mehr Ärger eingebracht.«

Ärger, dachte ich, ließ den Ausdruck aber so stehen. Wenn

Karen wüsste ... Aber vielleicht ahnte sie ja mehr, als ich annahm.

Ich weiß nicht, um wie viel Geld es ging, aber einige Tage darauf erklärte mir Karen, dass die Krähen die Idee gut fanden. Sehr gut sogar.

»Freitag treffe ich mich mit denen. Und dann ist es endgültig vorbei!« Sie strahlte.

»Du hast dich alleine mit denen verabredet?« Ich war entsetzt. »Tu das nicht!«

»Keine Sorge. Wir treffen uns in aller Öffentlichkeit und gehen gemeinsam in die Disco an der Dieselstraße, um den Pakt sozusagen zu begießen.«

Ich sah sie verdattert an. Pakt? Begießen? »Aha. Und wenn sie in einem halben Jahr wieder auf mich ...?«

Karen schüttelte den Kopf. »Lass das mal meine Sorge sein. Ich werde denen das Handwerk legen – endgültig und ohne dass sie es merken. Du bist ganz sicher nicht die Einzige, mit der sie so verfahren. Da muss etwas unternommen werden.«

Ich nickte langsam, aber mir war elend. »Karen, das ist sehr gefährlich. Ich traue denen alles zu, verstehst du?«

»Ich weiß, aber mal ehrlich: Was soll in einer Disco denn schon Großartiges passieren? Mit Dutzenden von Leuten um uns herum?«

»Und wie genau willst du ...?«

Sie winkte ab. »Was du nicht weißt, macht dich nicht heiß!«

Der Freitag kam, und Karen war wild entschlossen, ihr Vorhaben umzusetzen. Ich war so nervös, dass ich meine Finger blutig kaute. Mein Handy lag den ganzen Abend bereit, während ich auf den Fernseher starrte, ohne mitzubekommen, was sich da abspielte. Sehr spät erhielt ich zunächst zwei Nachrichten – eine SMS, in der Karen mir mitteilte, dass alles okay sei, und kurz darauf eine Sprachaufzeichnung, die eine Unterredung zwischen ihr und Rabea wiedergab. Karen bezahlte, und ich war frei – so lautete die Vereinbarung, die Rabea mit ihrer volltönenden Stimme bestätigte. Im Hintergrund war Musik und ein Lachen zu hören. Philippa. Ich weinte vor Glück. Mitten in der Nacht traf eine weitere SMS ein, die ich nicht verstand, zunächst nicht: »Sofort alles löschen!«

Am nächsten Tag erfuhr ich, dass Karen tot war.

Sie riefen nachts an, sie schlichen ums Haus, verfolgten mich in der Schule, nach der Schule – immer eine von ihnen oder auch zwei. Lebendig gewordene Drohungen. Vielleicht bildete ich mir manches auch nur ein. Schatten an den Wänden, die sich zu Alpträumen verdichteten. Ich weiß es nicht. Mein Herz war nur noch eine wunde, pochende Stelle, entzündet, krank und nichts als Angst. Ich zeigte ihnen mein Handy, um zu beweisen, dass ich alles gelöscht und nichts weitergeleitet hatte. Aber das war ja gar kein Beweis. Irgendwann ließen sie mich dann doch in Ruhe – als die Polizei aufhörte, Fragen zu stellen. Erst seitdem begreife ich wirklich, dass Karen tot ist. Ich wünschte, ich könnte glauben, dass es ein Unfall war. Aber das ist lächerlich. Nichts an ihrem Tod ist zufällig. Und tragisch ist, dass die Schuldigen nicht dafür bezahlen müssen. Ich schiebe alle Gedanken, die mit Karen zu tun haben, weit von mir. Ganz weit. Im Schlaf kommen sie zurück. Dann sind sie zu doppelter Größe angewachsen, mächtig und wild, und sie zerren an mir wie böse Geister.

Seit ein paar Tagen wird wieder ermittelt. Eine Kommissarin war hier. Ich weiß nicht, was der Auslöser war. Vielleicht hängt es mit Karens Großmutter zusammen. Die hat nämlich keine Ruhe gegeben. Genau wie Karen. Ich bin sicher, dass eine von ihnen die Oma auf die Straße gestoßen hat.

Und die Krähen sind auch wieder aktiv geworden. Ich halte das nicht mehr aus. Verstehst du, Lisa? Ich will, dass es aufhört – sofort und endgültig!

Damit endete die Mail. Lisa griff zum Telefon, aber bei ihren Eltern nahm niemand ab. Sie wählte Bettys Handynummer – auch hier erklang nur das Freizeichen, das klagend in der Nacht verhallte. Schließlich wählte sie die Nummer der Wolfsburger Polizei.

17

Dr. Kasimir war ein haariger Mensch: Vollbart, buschige Brauen, unter denen braune Augen hervorlugten, und dunkle Locken rahmten sein Gesicht ein. Er hatte bemerkenswert schlechte Zähne, und er brauchte einen Moment, um sich an Johanna zu erinnern.

»Ach ja, richtig – wir waren ja für heute Abend verabredet.« Er schlug sich vor die Stirn und stand dann sofort auf, um der Kommissarin die Hand zu geben. »Nehmen Sie sich irgendeinen Stuhl da hinten aus der Sitzecke, ich suche schon mal die Akte heraus.«

Das schien einfacher gesagt als getan, denn Kasimir gehörte offenbar zum Typ Wissenschaftler, der ein gewisses Chaos um sich herum pflegte. Ordner, Papiere, Bücher, Stifte, Notizzettel und zig Kaffeetassen hatten seinen Schreibtisch förmlich geflutet, und er brauchte einige Minuten, um das Gesuchte zu finden. Währenddessen zog Johanna sich einen wackligen Holzstuhl heran und ließ das vollgestopfte Büro des Gerichtsmediziners auf sich wirken. An der Wand hinter Kasimir hing ein überdimensionaler Wochenplaner mit zig unleserlichen Eintragungen neben dem Bild des Zunge herausstreckenden Albert Einstein.

»Karen Milbert«, murmelte er schließlich. »Ja – ein furchtbarer Fall. Sie ermitteln da also noch mal. Das ist gut.«

»Staatsanwalt Reitmeyer hat in einem längeren Gespräch durchblicken lassen, dass Sie nicht an die Version von einem tragischen Unfall glauben. Habe ich das richtig wiedergegeben?«

Kasimir zog beide Augenbrauen hoch. »Sagen wir so: Ich halte es für sehr unwahrscheinlich, dass das Mädchen mit dem Drogenmix lange durch die Gegend gelaufen ist, wie es in dem Polizeibericht anklang, und von einer lustigen Mitternachtsparty irgendwo am Kanal und einvernehmlichem Sex auszugehen, wenn K.-o.-Tropfen im Spiel sind … Also, ich weiß nicht.«

»Ihre Untersuchungen haben andererseits jedoch auch ergeben, dass die Dosis sehr gering war«, bemerkte Johanna. »Gerade eben noch nachweisbar, um den Staatsanwalt zu zitieren. Und Kommissar Reinders hat keine weiteren Indizien für ein Gewaltverbrechen gefunden.«

»Ja, das stimmt. Dennoch …« Er wiegte den Kopf von einer Seite zur anderen. »Vielleicht hat sie die Tropfen schon einige Zeit vorher bekommen. Das kann man zumindest nicht ausschließen.«

»Die Mädchen, mit denen Karen unterwegs war, sagen unisono aus, dass sie jemanden kennengelernt hatte.«

Kasimir seufzte. »Das entkräftet den Vergewaltigungsverdacht nicht unbedingt, oder? Ich bin skeptisch, Reitmeyer ist skeptisch, und Sie sind es auch, obwohl Reinders keine Anhaltspunkte für ein Gewaltverbrechen sicherstellen konnte – sonst wären Sie nicht hier.«

»Richtig. Aber Skepsis allein …«

»Es gibt Verletzungen und Spuren an der Leiche, die – ich formuliere es mal vorsichtig –, zumindest die Möglichkeit offenlassen, unterschiedliche Ermittlungsansätze aufzugreifen und einer genaueren Überprüfung zu unterziehen.«

»Ich habe Ihren Bericht zwar inzwischen gelesen, allerdings anlässlich des bevorstehenden persönlichen Termins mit Ihnen nicht im Detail studiert«, gab Johanna zu. Außerdem war sie kein Fan medizinischer Analysen und seitenlanger Beschreibungen von tödlichen Verletzungen, aber den Zusatz sparte sie sich.

Kasimir zog einen Stapel Fotos aus der Akte. Johanna schluckte.

»Wissen Sie, Spekulationen und Mutmaßungen oder gar meine ganz persönliche Meinung oder Gewichtung dieses oder jenes Aspekts gehören natürlich nicht in einen sachlichen Bericht, der möglichst objektiv Tatsachen wiedergeben sollte, doch sehen Sie mal … Nach dem Zusammenstoß mit einem Zug bleibt nicht sehr viel von einem Körper übrig, wie ich nicht weiter zu erklären brauche«, sagte er und reichte der Kommissarin ein Foto. »Karens rechte Hand. Sie ist vergleichsweise gut erhalten. Man erkennt sogar noch den Stempel von der Diskothek in der Handinnenfläche. Bemerken Sie den Striemen am Handgelenk?«

Johanna nickte. Wie ein zierliches Armband zog sich eine dunkle Verfärbung um das schmale Gelenk.

»Eine vergleichsweise harmlose Verletzung, vielleicht ein kleiner Bluterguss, könnte man annehmen, was völlig untergeht, wenn ein Körper so zerstört wurde. Man könnte aber auch im persönlichen Gespräch mit Ihnen darüber spekulieren, ob das Mädchen gefesselt worden ist«, führte der Rechtsmediziner aus. »Zum Beispiel an die Bahngleise oder vorher im Rahmen einer Vergewaltigung. Die zweite Hand ist leider völlig zerschmettert.«

Johanna starrte das Bild eine Weile wortlos an, bevor sie hochblickte. »Haben Sie die Fußgelenke diesbezüglich überprüft?«

»Da gab es nichts mehr zu überprüfen.«

»Ich verstehe.«

»Andere Auffälligkeiten?«

»Ein Oberschenkel ist so erhalten, dass ein Tattoo zu erkennen ist, das ziemlich frisch war.« Kasimir zog ein anderes Foto hervor. »Keine Ahnung, ob das wichtig für Sie ist.«

Johanna versuchte über die grausamen Zerstörungen hinwegzusehen und konzentrierte sich auf den kleinformatigen Abdruck. Ein schwarzer Vogel. Sie stutzte. Eine Erinnerung versuchte wie eine Luftblase in ihr aufzusteigen. Sie sah hoch. »Das könnte sogar sehr wichtig sein. Meinen Sie, ich könnte einen Abzug von diesem Foto haben?«

»Kein Problem.« Er drehte sich zu seinem PC um und schaltete den Drucker ein, der mit lautem Getöse seine Betriebsbereitschaft verkündete.

»Ich habe Spuren von Grasbüscheln und Erde gefunden«, fuhr Kasimir fort. »Sie war vor ihrem Tod eindeutig irgendwo draußen nackt oder zumindest halb nackt unterwegs gewesen. An der

Kleidung, die sie trug, waren jedoch außerdem Ölflecken – geringe Mengen, aber immerhin.«

»Öl? Was für Öl?«

»Motoröl.«

Johanna lehnte sich zurück. »Sie könnte in einem Wagen unterwegs gewesen beziehungsweise transportiert worden sein«, überlegte sie halblaut und schlug sich innerlich vor die Stirn.

Bislang waren alle Überlegungen immer davon ausgegangen, dass Karen von Wolfsburg kommend zu Fuß am Allersee und Kanal umhergeirrt oder mit wem auch immer herumspaziert war – ob nun freiwillig oder nicht freiwillig. Wenn Vergewaltigung und Mord vorlagen, konnte sich jedoch durchaus jemand die Mühe gemacht und das eventuell bewusstlose oder bereits tote Mädchen mit dem Auto über Vorsfelde an den Kanal gebracht haben. Um Spuren zu verwischen. Um einen Unfall vorzutäuschen. Karen war zierlich gewesen, und vom Ortsende bis zum Kanalweg am Wäldchen und den Bahngleisen waren es nur wenige hundert Meter – einsame Meter mitten in der Nacht. Bis auf ein paar Einfamilienhäuser und eine Schule gab es dort nichts, und die Chance war ausgesprochen groß, dass von den Anwohnern niemand etwas bemerkt hatte. Schon gar nichts so Auffälliges, dass sich jemand Monate später daran erinnerte. Trotzdem ... Fragen kostete nichts oder nur ein bisschen Mühe und Zeit.

»Danke, Dr. Kasimir«, sagte Johanna einen Moment später. »Sie haben mich auf eine Idee gebracht.«

Kasimir lächelte und ließ seine schlechten Zähne sehen. »Gerne doch. Halten Sie mich auf dem Laufenden.«

Es war schon spät und Johanna fühlte sich abgespannt und müde – reif für den Feierabend, Zeit, die Gedanken zu sortieren und keine weiteren hinzuzufügen. Oder einfach nur abschalten und schlafen. Traumlos schlafen. Ein wundervoller Gedanke. Andererseits musste sie Grimich am nächsten Tag Bericht erstatten, und wenn sie nichts wirklich Neues vorzuweisen hatte, würde ihre Chefin sie wahrscheinlich nach Berlin zurückbeordern. Reinders würde es freuen. Die Krähen auch. Im Auto schlug sie die Wolfsburgkarte auf. Über die Schlesier- und Westpreußenstraße konnte man fast bis an den Kanal heranfahren. Linker Hand lag die Moorkämpeschule. Sie atmete tief durch und startete den Motor.

18

Das Training war schweißtreibend und erschöpfend gewesen, und sie hatte es von der ersten bis zur letzten Minute genossen. Zwei- bis dreimal in der Woche besuchte sie den Selbstverteidigungskurs, und inzwischen hatte sie begriffen, dass es nicht nur darum ging, körperliche und geistige Fitness zu erlangen sowie Muskeln, Härte, Reaktionsschnelligkeit und Selbstvertrauen aufzubauen, um sich im Notfall wehren zu können. Es ging vor allem um die geistige Präsenz und das Wahrnehmen des Augenblicks. Wachheit. Im Hier und Jetzt bleiben. Nicht vorwärts- oder rückwärtsgewandt denken. Es hatte Monate gedauert, bis es ihr zum ersten Mal gelungen war, völlig in einer Bewegungsabfolge aufzugehen, und weitere Monate, eine andere Übung ähnlich konzentriert und entspannt zu absolvieren und dabei den Ehrgeiz loszulassen, irgendetwas erreichen zu müssen.

Sie hatte wieder zu lachen gelernt, und bis vor zwei Tagen war sie davon überzeugt gewesen, auf einem guten Weg zu sein. Dann war die Kommissarin aufgetaucht – aus dem Nichts. Einige Fragen, und Sandras Vorstellung von ihrem neuen Leben hatte zu wackeln begonnen und war dann wie ein Kartenhaus zusammengekracht. Wie das manchmal mit Vorstellungen so passierte. Nach der Befragung war sie den ganzen Tag zu nichts mehr zu gebrauchen gewesen. Alles hatte wieder vor ihr gestanden – als wäre es wenige Stunden zuvor passiert und nicht vor über einem Jahr. Sie war stolz, dass es ihr gelungen war, die Angst am darauffolgenden Tag so weit in Schach zu halten, dass sie zur Arbeit fahren konnte. Niemand hatte ihr Zittern bemerkt und die besonders blutig abgekauten Fingernägel – jedenfalls sprach sie keiner darauf an. Und auch den heutigen Arbeitstag hatte sie halbwegs gut überstanden, um dann abends zum Training zu fahren. Sie war froh gewesen, nur an eines denken zu dürfen und zu müssen – an das, was der jeweilige Augenblick ihr abverlangte. Nicht mehr und nicht weniger.

Unweit ihrer Wohnung an der Celler Straße fand sie einen Parkplatz. Als sie aus dem Wagen stieg, war es kurz nach zehn, und ein unfreundlicher Nieselregen fegte über Braunschweig hinweg und sprühte ihr ins Gesicht. Sie zog die Sporttasche vom Rücksitz und stülpte sich die Kapuze ihres Anoraks über den Kopf. Bis zur Haustür waren es vielleicht hundertfünfzig Meter. Sie ging schnell. Als der Mann aus der diesigen Dunkelheit plötzlich wie ein Gespenst neben ihr auftauchte, traf sie fast der Schlag vor Schreck. Sie blieb stocksteif stehen. Ihr Herz raste, und sie vergaß innerhalb einer Sekunde, was sie in ihrem Kurs gelernt hatte: Ruhe, Umsicht, Klarheit, aus der Linie gehen. Der junge Mann trug eine schwarze Wollmütze und lächelte sie an.

»Entschuldigen Sie bitte, ich glaube, ich habe mich verfahren. Kennen Sie sich aus in Braunschweig?«, fragte er höflich und sah sie aufmerksam an.

Der Stein, der ihr vom Herzen fiel, wog schätzungsweise zehn Tonnen. Sie lächelte zurück. »Ja, ein bisschen schon. Wo wollen Sie denn hin?«

»Ich suche die Celler Straße 26 b«, erklärte er. »Aber es ist ganz dunkel hier, und ich weiß nicht so recht …«

»Gleich dahinten«, sagte sie. »Kommen Sie einfach mit, ich wohne da auch.«

»Na, das passt ja prima – danke Ihnen.«

Er lächelte wieder, und Sandra wurde es leicht ums Herz. Es ist alles in Ordnung, dachte sie – sogar in allerbester Ordnung. Ein junger Typ fragt nach dem Weg, und ich reagiere völlig normal. Wie jeder andere auch. Sie hatte sich gerade in Gang gesetzt, als der Mann neben ihr abrupt verharrte und sich vor die Stirn schlug. »Ich bin aber auch ein Dussel! Die Blumen für meine Tante habe ich im Auto liegen gelassen.« Er lachte. »Könnten Sie zwei Sekunden warten?«

Sandra lächelte. »Klar doch.«

Er drehte sich winkend um und eilte an den Straßenrand zurück. Kurz darauf hörte sie ihn fluchen.

»Scheiße – mir ist der Schlüssel heruntergefallen und unter

den Wagen gerutscht. Also, heute ist einfach nicht mein Tag. Das kann ja nur besser werden.«

Sandra wandte sich um und ging langsam zu ihm. Der Mann hockte vor einem roten Audi und tastete den Boden ab.

»Warten Sie, ich habe eine Taschenlampe dabei«, sagte sie und griff ins Seitenfach ihrer Sporttasche.

Sie hockte sich neben ihn und wollte gerade den Boden ableuchten, als der Mann aufstand. Er lächelte auf sie herunter.

»Haben Sie ihn gefunden?«, fragte Sandra. Sie wollte sich ebenfalls aufrichten.

Er grinste. »Heh, Sandra, das ist genau die richtige Position. Bleib einfach so.«

»Was? Woher kennen Sie meinen Namen?«

»Willst du mir gleich einen blasen oder erst später – sozusagen zum Nachtisch?«

Ihr Herz gefror. Den Schlag ins Gesicht spürte sie kaum noch. Dann nichts als Schwärze.

Als sie wieder zu sich kam, war sie gefesselt und geknebelt und befand sich im selben Transporter wie vor gut einem Jahr. Sie war ganz sicher. Es roch genauso – nach Schweiß, Öl, Angst. Die Sitzbänke waren ausgebaut, keine Fenster. Sie saß auf einer ähnlich schmuddligen Decke auf dem Boden, mit dem Rücken an die Seitentür gelehnt, und eine Petroleumlampe verbreitete mattes Licht. Aber der Typ war ihr fremd, außerdem war er allein, und damals war sie nicht gefesselt und geknebelt gewesen. Vielleicht ist die Sache mit dem Wagen ein Zufall, dachte sie und wunderte sich im gleichen Moment über den absurden Gedanken. Spielte das überhaupt noch eine Rolle? Vielleicht. Vielleicht auch nicht.

Der Mann von damals hatte ihr irgendein widerliches Zeug eingeflößt, aber sie hatte sich heftig gewehrt und ihm die Mütze vom Kopf gerissen. Er war fuchsteufelswild geworden, hatte ihr noch mehr von dem Getränk eingeflößt und ihre langsam erlahmende Gegenwehr schließlich grinsend genossen. Zwei der Mädchen hatten die Szene verfolgt: Philippa und die Große mit den grünen Augen. Die kleine Schwarzhaarige hatte es gar nicht abwarten können, bis er ihr richtig wehgetan hatte. Im Rückblick gewann Sandra plötzlich den Eindruck, dass das andere Mädchen Philippa mehrfach scharfe oder auch wütende Blicke zugeworfen hatte. Warum auch immer. Merkwürdig, dass ihr das gerade jetzt einfiel. Nur noch das Wetter war jetzt unwichtiger.

»Du erinnerst dich, stimmt's?« Der Mann, der angeblich die 26 b in der Celler Straße gesucht hatte, hockte vor ihr und leuchtete ihr mit der Lampe ins Gesicht.

Sandra blickte ihn starr an.

»Das ist gut so.« Er lächelte. Fast so freundlich wie vor wenigen Minuten. »Mein Kumpel schickt mich nämlich, um dir was auszurichten. Verstehst du das?« Er zog sich die Wollmütze vom Kopf. Dunkle kurz geschnittene Locken kamen zum Vorschein.

Sandra rührte sich nicht.

»Gib mir ein Zeichen, dass du mich verstehst.«

Sie blieb regungslos sitzen.

»Letzte Warnung, Schätzchen.« Seine Hand schnellte vor und packte ihre Gurgel. »Rühr dich oder morgen erkennt dich nicht mal deine eigene Mutter, wenn ich fertig mit dir bin!«, zischte er.

Sie versuchte zu nicken.

»Okay.« Er zog die Hand zurück und wirkte zufrieden. »Schon besser. Schon viel besser.« Er lächelte und griff hinter sich, um sich eine der Decken zusammengefaltet als Sitzkissen unter den Hintern zu schieben. »Wo war ich stehen geblieben?« Er tippte sich an die Stirn, als würde ihm der Gedanke erst in diesem Augenblick wieder einfallen und als sei er sehr erleichtert darüber. »Ach ja, richtig: Mein Kumpel hält es für eine gute Maßnahme, dir eindrucksvoll klarzumachen, dass du nichts tun oder sagen solltest, was ihm oder seinen Mädels schaden könnte. Du weißt, was ich meine, nicht wahr? Und ich rate dir, diesmal gleich zu reagieren.«

Sandra nickte wieder. Der Kopf schmerzte.

»Weißt du, er hatte wichtige Geschäfte zu erledigen und war eine Weile unterwegs, und als er zurückkam, war eine ziemliche Scheiße am Dampfen«, fuhr er plaudernd fort. »Du kannst dir sicherlich gut vorstellen, dass ihn das anödet, nicht wahr? Würde dich auch anöden, stimmt's?«

Sandra beeilte sich, den Kopf zu bewegen.

»Dachte ich mir. Nun sag mal – bist du polizeilich vernommen worden?«

Nicken.

Der Mann überlegte einen Moment und betrachtete sie aufmerksam. »Pass auf«, sagte er schließlich. »Ich mache dir jetzt den Knebel ab, und wir werden uns ein bisschen unterhalten. Wenn du die Gelegenheit nutzt, um herumzuschreien …« Er lächelte. »Ich denke, du weißt, was ich ausdrücken will.«

Sandra deutete an, dass sie ihn verstanden hatte. Er entfernte mit einem Ruck das Klebeband über ihrem Mund, und sie spuckte einen Stofffetzen aus. Ein Würgen konnte sie gerade noch unterdrücken.

»Also – was wollten die Bullen von dir?«

Sandra räusperte sich. »Es ging um das Klauen bei Karstadt«, sagte sie leise. Ihre Stimme zitterte. »Und die Aktionen hinterher … Eine Kommissarin wollte wissen, ob ich nicht doch jemanden identifizieren könnte, den ich zuvor im Kaufhaus beobachtet hatte.«

Der Mann starrte sie an. »Weiter. Was hast du gesagt?«

»Nichts habe ich gesagt … Ich meine, ich habe nur das wiederholt, was ich schon vor einem Jahr erzählt hatte – dass mich Fremde überfallen haben, die ich noch nie zuvor gesehen hatte, und ich sie anfangs mit den Mädchen verwechselt hätte.«

»Und von der Begegnung mit meinem Kumpel hast du nichts erwähnt?« Er grinste kurz.

»Nein.«

Er rieb sich das Kinn und ließ sie nicht aus den Augen. »Warum nicht? Es ist schon eine ganze Weile her – warum solltest du der Bullenfrau nicht dein Herz ausschütten?«

»Das geht niemanden was an. Ich will nicht darüber reden.«

»Und wenn die Bullen dich erneut befragen und dich so richtig unter Druck setzen, was machst du dann?«

»Ich bleibe bei meiner Aussage. Außerdem besteht kein Anlass, mich unter Druck zu setzen.«

»Kluges Mädchen.« Er rückte näher. »Kann ich mich denn auch wirklich darauf verlassen?«

Sie nickte schnell. »Ja. Ganz bestimmt.«

Er wiegte den Kopf bedächtig von einer Seite zur anderen. »Weißt du, Menschen erzählen viel, wenn der Tag lang ist, und mein Kumpel will sehr genau von mir wissen, ob ich dir und deinen Worten vertraue. Er verlässt sich auf mich und mein Urteil, und es ist sehr wichtig, dass ich ihm nichts Falsches erzähle. Kannst du das nachvollziehen – ein bisschen zumindest?«

Sie schluckte. »Ja. Natürlich.« Lass mich hier raus, dachte sie und fing an zu zittern.

»Hm – es ist halt so: Ich persönlich würde dir jetzt glatt glauben und dich nach unserer Unterredung einfach nach Hause gehen lassen, aber mein Kumpel ist ein bisschen misstrauisch, und er gab mir den Tipp, dir, wie sagte er doch gleich: ja, nachhaltig klarzumachen, dass du dich mit den falschen Leuten anlegst, wenn du Scheiße erzählst. Begreifst du ungefähr, was ich sagen will?« Er betrachtete sie aufmerksam, als würde ihn ihre Meinung tatsächlich interessieren.

»Du kannst dich auf mich verlassen.« Ihre Stimme klang hell und kindlich.

»Ja, ich denke, das kann ich wirklich. Aber wie wäre es denn, wenn du dieses Versprechen untermauern würdest? Mit einem kleinen Vertrauensbeweis.« Er rückte noch ein Stück näher. »Das ist einfach überzeugender.«

Ihr Zittern verstärkte sich. »Bitte, lass mich gehen – ich sage nichts, wirklich nicht … Du kannst dich wirklich auf mich verlassen.«

Er richtete sich lächelnd auf und begann seine Hose aufzuknöpfen. »Ach, Schätzchen, deine Worte klingen gut, aber was tut man nicht alles für seinen Kumpel.«

Er fing an zu lachen. Leise. Herzlich. Dann brach er abrupt

ab. Sie sah, wie sich sein Brustkorb hob und senkte. Schneller als zuvor. Er war aufgeregt und voller Vorfreude, und zum ersten Mal dachte sie darüber nach, ob sie irgendeine Chance gegen ihn hatte – gefesselt, geschwächt und voller Angst –, und auch zum ersten Mal fragte sie sich, worum es hier überhaupt ging.

Es musste enorm wichtig sein, dass sie die Mädchen und den Typen nicht identifizierte, wenn sie nach über einem Jahr erneut derart unter Druck gesetzt wurde. Sie würde nie vergessen, wie er aussah. Sie kannte sogar seinen Namen, seinen Vornamen. Philippa hatte ihn angefeuert, als er über sie hergefallen war, und ihn mit seinem Namen angesprochen. Welche Chance hatte sie, je wieder aus diesem Teufelskreis herauszukommen? Würde in drei Monaten wieder jemand auf sie warten, um sie zu bedrohen? Oder in einem Jahr? Ihr Herz wummerte gegen ihre Rippen. Wie viel Angst konnte ein einzelner Mensch ertragen, ohne durchzudrehen? Lieber sterbe ich, als dass es so weitergeht, dachte sie. Ein ungewöhnlich klarer und ruhiger Gedanke, zum ersten Mal in dieser Situation. Sie blickte zu ihm auf und stahl sich von irgendwoher ein Lächeln – ohne nachzudenken.

»Mach mir die Fesseln ab«, sagte sie mit einer Stimme, die sie kaum erkannte.

»Warum sollte ich?«

»Damit ich besser Hand anlegen kann.«

Er fixierte sie. Und fing an zu grinsen. »Dein Mund reicht mir eigentlich. Und deine Möse.«

»Du weißt nicht, was du verpasst.«

Er grinste noch breiter. »Okay, Kleine. Wenn du so wild auf meinen Schwanz bist, will ich dir den Wunsch nicht abschlagen …« Er ging langsam in die Hocke, sah ihr einen Moment ins Gesicht und schob sie dann zur Seite, um an ihre hinter dem Rücken zusammengebundenen Hände zu gelangen. Er löste die Fesseln. Sie nahm die Hände nach vorn und rieb sich die Gelenke, in die langsam das Blut zurückströmte.

»Aber mach keinen Scheiß«, sagte er erregt und umfasste plötzlich ihre Schultern. »Hörst du? Komm erst gar nicht auf die Idee, sonst ergeht es dir richtig schlecht!«

Sandra schüttelte den Kopf, streckte die Arme aus und dehnte sie. Er schob die Hose ein Stück herunter, sah ihr zu und wartete. Wie dumm manche Männer doch waren, wenn es um Sex ging. Ein Hitzeschwall durchfuhr sie, als sie spürte, dass es ihr ernst war. Sie erwiderte seinen Blick, ballte eine Hand zur Faust und stieß sie ihm ansatzlos in die Hoden. Sein Gesicht war einen Moment voller Staunen, bevor er den Schmerz wahrnahm. Mit der anderen Faust zerschlug sie ihm das Nasenbein von unten in Richtung Stirn, noch bevor er aufschreien oder einen Angriffsversuch unternehmen konnte. Wenn der Schlag mit der richtigen Heftigkeit traf, drang das Nasenbein in die Stirnhöhle ein und konnte den Mann töten – innerhalb kürzester Zeit. Er brach mit leisem Stöhnen zusammen. Sandra wünschte sich seinen Tod. Auch dieser Gedanke war klar und ruhig. Nie wieder konnte er ihr etwas tun, wenn er tot war – eine bestechend einfache Logik.

19

Es war schon später Abend, als sie in den »Alten Wolf« zurückkehrte. An acht Haustüren hatte sie geklingelt, aber wie sie schon vermutet hatte, konnte sich niemand daran erinnern, in einer Sommernacht vor drei Monaten etwas Ungewöhnliches bemerkt zu haben. Blieb noch der Hausmeister der Moorkämpeschule – ein alter Herr, der im Heimkehrerweg wohnte, hatte ihr den Tipp gegeben, an der Schule nachzufragen, weil der neue Hausmeister häufig abends noch zu tun hatte. Und dem entginge so schnell nichts. Das hatte er zweimal mit gewichtiger Miene betont.

Johanna war so erschöpft, dass ihr alles Mögliche entgehen würde, wenn sie nicht sofort Feierabend machte. Sie nahm sich ihr Essen mit aufs Zimmer und schlang es achtlos hinunter, während sie noch eine Mobilbox-Nachricht von Beran abhörte – in puncto Schulwechslerinnen hatte sich bislang nichts Konkretes beziehungsweise nichts auf Anhieb Verwertbares ergeben. Dann fiel sie ins Bett. Kein unruhiger oder quälender Gedanke hatte mehr die Chance, ihren Schlaf zu vertreiben.

Als sie hochschreckte, war es stockdunkle Nacht, und ihr Handy zappelte auf dem Nachttisch. Johanna tastete nach dem Lichtschalter und meldete sich gleichzeitig schlaftrunken am Telefon.

»Ich hoffe sehr, dass es wichtig ist.« Sie blinzelte zum Wecker, der gerade mal fünf Uhr anzeigte.

»Das ist es ohne Zweifel«, sagte Sofia Beran, und ihre Stimme klang so aufgeregt, dass Johanna sofort wach war. »Ich bin gerade vom Bereitschaftsdienst informiert worden – Betty Flint ist tot!«

»Was?« Johanna sprang aus dem Bett und begann, sich mit dem Telefon am Ohr anzuziehen.

»Es sieht nach Suizid aus. Die ältere Schwester, die in Berlin wohnt, hat von Betty eine beunruhigend klingende Mail erhalten. Weil sie weder Betty noch ihre Eltern zu Hause erreichen konnte, hat sie die Polizei alarmiert. Als die eintraf, war es schon zu spät. Betty hat sich die Pulsadern aufgeschnitten ... So sieht es jedenfalls auf den ersten Blick aus.«

Johanna starrte einen Moment auf die leere Wand vor sich. »Das darf nicht wahr sein«, flüsterte sie.

»Treffen wir uns dort?«

Johanna versuchte, die Erstarrung abzuschütteln. »Ja – wir brauchen die Spurensicherung vor Ort und ...«

»Ist alles schon in die Wege geleitet.«

»Okay – bis gleich.«

Als die Kommissarin eintraf, kümmerte sich eine Psychologin um die Eltern, und zwei Kriminaltechniker untersuchten die Leiche des Mädchens in der Wanne sowie das Badezimmer, ein anderer sah sich in Bettys Zimmer um. Der Laptop war eingeschaltet, und der Drucker warf gerade mehrere eng beschriebene Seiten aus. Johanna nahm die Blätter an sich, als Beran zu ihr trat.

»Betty hatte gestern Abend keinen Besuch, sagen die Eltern«, berichtete sie mit leiser Stimme. »Es hat ihres Wissens nach auch niemand angerufen, und irgendetwas Besonderes ist ihnen nicht aufgefallen, abgesehen davon, dass Betty seit Tagen schwer erkältet war, richtig krank, und sie haben vermutet, dass sie früh eingeschlafen ist, so gegen zehn. Um sie nicht zu stören, hat die Mutter später auch nicht mehr in ihr Zimmer gesehen, und da es unten ein zweites Bad neben dem Elternschlafzimmer gibt, bestand keine Veranlassung, überhaupt noch nach oben zu gehen ...«

Johanna nickte. Einer der Kriminaltechniker kam zur Tür herein – sein Gesicht war grau vor Müdigkeit.

»Die Leiche kann jetzt in die Gerichtsmedizin. Möchten Sie noch mal ...?«

Sie folgte ihm, ohne zu antworten, ins Bad. Gesicht und Arme des Mädchens waren kalkweiß. Betty hatte sich nicht ausgezogen und sich auch nicht ins warme Wasser gelegt, sondern lediglich Hände und Unterarme frei gemacht. Wahrscheinlich hat sie befürchtet, mit dem Geräusch einlaufenden Wassers die Eltern auf den Plan zu rufen, überlegte Johanna. Sie wollte auf keinen Fall vorher gefunden werden.

»Was meinen Sie ungefähr, wie lange sie schon tot ist?«, wandte sich Johanna an den Mann.

»Ich schätze, vier bis höchstens fünf Stunden – Genaueres kann aber erst die Gerichtsmedizin feststellen.«

Johanna blickte auf den Mailausdruck in ihren Händen. Die Nachricht war um kurz nach ein Uhr gesendet worden, gelesen hatte die Schwester sie ungefähr drei Stunden später. Das passte. Sie sah wieder hoch und dann dem Mädchen für einen Moment ins Gesicht. Lange ertrug sie den Anblick nicht. Zwei Sekunden, vielleicht drei – die war sie ihr schuldig.

Plötzlich stand Beran neben ihr. »Kaffee?«

»Ja, danke, gerne, und ein paar Minuten Ruhe, damit ich die Mail lesen kann. Und bitte erinnern Sie mich später daran, dass ich mit Dr. Kasimir spreche – er muss Bettys Untersuchung unbedingt vorziehen.«

Johanna setzte sich an Bettys Schreibtisch, und keine Minute später drangen die Gespräche und Geräusche der Polizisten kaum noch an ihr Ohr. Von weit her hörte sie noch jemanden weinen und klagen, aber sie dachte keine Sekunde darüber nach. Bettys Schilderungen nahmen sie völlig gefangen. Kaltes Entsetzen breitete sich in ihr aus, gefolgt von Wut und Verzweiflung. Schuldgefühlen. Hätte sie besser aufpassen müssen, können, sollen? Hätte sie den Tod dieses Mädchens verhindern können? Warum, weshalb, wieso. Eine Viertelstunde später reichte Beran ihr ungefragt einen weiteren Becher Kaffee. Johanna drückte ihr die Seiten in die Hand.

»Ich will, dass alle vier sofort zur Vernehmung auf die Dienststelle gebracht werden«, sagte sie leise. »Handys und PCs sicherstellen – Kiesel soll sich sofort an die Arbeit machen –, Zimmer beziehungsweise Wohnungen durchsuchen, insbesondere nach Drogen, und keine Telefonate zulassen. Um es klarzustellen – ich will das große Programm, das ganz große! Wenn du die Mail gelesen hast, verstehst du warum.« Das Du war ihr so rausgeschlüpft. Sie nahm es nicht zurück.

Beran starrte sie einen Moment stumm an. Sie fragte nicht, welche vier gemeint waren. Dann fing sie an zu telefonieren.

20

Ohne Zweifel – sie war süß. Süß, knackig, jung. Viel zu jung. Es war ein Fehler gewesen, ihr Hoffnungen zu machen, ihr an die Wäsche zu gehen und zuzulassen, dass sie an seine ging, und zwar nicht nur weil Rabea dagegen war, sondern weil sie recht hatte.

»Sie ist zu jung für dich, zu wild und nicht zuverlässig genug«, hatte sie gesagt. »Sei vernünftig und denk ans Geschäft.«

»Ich versuche es.«

»Das reicht nicht. Lass die Finger von ihr.«

»Okay, okay. Aber wie wäre es dann endlich mit uns beiden? Ich käme sofort auf andere Gedanken«, hatte er erwidert.

Das war halb im Scherz, halb ernst gemeint, und er war selbst erstaunt über seine offenen Worte. Sie hatte nicht mal gelächelt, geschweige denn geantwortet, aber das Funkeln ihrer grünen Augen verfolgte ihn bis in den Schlaf. Er hoffte, dass sie eifersüchtig war, er wünschte es sich, aber er ahnte, dass Rabea derlei Gefühle gar nicht erst zuließ – selbst wenn sie hin und wieder eine gewisse Anziehungskraft zwischen ihnen spüren sollte.

Rabea war auch erst siebzehn, aber manchmal kam sie ihm reif vor wie eine Dreißigjährige, viel reifer und umsichtiger als er selbst, und es gab Augenblicke, da verzehrte er sich förmlich nach ihr, ohne dass er die richtigen Worte für seine Gefühle fand oder sich gegen sie wehren konnte. Rabea war die einzige junge Frau, mit der er schlafen wollte: zärtlich, hingebungsvoll, sanft. Andere wollte er vögeln und wieder andere mit Gewalt nehmen, um ihnen klarzumachen, wer das Sagen hatte.

Wenn er Dienst in der Diskothek hatte, schlief er im Dachzimmer des Nachbarhauses über dem Spielclub. In dieser Nacht wartete sie am unbeleuchteten Hintereingang auf ihn. Er sah nur ihre Silhouette, und einen Moment lang war er davon überzeugt, dass Rabea an der Tür stand. Er lächelte, obwohl nicht abgesprochene Treffen eigentlich tabu waren.

»Heh«, wisperte sie in der Dunkelheit. »Sei nicht sauer, aber ich musste dich einfach sehen.«

Die Enttäuschung stieg wie ein Ballon in ihm auf – für einen Augenblick so bedrängend, fast schmerzvoll, dass er selbst verwundert war.

»Was willst du hier, Philippa?«

»Na, rate mal?« Sie trat ihm entgegen und wollte ihn umarmen.

Er wich ihr aus und griff nach seinem Schlüssel. »Das geht nicht, Kleine. Ich hab noch zu tun, und du gehörst ins Bett.«

»Unbedingt. Aber nicht allein.« Sie kicherte.

Er schob sich an ihr vorbei, schloss die Tür auf und versperrte sie mit seinem Körper. »Geh nach Hause, Philippa.«

»Ach, sei doch nicht so!«

Er konnte hören, dass sie einen Schmollmund machte. »Doch, Kleine, geh nach Hause ...«

»Sag nicht dauernd Kleine zu mir!«

»Du bist noch klein, Philippa. Und jetzt hör auf zu nerven.«

»Wenn du dich da mal nicht täuschst. Immerhin bin ich nicht zu klein, um dir einen runterzuholen, stimmt's?«

Er atmete tief ein. Sie war ein kleines, scharfes Kind-Luder, und sie spielte die erfahrene Frau, was bestenfalls lächerlich war.

»Was ist – keine Lust?«

»Nein, geh nach Hause! Wie oft soll ich dir das jetzt noch sagen?«

Mit zwei Schritten war sie bei ihm und fasste ihm in den Schritt. »Heh, du hast sehr wohl Lust.« Sie lachte mit rauer Stimme. »Was ist los? Neulich warst du nicht so schüchtern. Hat sie es dir verboten?«

Er packte ihre Hände mit festem Griff.

»Schon besser«, flüsterte sie.

Wut über ihre unverschämte Art begann in ihm hochzukochen. Er wusste, dass er sich nicht provozieren lassen durfte, denn dann wäre sie in null Komma nichts am Ziel ihrer Wünsche.

»Schluss jetzt!«, herrschte er sie an.

»Och …!«

»Hau ab, Philippa!«

Plötzlich machte sie einen Schritt zurück. »Warum? Sag mir warum? So jung bin ich nun auch wieder nicht. Ist es wegen Rabea?«

Stille. »Ja, es ist wegen Rabea.« Er knipste das Licht im Hausflur an. »Und jetzt mach dich endlich vom Acker! Oder willst du wirklich, dass ich dich ficke, weil du mich anmachst wie ein Flittchen, während ich an sie denke, weil ich sie liebe?«

Das hatte er gar nicht sagen wollen, aber plötzlich war der Satz heraus, und er traf Philippa mitten ins Herz. Er traf ihn selbst mitten ins Herz. Sie starrte ihn einen Moment mit hasserfüllten Augen an, dann drehte sie sich um und rannte davon.

21

Johanna entschied sich spontan, mit der gemeinsamen Vernehmung von Nelli und Lola zu beginnen, während Philippa und Rabea getrennt voneinander warten mussten. Kommissar Reinders war bereits mit seinem Team unterwegs und leitete die Hausdurchsuchungen. Er war auffallend bleich und wortkarg gewesen, als er Johanna am frühen Morgen begrüßt hatte. Ein Beamter war damit beschäftigt, Lolas Mutter und Nellis Vater zu beruhigen und davon zu überzeugen, dass trotz der frühen Stunde bei der Befragung ihrer Kinder alles mit rechten Dingen zuging und es viel sinnvoller war, zu Hause auf ihre Rückkehr zu warten. Rabea war genau wie Philippa ohne Begleitung in die Dienststelle gebracht worden. Rabeas Mutter hatte alkoholisiert im Bett gelegen und war nicht zu wecken gewesen, während Philippas Eltern bereits zur Frühschicht aufgebrochen waren. Natürlich mussten sie so schnell wie möglich über den Verbleib ihrer Tochter informiert werden. Allerdings hatte Johanna nicht vor, sich deswegen graue Haare wachsen zu lassen.

Sofia Beran brachte Nelli und Lola ins Vernehmungszimmer, stellte Wasser und Kaffee auf den Tisch und bereitete das Aufnahmegerät vor, bevor sie sich etwas abseits auf einen Stuhl an der Tür setzte. Johanna legte ihre Unterlagen bereit und sah über die Kaffeetasse hinweg auf die noch schlaftrunkenen und zugleich beunruhigt wirkenden Gesichter der Mädchen. Offensichtlich war die Überraschung gelungen. Keine wusste, was geschehen war. Johanna stellte ihre Tasse ab. Sie sparte sich ein einleitendes Lächeln, sondern nickte beiden nur zu.

»Wir haben uns letztens schon ein wenig unterhalten«, begann sie leise. »Es ging um Karen. Es geht immer noch um Karen, unter anderem.«

Nelli stützte die Unterarme auf den Tisch. »Aber wir haben Ihnen doch schon alles gesagt.« Sie warf Lola einen Blick zu, die eilig nickte. »Allerdings. Und nun lassen Sie uns mitten in der Nacht aus dem Bett holen. Also, wissen Sie, ich ...«

»Schluss mit dem Theater!«, unterbrach Johanna sie plötzlich laut. »Es hat einen weiteren Todesfall gegeben, und es wird Zeit, dass ihr Farbe bekennt – in allen Einzelheiten.«

Nelli erbleichte. »Einen weiteren Todesfall? Was meinen Sie damit?«

»Betty Flint ist tot.«

Lola setzte sich gerade auf. »Was?«

»Sie hat sich die Pulsadern aufgeschnitten«, fügte Johanna in nun wieder fast beiläufigem Ton hinzu und öffnete ihren Ordner, dem sie mehrere Fotos von dem toten Mädchen in der Wanne entnahm. »Schaut sie euch genau an! Wisst ihr, warum sie das getan hat?«

Nelli öffnete den Mund und schloss ihn wieder, während Lola schnell hochsah und Johanna mit zusammengepressten Lippen anstarrte.

»Ich sag es euch – ihre Angst war so groß, dass sie nicht mehr damit leben konnte. Und ich sag euch noch etwas.« Johanna beugte sich über den Tisch vor und sah abwechselnd von einer zur anderen. »Wir wissen nun sehr genau, warum und vor wem sie Angst hatte, und wir sind darüber im Bilde, was mit Karen passiert ist. Betty hat nämlich einen Abschiedsbrief hinterlassen.« Die Kommissarin fixierte Lola. »Was sagst du dazu?«

Das Mädchen schluckte. Und schwieg.

»Das ist nicht viel«, bemerkte Johanna. »Aber vielleicht musst du ja ein bisschen nachdenken. In aller Ruhe nachdenken. Kann ich gut verstehen, denn du solltest dir jetzt sehr genau überlegen, ob es wirklich sinnvoll ist, bei deiner bisherigen Geschichte zu bleiben. Jugendknast ist nicht ohne, und jeder Monat, der dir erspart bleibt, weil du dich kooperativ oder gar ein wenig reuevoll zeigst, kommt deinem zarten Teint zugute.«

Lola versuchte, ihrem Blick standzuhalten, aber nach drei Sekunden wandte sie sich ab, strich eine Haarsträhne aus ihrem Gesicht und begann dann, ihre Finger zu kneten.

»Ein Abschiedsbrief?«, fragte sie dann. »Na ja, man kann eine Menge schreiben, aber das bedeutet ja …«

Johanna stand abrupt auf und sah mit zusammengebissenen Zähnen auf Lola hinunter. Am liebsten hätte sie das Mädchen gepackt und so lange geschüttelt, bis ein halbwegs vernünftiger Satz aus ihr herausgekommen wäre. Oder ein Funken Mitgefühl. Das wäre doch mal was Neues gewesen.

»Weißt du was? Bevor du jetzt irgendwelchen Unsinn von dir gibst, der mich nur anödet und den du später bitter bereust, spendiere ich dir eine Pause«, sagte sie mit tiefer Stimme. »Du wartest erst mal allein nebenan und gehst ein bisschen in dich. Es gibt eine Menge zu bedenken, und du brauchst sicher ein wenig Ruhe, um all deine Gedanken zu sortieren und dann eine Entscheidung zu treffen. Ich hoffe sehr, dass es die richtige sein wird, und glaub mir, das ist keine belanglose Redensart.« Sie winkte Beran, die Lola aus dem Raum führte, um sich dann wieder zu setzen und Nelli zuzuwenden.

So groß und wuchtig das Mädchen gebaut war, so unsicher und zart wirkte es plötzlich.

»Und was ist mit mir?«

»Mit dir fange ich jetzt an.«

»Aber Lola hat doch recht – wir haben schon alles …«

»Ihr habt euch eine Geschichte zurechtgelegt, die ihr auf Biegen und Brechen aufrechterhalten wollt, das ist alles«, unterbrach Johanna sie. »Ihr habt sie auswendig gelernt, um sie immer und immer wieder erzählen zu können – ohne Lücken und Widersprüche, egal, wer euch warum befragt. Jede einzelne von euch. Die Krähen halten zusammen – ist das euer Motto?«

Nelli fuhr zurück.

»Erst recht, wenn es um Drogen, Gewalt, Vergewaltigung und Mord geht, oder?«

Das Mädchen hob die Hände. »Wir haben Karen nicht umgebracht, das müssen Sie mir glauben. Warum sollten wir das tun?«

Kein schlechtes Argument, dachte Johanna. »Erzähl mir von Rabea. Was ist sie für ein Mädchen?«

»Aber … warum?«

»Weil ich frage. Und ich frage, weil es mich interessiert.«

Nelli schwieg einen Moment verwirrt. »Rabea weiß immer, was zu tun ist«, sagte sie dann. »Sie hat ein Ziel. Sie treibt nicht einfach so dahin. Bei ihr hat alles Hand und Fuß.« Sie nickte zur Bekräftigung.

»Sie ist klug und schön, und sie weiß, wo es langgeht?«

»Genau. Sie ist so … selbstverständlich. Man zweifelt nicht an ihr und auch nicht an ihren Worten, verstehen Sie, was ich sagen will?« Einen Augenblick wirkte sie verlegen. »Selbst wenn sie mal wütend ist. Mein Platz ist trotzdem neben ihr.«

Meine Güte, dachte Johanna, sie ist ihre Göttin. »Was macht Rabea denn wütend?«

»Wenn man sich nicht an Absprachen hält, zum Beispiel. Sich blöd anstellt oder unehrlich ist. Ihr Vertrauen missbraucht.«

»Kam denn das schon mal vor?«

Nelli zog die Schultern hoch. »Na ja, so was kommt immer mal vor, sollte es zwar nicht, aber …«

»Wer ist euer Drogendealer?«

»Ich weiß nichts von Drogen.«

»Nelli, wir wissen, dass ihr Drogen unter die Schüler bringt, wobei ausschließlich Mädchen eure Opfer sind, und ihr sie zwingt, euch das Zeug abzukaufen beziehungsweise Geld aufzutreiben. Wenn sie nicht spuren, werden sie verprügelt, bedroht, vergewaltigt und erpresst. Bei Karen ist irgendwas schiefgelaufen. Habt ihr sie unterschätzt und musstet ihr sie deshalb mundtot machen – im wahrsten Sinne des Wortes?«

Nelli schüttelte mit großen Augen den Kopf. »Ich sag nichts mehr.«

Johanna schwieg einen Moment. »Das ist natürlich dein gutes Recht, aber bedenke eines: In Kürze bekommen wir die Ergebnisse der Spurensicherung und unseres Computerspezialisten. Wenn sich auch nur Krümel von Drogen in euren Wohnungen befinden, werden wir sie finden. Und wenn sich irgendwelche hässlichen Filmchen auf euren Handys und PCs tummeln, können wir die uns sehr bald angucken. Nicht, dass wir das wirklich wollen, aber der Beweis wäre erdrückend, das musst du zugeben.«

Nelli verzog keine Miene.

»Ach ja«, Johanna machte eine lässige Handbewegung, »das betrifft übrigens auch gelöschte Filme. Unser Computerfreak kann die nämlich zurückzaubern. Wusstest du das nicht? Es gibt Spezialprogramme, die nur eines im Sinn haben: gelöschte Daten wiederherzustellen.« Johanna deutete ein Lächeln an. »Klasse, oder? Es wäre also viel schlauer von dir, schon im Vorfeld auszupacken, denn nur dann kann ich dein Einlenken auch als den Versuch einer Zusammenarbeit werten, verstehst du das?«

Nelli blickte an ihr vorbei.

»Die anderen werden diese Gelegenheit sicherlich nutzen«, fuhr Johanna wie beiläufig fort. »Oder glaubst du tatsächlich, dass Lola den Kopf für dich hinhält? Oder Philippa? In Kürze wird jede versuchen, das Beste für sich herauszuholen, glaub mir, und es könnte gut sein, dass du am Schluss das Nachsehen hast.«

»Nein, das glaube ich eben nicht: Wir halten zusammen!«, ereiferte Nelli sich plötzlich und verschränkte die Arme über dem üppigen Busen. Ihr Gesicht hatte sich gerötet.

Johanna stützte die Ellenbogen auf den Tisch und verschränkte die Finger ineinander. »Warum haben sie dich in ihrer Gruppe, Nelli? Was glaubst du? Weil du so schlau bist oder so wichtig? Überleg doch mal. Fällt dir irgendetwas Besonderes ein? Soll ich dir sagen, was du für sie bist? Schlicht und ergreifend eine willige Zuträgerin, die nichts zu sagen hat, aber froh ist, irgendwo dazuzugehören.«

»Eine was?«

Das Mädchen wirkte überrascht und neugierig, und das Motiv, das Johanna lediglich als Schuss ins Blaue abgefeuert hatte, nahm plötzlich Kontur an. Sie beugte sich vor. »Denk mal nach: Rabea und Lola besuchen eine Realschulklasse und sind schon seit Jahren eng miteinander befreundet, Philippa ist auf der Hauptschule, du bist auf dem Gymnasium. Soll das ein Zufall sein? Seit wann überlässt Rabea irgendwas dem Zufall? Es wäre ja fast eine

Beleidigung, ihr Derartiges zu unterstellen. Es ist ganz einfach: Du sollst auf deiner Schule in deiner Altersgruppe nach geeigneten Opfern Ausschau halten. Dafür brauchen sie dich. Außerdem wirkst du harmlos und untypisch in diesem schmutzigen Geschäft. Niemand traut dir so was zu. Erzähl doch mal, wer hat dich bei welcher Gelegenheit angesprochen und geködert?«

Nelli schob die Unterlippe vor. »Ich weiß nicht, was Sie meinen.«

»War es in einer Diskothek? Auf einer Fete? Ich denke, du hast dich geschmeichelt gefühlt und vielleicht auch mal eine Pille probiert, die gute Laune und Power ausgelöst hat, wahrscheinlich für viele Stunden. Rabea hat nach einer Weile, vielleicht schon nach ein paar Tagen gefragt, ob du nicht bei ihnen mitmachen willst – sie bräuchten noch eine verlässliche Freundin. Sie hat dich sofort fasziniert, weil sie eine beeindruckende Persönlichkeit ist. Und lass mich mal raten: Du fühlst dich insbesondere so von ihr angenommen, weil sie dich noch nicht ein einziges Mal als Dicke beschimpft hat.«

Nelli zuckte heftig zusammen.

»Und was ist mit Gewalt? Die lernt man, oder? Macht es dir Spaß, anderen wehzutun?«

»Wir haben Karen nicht umgebracht.«

»Ihr habt sie verprügelt, weil sie sich für Betty eingesetzt hat.«

Nelli schüttelte den Kopf. »Sie wollte bei uns mitmachen.«

»Erzähl keinen Scheiß!«, fuhr Johanna sie laut an. »Wir wissen, dass das Mädchen euch Geld gegeben hat, damit ihr endlich aufhört, Betty zu quälen! Aber ihr wolltet ihr einen Denkzettel verpassen. Besonders Philippa ist da immer ganz heiß drauf, stimmt's? Sie schlägt gerne zu, es macht ihr Freude, anderen Schmerzen zuzufügen. Ihr habt Karen gezwungen, Alkohol zu trinken sowie irgendwelche Drogen und K.-o.-Tropfen zu nehmen, und dann wurde sie vergewaltigt, während ihr alle zugesehen habt. Aber danach – was ist dann passiert?«

Johanna merkte, dass ihr Herzschlag sich erheblich beschleunigt hatte, und sie atmete zweimal tief durch, um nicht noch lauter und heftiger zu werden. »Wer hat Karen auf die Gleise gelegt?«

»Ich weiß es nicht.«

»Wer ist Rc?«

Nelli starrte sie wortlos an. Eine Sekunde, zwei, drei. Johanna gab Sofia Beran ein Zeichen und betätigte die Stopptaste am Aufnahmegerät.

»Bring sie weg und hol mir die beiden anderen.«

Nelli erhob sich langsam und stützte die Hände auf dem Tisch ab. »Kann ich nach Hause gehen?«

Johanna konnte sich gerade noch zügeln. »Wie kommst du eigentlich auf das schmale Handtuch? Hast du immer noch nicht begriffen, dass ihr unter Mordverdacht steht? Es wird Zeit, dass du der Realität ins Auge siehst.«

Beran schob Nelli aus dem Zimmer. Fünf Minuten später kam sie zurück und servierte Johanna ein belegtes Baguettebrötchen.

»Danke – sehr aufmerksam.« Johanna griff zu und biss ab, ohne zu schmecken, was sie eigentlich aß. Sie starrte an die grüne Wand des Zimmers.

Beran blieb einen Moment vor ihr stehen. »Möchten Sie wirklich beide zugleich vernehmen: Rabea und Philippa?«

»Für den Anfang ja«, gab Johanna zurück.

Beran sah sie fragend an.

»Mal sehen, was sich zwischen den beiden so abspielt«, fügte Johanna hinzu. »Oder sich auch nicht abspielt.«

»Ach so.«

»Hat Reinders sich schon gemeldet?«

»Nein, aber ich erkundige mich gleich mal und frag bei der Gelegenheit auch, wie weit Kiesel ist.«

»Gut. Ach, bevor ich es vergesse, noch zwei Dinge. Ich möchte den Hausmeister von der Moorkämpeschule in Vorsfelde befragen, und ich will wissen, wie man auf die Schnelle Tattoos anbringt.«

Beran zog eine Augenbraue hoch. »Das muss ich jetzt nicht verstehen, oder?«

Die Bemerkung entlockte Johanna ein Lächeln. »Sie werden es verstehen. Später.«

»Wie schön!« Beran lächelte zurück. »Aber möchten Sie vielleicht gleich wissen, wie das funktioniert?«

»Gerne.«

»Man kann Motive, die auf spezielle Folien gedruckt und wasserlöslich sind, problemlos auf die Haut übertragen. Die halten natürlich nicht lange, aber für eine Fete langt es schon – zum Beispiel.«

»Ach so.« Johanna nickte. »Wie simpel – die gab es schon zu meiner Zeit als Beilage in Kaugummipackungen. Man hat draufgespuckt, die Bildchen auf den Arm gepresst und hatte nach wenigen Minuten einen Indianer auf dem Oberarm ... oder was auch immer.«

»Na, sehen Sie. Manche Dinge ändern sich nie.«

22

Es begann gerade erst hell zu werden, als das Handy klingelte, und er brauchte einen Moment, um wach zu werden.

»Heh, Alter, wo ist der Wagen?« Das war Piet. Ein etwas aufgeregt klingender Piet.

»Der Wagen?«

»Mensch, ja, der weiße Transporter.«

»Er müsste auf dem Hof stehen.«

»Nein, er müsste eigentlich in der Garage stehen.«

»Und?« Rico gähnte.

»Er ist weder in der Garage noch auf dem Hof.«

»Ist das so wichtig?«

»Würde ich so bescheuert fragen und dich aus dem Bett klingeln, wenn es das nicht wäre? Fakt ist, dass die Kiste nicht da ist.«

Rico setzte sich auf. Tom hatte den Wagen gestern Abend abgeholt, um ihm einen Gefallen zu tun.

»Tom ist noch damit unterwegs«, erklärte er langsam.

»Ach du Scheiße! Und was sag ich jetzt dem Alten?«

»Na, dass Tom ihn noch nicht abgeliefert hat. Und bevor er anfängt, sich aufzuregen, kannst du ihm sagen, dass ich mich gleich darum kümmere. Ist doch nicht weiter wild.«

»Das sieht der Alte anders, glaub mir, der ist …«

»Ich sagte doch, dass ich mich darum kümmere, jetzt gleich«, unterbrach Rico ihn entnervt. »Mehr kann ich nicht tun. Wahrscheinlich ist Tom irgendwo versackt. Oder er steht bei ihm vor der Haustür. Habt euch nicht so. Ich kläre das.«

Damit unterbrach er die Verbindung. Piet spielte sich manchmal mächtig auf, und das musste er jetzt nicht haben – nicht am frühen Morgen. Außerdem hatte Rico beim Alten einen Stein im Brett. Mindestens einen. Er sah auf die Uhr. Gerade mal halb acht. Er kratzte sich am Hinterkopf. Dann wählte er Toms Nummer. Das Freizeichen ertönte – dreimal, viermal, fünfmal, aber Tom ging nicht ans Telefon. Rico seufzte. Er war müde. Hundemüde. Wahrscheinlich pennte Tom irgendwo seinen Rausch aus. Am Abend zuvor hatte er ihm noch eine Nachricht geschickt, dass er die Kleine aus Braunschweig vor ihrer Wohnung abfangen würde, um ihr ein paar Takte zu erzählen. Damit sie nicht auf dumme Ideen kam. Oder so ähnlich. Rico grinste. Er war sicher, dass Tom die richtigen Worte gefunden hatte, um ihr klarzumachen, wie sie sich zu verhalten hatte, falls sie noch mal zu Vorkommnissen befragt wurde, die schon eine ganze Weile zurücklagen, die sie aber ohne Zweifel stark beeindruckt hatten.

Auf Tom war Verlass. Er war ein begabter Verfolger, der nicht nur nie eine Fährte verlor, sondern sich auch in erstaunlich kurzer Zeit auf höchst kreative Weise alle nötigen Informationen beschaffen konnte, um seinem Opfer nahe zu sein. Jeder, auf dessen Spur er sich setzte, wurde irgendwann mürbe. Wenn er dabei unauffällig bleiben wollte, bekam der andere nichts mit. Gar nichts. Und wenn er vorhatte, jemanden zu erschrecken oder zu bedrängen, hatte er viel Spaß und der Betroffene nur einen Wunsch: ihn abzuschütteln und ihm nie wieder zu begegnen.

Eigentlich war doch alles in Butter. Rico seufzte und streckte sich wieder aus. Es gab keinen wirklich akuten Grund, sich abzuhetzen. Wahrscheinlich tauchte Tom innerhalb der nächsten ein bis zwei Stunden ohnehin von ganz alleine wieder auf, würde sich einen Rüffel einfangen, und damit hatte es sich. Vielleicht war Rabeas Hellhörigkeit in dem Fall auch etwas übertrieben gewesen, und Rico hätte sich nicht davon beeinflussen lassen sollen. Er schätzte zwar ihre Umsicht und ihren besonderen Riecher, und er wollte nicht, dass sie sich um was auch immer sorgte, aber manchmal war es schlauer, sich überhaupt nicht zu rühren, statt durch Hyperaktivität erst auf sich aufmerksam zu machen. Dafür war es klug von ihm gewesen, nicht selbst die Initiative zu ergreifen, sondern Tom nach Braunschweig zu schicken. Vielleicht wäre es auch klug, sich zukünftig bei der Zusammenarbeit mit den Mädchen etwas rarer zu machen. Trotz

Rabea. Trotz der aufregenden Spielchen, die sich immer wieder ergaben. Er hatte andere und große Pläne. Für die er fit und ausgeschlafen sein musste.

Das Klopfen war kaum an sein Ohr gedrungen, da flog die Tür auch schon auf. Rico schreckte hoch. Georg und Piet standen vor seinem Bett, und die Miene des Chefs verhieß nichts Gutes. Rico wollte aufstehen, aber Piet versetzte ihm einen kräftigen Stoß vor die Brust.

»Bleib, wo du bist!«

»Heh, was ist denn los?«

Georg zog sich einen Stuhl heran und nahm umständlich Platz.

»Ich bin enttäuscht, Rico. Sehr enttäuscht. Normalerweise kann ich mich völlig auf dich verlassen, aber diesmal hast du es offensichtlich für nötig befunden, gänzlich ohne Rücksprache eigene Wege zu gehen. Du weißt, dass ich das ganz und gar nicht schätze.«

Rico verschränkte die Arme. »Ich verstehe kein Wort. Was ist denn passiert?«

»Wo ist der Wagen?«

»Tom ist damit unterwegs.«

»Wo und warum?«

»In Braunschweig – was erledigen«, erwiderte Rico. »Was ist so schlimm daran?«

Georg beugte sich blitzschnell vor und drosch ihm seine Rechte aufs Auge. Er musste fuchsteufelswild sein, denn normalerweise legte er nie selbst Hand an.

»Für heute Mittag ist eine Tour nach Berlin geplant, du Idiot!«, zischte er. »Und der Wagen war zum Teil schon entsprechend vorbereitet – kapierst du jetzt?«

Scheiße, dachte Rico. Sein Gaumen wurde trocken. »Das wusste ich nicht! Mir hat niemand was gesagt. Tom hat nur … Warum weiß ich denn nichts davon?«

»Halt die Schnauze! Du musst nicht immer alles wissen, aber du hast zu fragen, bevor du was auch immer unternimmst, kapiert? Der Wagen stand in der Garage – hat dich das nicht stutzig gemacht?«

Nein, hatte es nicht. Konnte es allerdings auch gar nicht, weil er Tom einfach nur die Schlüssel ausgehändigt hatte und der nicht auf die Idee gekommen war, irgendetwas in Frage zu stellen. Rico stöhnte leise. Dann blickte er auf.

»Ich kümmere mich darum. Jetzt gleich.«

»Das hast du schon vor einer Stunde gesagt. Beweg deinen Arsch, und schaff mir die Kiste ran! Sofort!«

»Klar – mach ich. Kein Problem.«

»Das hoffe ich. Das hoffe ich sogar sehr!«

Rico nickte eifrig. Georg stand auf und blickte einen Moment mit eisigem Blick und schmalen Lippen auf ihn herunter. »Noch so 'n eigenmächtiges Ding und du kannst dir einen anderen Job suchen, kapiert?«

»Kapiert.«

23

Rabea sah sie mit gleichmütigem Gesichtsausdruck an, Philippa bekam sogar ein Lächeln hin. Eure Abgebrühtheit wird euch noch vergehen, dachte Johanna und wusste im gleichen Moment, dass sie sich ihre Wut und Empörung sparen konnte. Emotionale Betroffenheit würde sie auf keinen Fall weiterbringen, ganz im Gegenteil.

»Warum genau sind wir hier?«, fragte Rabea, als Johanna das Aufnahmegerät eingeschaltet und den üblichen einleitenden Text gesprochen hatte.

»Ihr seid zur Vernehmung hier, weil der dringende Tatverdacht besteht, dass ihr einen florierenden Drogenhandel betreibt, Mitschülerinnen quält und den Tod von zwei Mädchen zumindest billigend in Kauf genommen habt beziehungsweise sogar am Mord eines Mädchens beteiligt wart«, sagte Johanna betont gelassen.

Philippas dunkle Augen weiteten sich ein wenig, Rabea lehnte sich zurück.

»Bitte?«

»Ansonsten stelle jetzt ich die Fragen.«

Rabea zuckte mit den Achseln, als wäre Johanna eine nervende Lehrerin, deren Zurechtweisung ihr am Allerwertesten vorbeiging, während Philippa kurz die Brauen zusammenzog. Die Kommissarin sah kurz von einem Mädchen zum anderen.

»Nur zur Information vorweg: Ich habe es den beiden anderen auch schon gesagt, und sie denken gerade in aller Ruhe über meine Worte nach. Ihr habt die Wahl. Wir können die Sache hier außerordentlich beschleunigen, indem ihr ein umfassendes Geständnis ablegt, oder aber eine lange, unerfreuliche Befragungsgeschichte daraus machen – unerfreulich besonders für euch. Unsere Spezialisten werden schätzungsweise in ein oder zwei Stunden, vielleicht aber auch schon in der nächsten halben Stunde die ersten Ergebnisse präsentieren. Bis dahin werden sie den winzigsten Krümel Crack, Ecstasy oder was auch immer ihr sonst so vertickt habt, finden, und sämtliche, auch gelöschten Daten von euren PCs und Handys wiederherstellen.«

Rabea blieb ungerührt wie eine Sphinx. Ihre Augen leuchteten. Aber Philippas Hände hatten gezuckt. Sie zog sie vom Tisch.

»Außerdem haben wir Zeugen, die gegen euch aussagen werden.« Das war ein bisschen optimistisch vorgegriffen, aber Johanna fand, dass die Zeit für solche Hinweise reif war.

»Tatsächlich? Zeugen wofür?«, entgegnete Rabea.

»Du langweilst mich, Rabea«, sagte Johanna. »Ich hätte dich für klüger gehalten. Man sollte wissen, wann man verspielt hat.«

»Ich fürchte, Sie unterschätzen mich.«

»Ich denke, du überschätzt dich. Weißt du, andere Mütter haben auch pfiffige Töchter, und meine Mutter hat sich nicht das halbe Gehirn weggesoffen.«

Rabea umfasste den Tisch mit beiden Händen. Johanna sah die Knöchel weiß hervorstechen. Eins zu null, dachte sie lakonisch.

»Wo war ich stehen geblieben? Ach ja – wie gesagt, unsere Spezialisten werden in allernächster Zeit die Fakten auf den Tisch legen, und dann ist es natürlich zu spät für reuevolle Schilderungen und Erklärungen. Ach, und noch was – habe ich überhaupt schon erwähnt, dass Betty Flint tot ist?«

Philippa wurde bleich. Zumindest für Sekunden.

»Sie hat sich heute Nacht die Pulsadern aufgeschnitten. Und sie hat einen Abschiedsbrief hinterlassen, aus dem in allen Einzelheiten hervorgeht, wie ihr – die Krähen – arbeitet.« Johanna wandte den Kopf und fixierte Rabea. »Kapierst du nun? Es ist vorbei.«

»Ich weiß nicht, was Sie meinen.«

»Dann bist du nicht mal halb so gescheit, wie ich dachte.« Johanna lächelte und sah Philippa an. »Erzähl mal, wie habt ihr euch kennengelernt – du und Rabea?«

»Ist das wichtig?«

»Erwähnte ich schon, dass ich hier die Fragen stelle?«

Philippa legte die Hände wieder auf den Tisch. »Na, in der Schule.«

»Du bist viel jünger.«

»Gerade mal zwei Jahre.«

»Das ist viel in eurem Alter.«

»Wenn Sie meinen. Bei uns spielt das keine Rolle.«

»Ich verstehe – ihr haltet zusammen. Ansonsten legt Rabea fest, wo es langgeht, und ihr tanzt alle nach ihrer Pfeife, oder?«

»Na ja, ganz so ist es nicht.«

»Sondern? Sag bloß, du hast auch was zu melden, gerade du als Jüngste und Hauptschülerin?«

Rabea scharrte mit den Füßen, während Philippa das Kinn hob, um dann eine nachdenkliche Miene aufzusetzen.

»Na klar, wir sind Freundinnen. Es geht doch nicht nur darum, dass eine alleine bestimmt.«

»Das habe ich aber von Lola und Nelli anders gehört«, wandte Johanna ein. »Sie schildern Rabea als Anführerin, die weiß, was Sache ist, und der sich gerne alle unterordnen, ohne zu widersprechen. Scheinbar habe ich da was falsch verstanden. Erklärst du es mir mal genauer, Philippa?«

»Da gibt es nicht viel zu erklären.«

»Ich denke doch«, beharrte Johanna.

In dem Moment klopfte es leise. Beran öffnete die Tür und zog sie wieder halb hinter sich zu. Johanna konnte einen leisen Gesprächswechsel hören und erkannte die Stimme von Kiesel. Kurz darauf kam Sofia Beran zurück und beugte sich zu Johannas Ohr hinunter.

»Er hat was gefunden und wartet im Nebenzimmer mit einem Laptop auf Sie«, flüsterte die Polizistin.

Johanna stand auf. »Okay, bleiben Sie kurz alleine hier.«

Kiesel hielt sich nicht mit langen Vorreden auf. »Ich habe zwei Filmsequenzen gefunden beziehungsweise gelöschte Daten vom PC wiederherstellen können«, erklärte er ohne Umschweife, als Johanna eintrat, und drehte den Bildschirm zu ihr herum. »Die Qualität ist nicht sonderlich gut, es gibt keinen Ton, und Personen sind nur bedingt zu erkennen, aber eines ist klar: Es handelt sich um unerfreuliches Material.«

So konnte man es ausdrücken. Im ersten Ausschnitt stand Betty im Mittelpunkt. Man sah das Mädchen nackt auf dem Boden liegen. Ein Mann mit einer Wollmütze, die sein Gesicht völlig bedeckte, beugte sich über sie. Das Bild schwenkte herum, und man sah die beiden nackten Körper in eindeutiger Stellung und Bewegung. Ein Schwenk auf Bettys Gesicht. Sie weinte nicht, sie schrie nicht. Sie wirkte höchstens ein wenig benommen oder sogar unbeteiligt, aber letztlich stellte sich die Szene genauso dar, wie das Mädchen selbst sie in der Mail an ihre Schwester beschrieben hatte: Eine Vergewaltigung konnte aus der Sequenz ganz und gar nicht abgeleitet werden. Und auch von den Krähen war nichts zu sehen.

»Scheiße«, sagte Johanna. Sie sah Kiesel an. »Auf welchem PC haben Sie das gefunden?«

»Sowohl auf Betty Flints als auch auf Philippas PC. Betty hatte den Film lediglich in den Papierkorb ihres Programms verschoben, Philippa hatte ihn gar nicht gelöscht.«

»Kann man davon ausgehen, dass der Film von einem PC zum anderen verschickt wurde, genauer gesagt, dass Betty ihn per Mailanhang erhielt?«

»Durchaus.«

»Was haben Sie noch?«

Kiesel startete erneut die Wiedergabe. Eine ganz ähnliche Szene, aber diesmal war es sehr dunkel, und es wirkte seltsam eng. Unstetes Licht huschte durchs Bild, wahrscheinlich von einer Taschenlampe. Dann war plötzlich Karen zu sehen. Halb nackt. In der nächsten Einstellung lag sie auf einer Decke und wehrte sich gegen einen Mann, der auf ihr lag und eine Mütze trug. Sein Gesicht war nicht zu erkennen, sodass Johanna lediglich annehmen konnte, dass es derselbe Typ war, dem Betty zum Opfer gefallen war. Beweisen ließ sich das jedoch allein mit diesem Film nicht. Und obwohl Karens Bewegungen deutlicher als Abwehrhandlungen aufgefasst werden konnten als Bettys Reaktionen, waren sie eben nicht unmissverständlich zuzuordnen und reichten kaum aus, um von einer Gewalttat auszugehen, geschweige denn von einem brutalen Verbrechen, das schließlich mit einem Mord endete.

Beide Filme hatten nur einem Zweck gedient: die Opfer zu erpressen. Johanna schloss kurz die Augen. Bei aller für sie gegebenen Eindeutigkeit sowie vieler Indizien, die in eine Richtung wiesen, und trotz des Suizids von Betty und ihrem Schreiben – konnte das einen Richter überzeugen? Durfte es ihn überhaupt überzeugen? Und was würden findige Anwälte damit machen? Solange sie nicht mehr hatte als das …

»Diese Szene stammt auch von Philippas PC«, erläuterte Kiesel.

»Bei den anderen war nichts Derartiges drauf?«

»Bis jetzt habe ich nichts entdecken können, aber ich bin auch noch nicht durch. Ich habe die Arbeit nur unterbrochen, um Ihnen die ersten Ergebnisse gleich zeigen zu können.«

»Können Sie feststellen, wenn Daten von einer Festplatte auf einen externen Speicher verschoben worden sind?«

»Im Prinzip schon, aber wenn der Bereich der Festplatte bereits mit anderen Daten überschrieben wurde, ist nichts mehr zu machen. Genauso ist es übrigens mit Handydaten. Da die Geschichte schon eine Weile zurückliegt und der Handyspeicher sehr viel kleiner ist als eine PC-Festplatte, ist davon auszugehen, dass Nachrichten und Aufnahmen längst mit neuen Daten überschrieben sind. Aber natürlich sehe ich mir die Telefone auch noch genauer an.«

»Das ist gut. Ich danke Ihnen erst mal.«

Johanna verließ den Raum und ging nach unten in die Cafeteria, um sich einen Cappuccino aus dem Automaten zu holen. Sie ließ sich Zeit. Sie brauchte Zeit.

Betty hatte in ihrem Abschiedsschreiben erwähnt, dass sie nachts per SMS die Anweisung erhalten hatte, alles zu löschen – womit aller Wahrscheinlichkeit nach Karens Kurznachricht und die Aufnahme des Gesprächs zwischen ihr und Rabea gemeint gewesen waren. Warum? Was war passiert? Hatte man das Memo bei Karen entdeckt? Aber wer und warum hatte sich an ihrem Handy zu schaffen gemacht? Und wer hatte die SMS geschrieben beziehungsweise den Befehl erteilt? Karen selbst? Auf Druck der Mädchen? Oder hatte einfach jemand ihr Handy benutzt? Johanna rieb sich die Schläfen. Ihr Handy klingelte, als sie sich den Milchschaum von der Oberlippe leckte. Es war Reinders.

»Es gibt in keinem der Mädchenzimmer Drogen«, sagte er ohne Einleitung und betont sachlich. »Nicht mal Spuren davon.«

»Das gibt's doch nicht.«

»Doch, so was gibt es.«

»Sie haben ein gutes Versteck und einen professionellen Hintergrund«, überlegte Johanna. »Mindestens ein erwachsener Kerl ist mit von der Partie.«

»Woher wissen Sie das?«

Johanna erzählte ihm von den Filmen. »Aber natürlich ist der Mann nicht zu erkennen und die Mädchen auch nicht.«

»Ich hake noch mal bei den Kollegen von der Drogenfahndung nach.«

»Gute Idee. Und lassen Sie auch noch mal verstärkt nach Datenträgern Ausschau halten – USB-Sticks und so weiter. Ich könnte mir vorstellen, dass insbesondere Philippa sich eine Sammlung kleiner Filmchen angelegt und vielleicht ganz gut versteckt hat. Die Dinger werden ja immer kleiner ... Übrigens, was mir gerade noch so durch den Kopf schwirrt: Als die Leiche von Karen geborgen wurde, hat man da ihr Handy gefunden beziehungsweise zerstörte Teile davon?«

»Hm. Um ehrlich zu sein – ich weiß es nicht, aber das lässt sich nachprüfen.«

»Tun Sie das für mich?«

»Klar. Ich melde mich gleich wieder.«

»Schicken Sie mir bitte eine SMS, weil ich jetzt die Befragungen fortsetze.«

Johanna legte auf und ging zurück in den Vernehmungsraum.

»Also, Philippa, lass mich mal etwas weiter ausholen. Ihr seid zu viert«, fuhr die Kommissarin kurz darauf fort, als hätte es die Unterbrechung gar nicht gegeben. Sie blickte das Mädchen mit dem aparten schwarzen Pagenkopf freundlich an und ignorierte Rabea völlig. »Vier junge Mädchen. Dann gibt es noch einen

Mann im Hintergrund; über den reden wir später. Rabea und Lola, Nelli und du. Jede ist für bestimmte Bereiche zuständig – nur so funktioniert eine eingespielte Gruppe, ein Team wirklich: im Beruf, im Sport, überall. Nelli ist interessant, weil man ihr kaum zutraut, auch nur einer Stubenfliege etwas zuleide zu tun, und darum ist sie besonders unauffällig. Das ist in eurem Geschäft wichtig. Darüber hinaus ist sie glücklich, endlich einmal angenommen und nicht wegen ihrer Figur gehänselt zu werden. Außerdem hält sie die Kontakte zu eurer Altersgruppe auf dem Gymnasium – ein wichtiger Aspekt. Lola und Rabea kennen sich, wie bereits erwähnt, schon sehr lange, sie sind alte und vertraute Freundinnen. Lola liebt die Abwechslung, sie ist froh, wenn sie ihrem quirligen Zuhause entkommen kann, und immer bereit, für zusätzliches Taschengeld aktiv zu werden. Es macht ihr nichts aus, anderen zu schaden, solange sie einen Nutzen davon hat.« Johanna wandte den Kopf und blickte zunächst Rabea und dann wieder Philippa an. »Und eure Chefin? Sie hat – bewusst oder unbewusst – den einzigen Lebensweg gewählt, der sich nach ihrer inneren Überzeugung für sie geboten hat: Sie hat sich selbst eine Familie geschaffen, in der sie das bewunderte und starke Oberhaupt ist und alles unter Kontrolle hat, in der sie bestimmt, was warum getan wird. Und weißt du, warum sie dich mit ins Boot genommen hat? Nein? Ich sag es dir – weil du bis auf die Knochen grausam bist. Dafür ist nicht jede geeignet. Du schon. Eine Erfüllungsgehilfin nennt man so was. Du hast Spaß daran, anderen Schmerzen zuzufügen. Du ergötzt dich daran. Du drehst sogar Filme von Vergewaltigungen. Solche brutalen Folterknechte sind sehr nützlich, weil sie für das richtige Angstklima sorgen.«

»Was für Vergewaltigungen?«, fragte Rabea dazwischen.

Johanna beachtete sie gar nicht. »Was sagst du dazu, Philippa?«

»Wovon reden Sie eigentlich?«, hakte Rabea erneut nach. Ihre Stimme hatte auf einmal etwas Drängendes.

Johanna sah sie nicht mal an, sondern konzentrierte sich auf Philippa.

»Du bist die Hauptakteurin, wenn es darum geht, Mädchen unter Druck zu setzen oder sogar Großmütter zu erschrecken. Gewiss, die anderen hauen auch mal drauf oder halten fest, aber du bist wirklich mit ganzem Herzen dabei – wenn man in dem Zusammenhang überhaupt noch von Herz sprechen kann.«

»Sie haben keinerlei Beweise für Ihr Gerede!«, fuhr Rabea wieder dazwischen. »Sonst würden Sie hier nicht so lange herumquatschen und uns Vorträge halten bis zum Abwinken!«

»Die Beweise sind längst unterwegs! Und du hast inzwischen die Hosen ganz schön voll, sonst würdest du dich nicht plötzlich so engagiert ins Gespräch einbringen!«

Johanna beugte sich über den Tisch und starrte Philippa an. »Wie genau ist es abgelaufen, wenn sich ein Mädchen nicht gefügt oder irgendwie Ärger gemacht hat? Gab es erst die Prügel, gefolgt von einer Vergewaltigung, und zu guter Letzt habt ihr eurem Opfer das Tattoo der Krähen verpasst – wie ein Brandzeichen, damit sie euch ja lebhaft in Erinnerung behalten? Oder gab es gleich das Tattoo, dann die Prügel und die Vergewaltigung? Oder spielt die Reihenfolge unter Umständen gar keine Rolle? Ich bin mir übrigens ziemlich sicher, dass ihr Betty dieses Motiv auch verpasst habt.«

Philippa öffnete den Mund, aber Johanna schnitt ihr das Wort mit einer heftigen Handbewegung ab.

»Wir werden jetzt erst mal von euch allen die Fingerabdrücke nehmen. Ich gehe jede Wette ein, dass sich bei Karen Übereinstimmungen finden.«

»Na und? Wir waren an dem Abend zusammen unterwegs, das haben wir nie bestritten«, wandte Rabea ein. »Außerdem …«

»Ihr habt ihr ein Tattoo auf den nackten Oberschenkel gemacht. Höchstwahrscheinlich mit Spucke. Das hat Spuren hinterlassen. Die kann man analysieren.«

»Karen ist längst beerdigt. Und selbst wenn …«

»Aber ohne die Proben, die der Gerichtsmediziner zu ebensolchen Analyse- und Vergleichszwecken gesichert hat.« Johanna zeigte ihr wölfisches Grinsen und hoffte inständig, dass die Mädchen es ihr abnahmen, denn sie war ganz und gar nicht sicher, ob Kasimir derart vorsorglich gearbeitet hatte. Sie traute es ihm zu, aber sie wusste es nicht.

Rabea zog eine Schulter hoch, aber lässig wirkte das nicht. Philippa sah die Freundin von der Seite an – beobachtend, fragend und, tja, skeptisch vielleicht? Oder eher irritiert? Vielleicht sogar lauernd? Johanna wartete einen Moment. Und noch einen. Dann hob sie die Hand und blickte über die Schulter zu Beran.

»Pause. Sorgen Sie bitte dafür, dass die Mädchen isoliert werden und ein Frühstück bekommen. Wir machen nachher weiter.«

Sie hatte sich spontan entschieden, allein nach Vorsfelde zu fahren. Es würde ihr guttun, für eine Weile dem angespannten Trubel zu entkommen. Zwischenzeitlich hatte sie das Gefühl, dass es in ihrem Kopf eng wurde und ihr Nervenkostüm an einzelnen Stellen zu reißen begann. Aber es war noch lange nicht vorbei. Bevor sie an der Schule ausstieg, nahm sie zwei Kopfschmerztabletten und setzte sich noch einmal mit Reinders in Verbindung.

»Ich wollte gerade eine Nachricht für Sie tippen«, sagte der Kommissar. »Ein Handy hat sich nicht gefunden – weder im Ganzen noch in Einzelteilen.«

Johanna runzelte die Stirn. Das konnte alles Mögliche bedeuten und sich ebenso als wichtiger Aspekt wie auch als völlig nebensächlich herausstellen. Aber klären ließ sich die Angelegenheit im Moment nicht, also stellte sie die Überlegungen fürs Erste zurück.

»Na gut, das wird uns vielleicht später noch mal beschäftigen. Was anderes: Schicken Sie noch mal jemanden zum Haus der Flints«, sagte sie. »Das ist ein Reihenhaus mit Garten. Halten Sie nach frischen Spuren Ausschau.«

»Wie kommen Sie da jetzt drauf?«

»Nur so eine Idee.«

Der Hausmeister der Moorkämpeschule hieß Walter Wiesner und befand sich in einem winzigen Raum neben der Turnhalle, den als Büro zu bezeichnen Johanna nicht gewagt hätte.

Er hatte eher das Format eines Abstellraums. Sie lugte durch die halb geöffnete Tür. Immerhin gab es einen Schreibtisch und einen grauen Blechschrank mit zerbeulten Türen sowie ein Regal, auf dem zwischen altersschwachen Sportschuhen, zerfetzten Springseilen und einigen platten Bällen diverses Werkzeug untergebracht war. Wiesner trug einen dunkelblauen Kittel, der über seinem prallen Bauch spannte, und blickte ihr stirnrunzelnd entgegen. Die grauen Haare waren nach hinten zurückgekämmt und wirkten ein wenig ölig, und seine Hände hätten jedem Kfz-Schlosser Ehre gemacht.

»Mein Name ist Johanna Krass. Ich komme von der Polizei«, stellte die Kommissarin sich vor.

»Ach ja, stimmt, da hat vorhin jemand angerufen. Da bin ich ja jetzt mal gespannt, was Sie von mir wollen.« Er griente unerwartet fröhlich.

»Wir untersuchen noch einmal den Fall eines jungen Mädchens, das vor drei Monaten hier ganz in der Nähe auf den Bahngleisen ums Leben gekommen ist«, erläuterte Johanna. »Als ich mich gestern Abend in der Schlesierstraße in mehreren Häusern erkundigte, ob sich jemand an etwas Ungewöhnliches erinnern könnte, erhielt ich den Tipp, mich an Sie zu wenden. Es hieß, Sie hätten häufig noch spät in der Schule zu tun und seien sehr aufmerksam.«

Wiesner griente gleich noch breiter. »Na ja, man tut, was man kann, und ich bin es gewohnt, die Augen offen zu halten – nach allen Seiten hin. Wer mit Kindern zu tun hat … Sie verstehen?« Er kratzte sich hinterm Ohr. »Aber drei Monate ist natürlich eine lange Zeit … Im August, nicht wahr?«

»Ja, am 22. beziehungsweise 23. August, genauer gesagt, war es in der Nacht von Freitag auf Samstag«, bestätigte Johanna.

»Mitten in der Nacht?«

»Ja, es dürfte zumindest sehr spät gewesen sein. Vielleicht Mitternacht, vielleicht ein Uhr morgens oder sogar noch später.«

»Und was verstehen Sie unter ungewöhnlich?«

»Alles, was Sie stutzen ließ oder Ihnen jetzt im Nachhinein

zu denken gibt – Leute, die Ihnen auffielen, ein Auto, Geräusche, die nicht zur Uhrzeit gepasst haben, und so weiter.«

Wiesner zog die Nase hoch, dann öffnete er eine Schublade unter dem Tisch und beförderte einen Kalender heraus.

»Hin und wieder bin ich auch mal spät hier, aber mitten in der Nacht?« Er blätterte mehrere Seiten zurück. »Überprüfung der Elektrik, Fensterreparatur, Türen abgeschliffen«, las er die Einträge halblaut vor. »Tag der offenen Tür, Sommerfest … Wasserrohrbruch.« Er sah hoch. »Warten Sie mal.« Er runzelte die Stirn. »Das ist ja … hm. Vielleicht, aber …?«

»Erzählen Sie einfach«, unterbrach Johanna ihn rasch. »Alles Mögliche kann wichtig sein.«

Wiesner kratzte sich am anderen Ohr. »Wie Sie meinen. Also, wir hatten an dem Wochenende einen Wasserschaden, und ich habe sehr lange auf einen Sanitärfritzen warten müssen beziehungsweise auf einen Notdienst. Es hieß, der zuständige Typ hätte noch woanders einen Einsatz und ich müsste mich gedulden. Außerdem käme er von außerhalb. Na ja, ich bin dann zwischendurch nach vorne zum Haupttor und habe aufgeschlossen und immer wieder Ausschau gehalten, ob der nicht endlich an Land kommt, aber der hat sich mächtig viel Zeit gelassen. Irgendwann bin ich dann noch mal nach vorne gerannt, weil ich dachte, ich hätte einen Wagen gehört. Ich hab nicht auf die Uhr gesehen, aber ja, es war schon sehr spät … und ja, da fuhr tatsächlich ein Wagen, und zwar in Richtung Kanal …«

»Was für ein Autotyp?« In Wolfsburg konnte man eine solche Frage bedenkenlos stellen.

»Ich glaub, ein Transporter – VW natürlich –, helle Farbe, vielleicht sogar weiß. Jedenfalls dachte ich noch, dass der Kerl vom Notdienst ein ziemlicher Idiot sein muss, wenn er direkt am offenen Schultor vorbeidüst. Ich bin vorne stehen geblieben und zehn Minuten später traf er dann ein – allerdings kam er von der anderen Seite und fuhr einen blauen Kombi! Natürlich war mir dann sofort klar, dass der andere Wagen gar nicht hierher wollte, und die Sache hätte mich wahrscheinlich nie wieder beschäftigt, aber jetzt …«

»Er fuhr in Richtung Kanal?«, hakte Johanna noch mal nach. Sie war plötzlich wieder hellwach.

»Ja, der Weg wird da immer enger und mündet schließlich in einen Radweg am Kanal entlang.«

»Ja, ich weiß. Sie haben mir sehr geholfen.« Sie gab ihm die Hand.

Der Hausmeister griente. »Gerne doch.«

24

Duschen, Sachen packen und weg, egal, wohin! So lautete der erste glasklare Gedanke, nachdem sie die Wohnungstür zweimal hinter sich abgeschlossen sowie den Zusatzriegel vorgeschoben hatte und mit wummerndem Herzen und hektischer Atmung in die Stille lauschte. Der zweite, der pfeilschnell hinterherschoss: und dann? Tage- oder gar wochenlang in irgendeinem Versteck hocken, eingeschnürt von der ständigen Angst, doch aufgestöbert und erneut überfallen zu werden, um dann zurückzukehren, ohne zu wissen, ob der richtige Zeitpunkt bereits gekommen war oder ob es ihn überhaupt je geben würde? Und wie würde es dann weitergehen? So tun, als gäbe es die Chance auf ein normales Leben ohne die Angst als ständige Begleiterin? Andererseits: Gab es überhaupt eine andere Möglichkeit als die Flucht?

Rico hatte seinen Kumpel geschickt, um ihr erneut eindringlich klarzumachen, dass sie den Mund zu halten hatte. Das hätte er wohl kaum getan, wenn es nicht wichtig gewesen wäre. Die Warnung war zwar angekommen, dafür lebte jedoch der Kumpel inzwischen nicht mehr. Damit hatte niemand gerechnet. Was würde wohl als Nächstes passieren?

An diesem Punkt ihrer Überlegungen angekommen, geriet Sandra in Panik. So vergleichsweise gelassen und kühl kalkulierend sie noch knapp zwei Stunden zuvor den Wagen mit dem toten Typen nach Braunschweig-Kanzlerfeld gefahren hatte, um ihn dann in der Paracelsusstraße einfach am Straßenrand abzustellen und sich zu Fuß auf den schätzungsweise fünf Kilometer langen Heimweg zu machen, so heftig reagierte sie, als sie sich ausmalte, welche Scheußlichkeiten das Leben nun für sie bereithielt. Aber vielleicht hatte sie auch nur unter Schock gestanden und ohne großartig nachzudenken das Nächstliegende getan, und jetzt, in dem Moment, in dem sie zur Ruhe kam und ihren Gedanken und Gefühlen freien Lauf ließ, brach alles mit voller Wucht über sie herein.

Er wird hier auftauchen, dachte Sandra, natürlich wird er das. Es war kein Problem für den anderen gewesen, ihre Adresse ausfindig zu machen, auch wenn sie nicht im Telefonbuch stand, und wahrscheinlich wusste Rico ohnehin schon längst, wo sie wohnte. Vielleicht wartete er sogar seit Stunden auf eine Rückmeldung und würde demnächst seinerseits versuchen, den Kumpel zu erreichen. Wenn ihm das nicht gelang, würde er misstrauisch werden und sich schließlich auf den Weg machen ... Das Handy, dachte Sandra, ich hätte ihm das Handy abnehmen sollen. Was bin ich für eine Idiotin! Zumindest daran hätte ich denken können. Ich hätte eine SMS schreiben und Zeit gewinnen können ... Aber Zeit wofür?

Sie fing an zu zittern, ihre Zähne klapperten. Mit weichen Knien stolperte sie im Dunkeln durch ihre kleine Wohnung. Sie wagte es nicht, Licht anzumachen. Schließlich stellte sie sich ans Küchenfenster. Von hier konnte sie die Straße und den Weg zum Hauseingang überblicken. Niemand bewegte sich in Richtung des Hauses, ohne von ihr gesehen zu werden, und die Kellertür an der straßenabgewandten Hausseite war stets verschlossen. Ihre Atmung beruhigte sich, während sie aufmerksam in die Nacht hinausspähte. Sie knipste die kleine Leuchte über dem Herd an, nachdem sie die Jalousie heruntergelassen hatte, und setzte Teewasser auf.

Ich habe einen Menschen getötet, dachte sie plötzlich. In Notwehr. Es blieb mir gar nichts anderes übrig. Ein warmes Gefühl der Befriedigung durchströmte sie. Sie erschrak nur für einen Moment darüber. Es ist okay, sich zu wehren. Das habe ich gelernt. Ich würde es wieder tun – in einer ähnlichen Situation. Wer wissentlich und willentlich Gewalt anwendet und Todesangst auslöst, durfte sich nicht wundern, wenn sein Opfer sich plötzlich so zur Wehr setzte, dass das eigene Leben in Gefahr geriet. Der Typ von heute Abend würde sich nie wieder über irgendetwas wundern. Im Gegensatz zu Rico und seinen Mädchen. Fragte sich nur, worüber genau. Sandra stutzte. Keiner von denen traute ihr zu, sich gegen einen bulligen Schlägertypen zu wehren, geschweige denn, ihn dabei derart zu verletzen, dass er an seinen Blessuren starb, um dann anschließend nicht nur die Ruhe zu bewahren, sondern sogar so viel Umsicht zu beweisen, den Wagen mit der Leiche wegzufahren … Sandra atmete ruhig und konzentriert und fühlte sich auf einmal hellwach. Nein, keiner würde ihr so was zutrauen, auch nicht diese schrullige Kommissarin mit den aufdringlichen blauen Augen. Vielleicht war das die Lösung. Dazu müsste sie allerdings die Nerven behalten.

Der heiße Tee tat ihr gut. Sie setzte sich ans Fenster, nahm die Tasse zwischen beide Hände und pustete, bevor sie in langsamen Schlucken trank und den Weg zu ihrem Haus im Auge behielt.

25

Sie bog rechts ab, ohne lange darüber nachzudenken. Es war kaum ein Umweg, am Krähenhoop vorbeizufahren und persönlich nachzuprüfen, ob die Kollegen vielleicht inzwischen doch fündig geworden waren, und sich bei der Gelegenheit einen atmosphärischen Eindruck zu verschaffen. Als sie ausstieg, klingelte ihr Handy.

»Wir haben ein Kaugummi gefunden«, sagte Reinders mit leisem Triumph in der Stimme. »Wenn sich eines der Mädchen gestern Nacht hier herumgetrieben hat, werden wir das bald wissen.«

»Interessanter Aspekt«, meinte Johanna. »Vielleicht sollten die Nachbarn dazu befragt werden.«

»Ich kümmere mich darum. Wie kommen Sie voran?«

Johanna erzählte kurz von ihrem Besuch bei dem Hausmeister. »In Wolfsburg und Umgebung gibt es zwar höchstwahrscheinlich mehr helle VW-Transporter als Sterne am Himmel, aber der Hinweis an sich ist schon sehr wertvoll.«

»Stimmt, und es spricht nichts dagegen, diesbezüglich schon mal die Zulassungen zu checken. Ich guck mal, ob wir jemanden dafür abstellen können.«

Johanna lächelte. Reinders war zahm geworden wie ein neugeborenes Lämmchen. Aber sie verkniff sich eine Bemerkung.

»Ich stehe übrigens gerade vor dem Haus, in dem Rabea wohnt. Ich möchte einen Blick in ihr Zimmer werfen, bevor ich die Vernehmungen fortsetze, und vielleicht ist die Mutter jetzt doch mal ansprechbar. Die Haltung des Mädchens bröckelt zwar inzwischen ein wenig, aber sie ist immer noch sehr gelassen, sicher und souverän. Eine Siebzehnjährige, der solche schweren Straftaten zur Last gelegt werden, könnte für meinen Geschmack stärker einbrechen, aber sie fühlt sich immer noch unglaublich stark, und ich möchte herausfinden, warum.«

Reinders wünschte ihr viel Glück, und Johanna steckte das

Handy ein, bevor sie bei Familie Solga klingelte. Ein Türsummer erklang. Johanna musste in den dritten Stock, und sie war etwas außer Atem, als sie oben angekommen war. Ihre Fitnesswerte waren auch schon mal besser gewesen. Ein Mitarbeiter aus dem Spurensicherungsteam öffnete ihr.

»Wir sind hier oben so gut wie fertig und wollen uns gleich mal den Keller ansehen«, sagte er, als er Johanna erkannte, und ließ sie eintreten.

Der Flur war eng und dunkel. Abgestandene Luft. Auf einem wackligen Garderobenständer stapelten sich Jacken und Pullover.

»Und?«

»Nichts – das Mädchen hat nicht mal Zigaretten versteckt oder Alkohol, und ihr Zimmer ist auffallend ordentlich und sauber. So was habe ich schon lange nicht mehr gesehen.«

Der Beschreibung würde Johanna sofort zustimmen. Sie konnte sich nicht daran erinnern, wann sie das letzte Mal ein Jugendzimmer betreten hatte, das so aufgeräumt gewesen war. Bett, Schrank, Regal, Schreibtisch – abgewohnt, zerschrammt und viele Jahre alt, aber funktionstüchtig. Abgesehen von dem Bettzeug, das Rabea aufgrund des Polizeibesuchs am frühen Morgen offenbar nicht mehr hatte wegräumen können, herrschte in dem Raum eine fast militärische Strenge und, ja: irgendwie männliche Einfachheit. Johanna fiel kein anderer Ausdruck ein. Sie erinnerte sich daran, dass Lolas Mutter mehrere ältere Brüder erwähnt hatte. Vielleicht hatte Rabea ein Jungenzimmer übernommen. Nirgendwo lagen Kleidungsstücke herum, und bis auf einen Block, Stifte und zwei Lexika war der Schreibtisch leer. Den PC und das entsprechende Zubehör hatten die Kollegen mitgenommen. Es gab keine Bilder an den Wänden, nichts schmückte diesen Raum. Sie ist hier nicht zu Hause, dachte Johanna, oder nur mit einem Teil von sich. Sie drehte sich langsam zu dem Polizisten um, der in der offenen Tür auf sie wartete.

»In der Tat, sie hält sich nicht damit auf, Unordnung zu schaffen. Das hat die Durchsuchung sicherlich erleichtert«, meinte sie.

Der Beamte nickte. »Und verkürzt, zumindest in diesem Bereich der Wohnung. Wir haben uns dann auch die anderen Zimmer vorgenommen. Da sieht es, milde ausgedrückt, ganz anders aus. Der Kollege, der Wohnzimmer und Küche unter die Lupe nimmt, ist jedenfalls ganz schön bedient.«

»Ist die Mutter eigentlich inzwischen ansprechbar?«

»Das würde ich so nicht ausdrücken. Sie hat zwar vorhin mal kurz um die Ecke geguckt und herumgeschnauzt, sich dann aber gleich wieder ins Bett gehauen, ohne sich weiter um uns zu kümmern oder gar auf detaillierte Fragen einzugehen – wenn Sie mich fragen, ist die völlig breit. Sie hätte wahrscheinlich Mühe, sich überhaupt daran zu erinnern, dass sie eine Tochter hat, geschweige denn, dass sie weiß, was das Mädchen so treibt.«

»Ist sonst noch jemand zu Hause?«

»Nein. Rabeas Vater wohnt wohl nicht mehr hier oder nur zeitweise, aber ein älterer Bruder hat noch ein Zimmer, ist aber nicht da.«

»Wo befindet sich die Mutter?«

»Hier, im Schlafzimmer.« Der Techniker zeigte auf eine geschlossene Tür am anderen Ende des Flurs.

»Ist das bereits durchsucht worden?«

»Ja.« Er rümpfte die Nase. »Der Raum ist ein ziemliches Chaos und das genaue Gegenteil von dem Zimmer des Mädchens: leere Pullen, Dreckwäsche, wacklige Möbel, ansonsten ein riesiger Fernseher und ein Bett. Sie ist einfach liegen geblieben und hat sich die Bettdecke über den Kopf gezogen, während wir da zugange waren.«

»Na, dann werde ich mal mein Glück versuchen. Danke erst mal.«

Johanna nickte dem Mann kurz zu und wandte sich um. Sie klopfte und trat, ohne eine Antwort abzuwarten, ein. Durch die geschlossenen Vorhänge, in denen der Rauch von zigtausend Zigaretten hing, drang von dem ohnehin trüben Morgen kaum etwas herein, und wann hier das letzte Mal gelüftet worden war, konnte wohl auch niemand mehr sagen. Johanna schloss die Tür hinter sich, lauschte einen Moment in die Stille, die nur von dem

Geräusch regelmäßigen Atmens unterbrochen wurde, und wartete, bis ihre Augen sich so weit an das Halbdunkel gewöhnt hatten, dass sie mehr als schemenhafte Silhouetten erkennen konnte. Der Polizist hatte mit seiner Schilderung nicht übertrieben. Die Türen eines Kleiderschrankes standen halb offen, aus herausgezogenen Kommodenschubladen quoll Wäsche, auf zwei Stühlen stapelten sich Hosen, Pullover, Socken, und höchstwahrscheinlich war keines der Kleidungsstücke frisch gewaschen. Flaschen, Geschirr und Zeitschriften waren auf dem Boden verstreut. Es roch säuerlich. Der Fernseher ragte am Fußende des Bettes wie eine Steilwand auf, seine Stand-by-Lampe leuchtete rot.

»Frau Solga? Es tut mir leid, wenn ich Sie störe, aber ich muss mit Ihnen sprechen«, bemerkte Johanna halblaut.

Das Atemgeräusch veränderte nur für einen Moment seinen Rhythmus, gefolgt von einem kurzen Schnarren, dann fiel es zurück in sein ursprüngliches Schema.

»Es dauert auch nicht lange«, fügte sie hinzu. »Es geht um Ihre Tochter. Rabea.«

Stille. Das Auf und Ab des Atmens. Irgendwo im Haus wurde eine Tür zugeschlagen. Kurz darauf vernahm Johanna das Rauschen einer Wasserspülung. Schritte im Hausflur.

»Frau Solga, hören Sie mich?«

Keine Reaktion.

»Hören Sie, Frau Solga, ich …«

»Gehen Sie.«

Johanna zuckte zusammen.

»Ich hab nichts zu sagen.« Die Stimme klang müde und abgenutzt. »Und ich will nichts sagen. Ich will schlafen. Das hab ich den anderen Polizisten schon gesagt.«

»Es ist sehr wichtig.«

»Das ist mir egal.«

»Aber es geht um Rabea.«

»Rabea kann auf sich selbst aufpassen.«

»Ich fürchte, da liegen Sie falsch, und zwar nicht erst seit heute.«

Das Bett knarzte. Im Halbdunkel erkannte Johanna eine Gestalt, die sich mühsam aufzusetzen begann.

»Und was wollen Sie jetzt von mir? Fragen Sie Rabea.«

»Ich habe mehrere Verbrechen aufzuklären, an denen nach meiner festen Überzeugung Ihre Tochter beteiligt ist, und zwar in maßgeblicher Weise«, erklärte Johanna. »Darum durchsuchen wir Ihre Wohnung, und darum muss ich mit Ihnen reden. Ob Ihnen das passt oder nicht.«

Stille. Plötzlich flammte das gelbe Licht einer Nachttischlampe auf. Ein verquollenes Gesicht blickte Johanna feindselig entgegen.

»Was erzählen Sie da eigentlich für einen Scheiß?«

Johanna verschränkte die Arme. »Ich wünschte, es wäre Scheiß oder auch ein Irrtum, ein Missverständnis – ist es aber nicht.«

»Nein?«

»Nein. Ich fürchte, Sie müssen sich mit der Tatsache abfinden, dass Rabea und ihre Freundinnen seit geraumer Zeit mit Drogen handeln, Mitschülerinnen erpressen, verprügeln, quälen und sogar in den Tod treiben. Zwei Mädchen mussten bislang sterben.«

Solga kniff die Augen zusammen. »Reden Sie wirklich von meiner Tochter?« Sie setzte sich noch weiter auf. Das Nachthemd war fleckig. Strähniges graubraunes Haar fiel ihr ins Gesicht. Sie griff nach einer Zigarettenschachtel, die auf dem Nachttisch lag.

»Ja. Ich rede von Rabea«, sagte Johanna.

Solga schüttelte ungläubig den Kopf. »Unmöglich …«

»Unmöglich? Nein, nichts ist unmöglich, das erlebe ich in meinem Beruf jeden Tag.«

»Aha.«

Johanna verzog keine Miene. »Was wissen Sie eigentlich von Ihrer Tochter? Was macht sie, wenn sie von der Schule nach Hause kommt? Kennen Sie ihre Freunde? Wofür interessiert sie sich?«

Solga starrte sie verblüfft an und lachte dann freudlos auf.

»Meinen Sie wirklich, sie würde Freunde mit hierherbringen? Nein, sie schämt sich für ihre Mutter, die Säuferin. Hat sie ja vielleicht auch recht.« Die Frau zündete sich eine Zigarette an und inhalierte tief. »Ja, doch, ich kann sie verstehen. Würd ich wahrscheinlich auch. Wer will schon so eine Mutter?« Sie zuckte mit den Achseln. »Na ja, Rabea ist schon immer … ungewöhnlich gewesen, aber ich glaub nicht, dass sie wirklich … Drogen? Leute verprügeln? Tote Mädchen? Schwachsinn.« Sie schüttelte den Kopf. »Sie konnte sich schon immer wehren, ja, das stimmt. Der hat niemand die Butter vom Brot genommen. Und sie ist verschlossen. Eigensinnig. Nicht so wie meine Söhne. Aber Jungs sind sowieso anders.« Solga winkte ab. »Die binden sich anders an ihre Mutter, und mein erster Mann war auch anders, ganz anders, verstehen Sie?«

Johanna nickte, obwohl sie ganz und gar nicht wusste, was Rabeas Mutter damit sagen wollte. Solga streifte die Asche ab und strich mit der anderen Hand fast zärtlich über die Bettdecke.

»Ja, stimmt schon, ich weiß nicht so viel von ihr. Sie macht ihr eigenes Ding, das mich nichts angeht – das hat sie mir sogar ins Gesicht gesagt. Aber natürlich habe ich nicht geahnt, dass … Nein, das kann nicht sein!« Sie suchte wieder Johannas Blick und schwieg einen Moment. »Rabea war ein richtig süßes Kind. Ja, das war sie. Hat immer mit großen Augen in die Welt gesehen und gestaunt. Mein Mann, mein zweiter Mann, war ganz vernarrt in sie. Und, hören Sie«, sie hob kurz die Hand, »es hat hier nicht immer so ausgesehen wie jetzt, das können Sie mir glauben, und ich hab auch nicht immer Tag und Nacht gesoffen.«

Was ist hier schiefgelaufen, fragte sich Johanna im Stillen, ohne sicher zu sein, ob sie die Antwort tatsächlich hören wollte.

»Die anderen, die Jungs meine ich, haben ihn nur am Rande interessiert – er war ja auch nicht der richtige Vater«, fuhr Rabeas Mutter fort. »Kann man ja verstehen. Drei Jungs von einem anderen Mann, na ja, und schwierig waren die häufig – wie Jungs halt so sind. Und mir wurde irgendwann alles zu viel … dieses ganze Leben, das einfach nicht richtig laufen wollte, verstehen

Sie? Irgendwas passierte immer, was da nicht hingehörte oder alles kaputt machte. Es hat mich umgehauen, und irgendwann wollte ich nicht mehr aufstehen.« Sie zog an ihrer Zigarette. »Ist ja jetzt auch egal.« Ihr Blick verschloss sich wieder. »Ernsthaft: Rabea – eine Kriminelle?«

»Sie ist die Anführerin einer Mädchenbande, die sich ›die Krähen‹ nennt. Sagt Ihnen der Ausdruck etwas?«

»›Die Krähen‹? So wie die Vögel?«

»Ja, genau.«

»Wir hatten mal ein Krähennest auf dem Dach. Das hat sie irgendwann erzählt. Sie fand es toll.«

»Aha. Mehr wissen Sie dazu nicht?«

»Hm ... Nein. Ist doch nur ein Name.«

»Hat Ihre Tochter einen Freund?«

»Einen, mit dem sie ins Bett steigt? Ich weiß es nicht. Ich glaub nicht. Sie ist nicht der Typ.«

»Was ist sie denn für ein Typ?«

Solga drückte die Zigarette aus. »Sie ist schlau und stark, sie hat ihre eigenen Gedanken. Sie ist mir manchmal ganz schön fremd, eigentlich meistens ... Sind Sie jetzt bald fertig?«

Johanna nickte langsam. »Gleich. Die Kollegen sehen sich noch den Keller genauer an. Gibt es sonst noch irgendwelche Räumlichkeiten, die Ihre Tochter genutzt haben könnte?«

»Genutzt?«

Johanna seufzte unterdrückt. »Als Versteck für Drogen zum Beispiel. Haben Sie so was wie einen Schrebergarten mit einem Häuschen oder Schuppen?«

»Nee, unten gibt es den Fahrradkeller und die alte Waschküche, aber die wird kaum noch benutzt, weil ja heutzutage die meisten ihre eigene Waschmaschine haben, und jeder Mieter hat noch einen Abstellraum für seinen Kram.«

»Das war's?«

»Ja – das war's.« Frau Solga verdrehte die Augen, als sei Johanna mit besonderer Begriffsstutzigkeit geschlagen. »Eine Zweitwohnung haben wir nicht, noch nicht, und auch keinen Garten.« Sie setzte ein Grinsen auf. »Ach, bevor ich es vergesse – einen Dachboden mit jeder Menge Gerümpel gibt es noch. Wäsche kann man da aufhängen, wenn man will. Macht aber kaum noch einer.« Solga verdrehte die Augen kurz in Richtung Decke. »Direkt über uns. Wenn Sie weiter nichts zu tun haben …«

»Danke für den Hinweis«, erwiderte Johanna in sarkastischem Ton, wandte sich um und umfasste die Türklinke. »Übrigens: Ihre Tochter braucht einen Anwalt. Einen guten Anwalt.«

»Klar doch. Leute wie wir haben nur gute Anwälte.« Solga knipste das Licht aus. »Solche wie im Fernsehen. Am Schluss gewinnt dann die Gerechtigkeit. Wie immer.« Sie lachte kurz und bitter auf.

Wenige Minuten später saß Johanna im Auto und telefonierte mit Beran. Dr. Kasimir hatte sich inzwischen gemeldet – ein Fremdverschulden lag bei Betty Flint seiner ersten Untersuchung zufolge nicht vor. Frische Verletzungen, die auf Prügel zurückgeführt oder nicht schlüssig erklärt werden konnten, waren nicht festzustellen.

Johanna sah aus dem Fenster. Ein Krähenschwarm flog krächzend über die Häuser hinweg. »Danke, Sofia. Noch was?«

»Ja. Kiesel hat gerade noch mal Nachschub bekommen.« Ihre Stimme klang plötzlich angespannt. »In Philippas Zimmer hat sich unter ihren Schulbüchern eine CD gefunden, auf der etwas ganz anderes drauf ist, als die Beschriftung vermuten lässt. Jedenfalls einen Außenstehenden.« Kurze Pause. »Sie werden es nicht glauben.«

Johanna spürte, wie ihr Herzschlag sich beschleunigte, und atmete tief durch. »Nun sag schon! Was steht denn drauf?«

»Biologie: Krähen. Kieselchen lässt Ihnen ausrichten, dass es ungeschnittene Filme sind, von denen Philippa sich offensichtlich nicht trennen mochte.«

»Ist das dein Ernst?«

»Und ob.«

Johanna startete den Motor. »Ich mache mich gleich auf den Weg.«

Die Vögel landeten auf dem Dach und besetzten den First, aufgereiht wie Soldaten saßen sie nebeneinander und sahen nach unten. Johanna griff nach kurzem Zögern erneut zum Zündschlüssel und drehte ihn wieder zurück. Der Motor erstarb.

»Das heißt, ich muss mir erst noch kurz was ansehen«, ergänzte sie, bevor sie auflegte. Nur der Vollständigkeit halber, fügte sie im Stillen hinzu. War so ein Tick von ihr.

Der Hausmeister schloss den Dachboden auf.

»Nur alter Kram«, sagte er und schaltete ein trübes Deckenlicht ein, in dem Staubpartikel tanzten. »Ein paar ausrangierte Möbel und zwei Wäscheleinen. Die werden aber nur selten genutzt. Sind Sie sicher, dass Sie hier oben finden, wonach Sie suchen?« Er sah sie neugierig von der Seite an und klapperte mit dem Schlüsselbund.

Johanna ließ den Blick schweifen. »Tja, wenn ich das wüsste …«

Am linken Giebelende stand ein altes, wuchtiges Küchenbüfett, das die gesamte Breite des Dachbodens einnahm und bis in den Giebel hochragte. Ein Schmuckstück, wenn man es entsprechend aufarbeiten würde – nichts, was in die heutigen kleinen Küchen mit ihren engen Funktionszeilen passte, dachte Johanna, trat näher und strich über das Holz. Bei eBay könnte man dafür einen guten Preis erzielen; Liebhaber zahlten für so was Unsummen. Die Griffe an den Schubläden waren deutlich staubiger als der Griff der schrankhohen Tür auf der rechten Seite. Johanna zog sie auf. Die Scharniere waren gut gängig. Ungewöhnlich bei einem Schrank, der auf dem Dachboden vergammelte. Der Geruch alter Kleidung und Stiefel stieg ihr in die Nase. Johanna musterte die sorgsam aufgereihten Klamotten, Schuhe und auf dem Boden gestapelten Kartons. Das wirkte sehr ordentlich und aufgeräumt. Wie Rabeas Zimmer. Eine Insel mitten im Chaos. Ein schützendes Nest.

Johanna ging in die Hocke und schob ein paar Gummistiefel und zwei alte Mäntel beiseite. Als sie den Riegel an der Rückwand ertastete und zurückschob, hielt sie einen Moment inne.

Dafür wird sie mich besonders hassen, dachte Johanna. Sie drehte sich zum Hausmeister um.

»Könnten Sie nach unten gehen und meinen Kollegen Bescheid sagen?«

»Äh, ja, klar – und was soll ich ihnen sagen?«

»Dass ich das Versteck gefunden habe.«

Das Krähennest.

26

Es ging auf halb elf zu, als Johanna wieder auf der Polizeidienststelle in der Heßlinger Straße eintraf. Der Tag war kaum richtig angebrochen, und sie hatte das Gefühl, seit zwanzig Stunden rund um die Uhr im Einsatz zu sein. Oder auch seit hundertzwanzig Stunden. Aber nun kam Schwung in den Fall. Form. Hintergrund. Sie ballte die Hände zu Fäusten. Beran kam ihr mit einem Becher Kaffee in der Hand entgegen. »Wollen Sie gleich zu Kiesel?«

»Ja.«

Sie eilten den Gang hinunter. Johanna nahm ihr den Kaffee ab und trank eilig ein paar Schlucke, während die Polizistin sie von der Seite anstarrte.

»Nun sagen Sie schon – was haben Sie gefunden?«

Johanna lächelte und blieb einen Moment vor Kiesels Tür stehen. »Die Jungs sind noch beim Durchsuchen, aber was wir bereits auf Anhieb gefunden haben, dürfte die Mädchen ziemlich erschüttern, insbesondere Rabea: jede Menge Partydrogen, bunte Pillen, ein bisschen Koks und so weiter und das Handy von Karen. Die ursprüngliche SIM-Karte ist zwar entfernt worden, aber die Aufnahme des Gesprächs, die Abmachung zwischen Karen und Rabea, befindet sich noch im Handyspeicher. Warum auch immer Rabea das nicht gelöscht hat – es beweist die Richtigkeit von Bettys Angaben und wird jeden Richter davon überzeugen, dass auch ihre anderen Erläuterungen stimmen.«

»Wow.« Beran war sichtlich beeindruckt. »Wie geht es jetzt mit den Vernehmungen weiter?«

»Entscheide ich nachher, wenn ich die Filme gesehen habe.«

»Okay. Ich gehe mal nach vorne in die Zentrale.«

Johanna nickte ihr zu. »Ach, danke für den Kaffee. Könnten Sie mir noch ein paar …«

»… Kekse besorgen? Kein Problem. Bringe ich nachher mit.«

»Sie sind wie eine Mutter zu mir.«

Beran lachte und eilte wieder den Flur hinunter, während Johanna an Kiesels Tür klopfte und eintrat. Der zierliche Bursche winkte ihr zu.

»Kommen Sie. Ich habe fünf Filme für Sie mit noch deutlich unerfreulicherem Material als vorhin. Der große Unterschied besteht darin, dass die ungeschnittene Rohfassung die massive Gewalt zeigt, mit der die Gruppe vorgegangen ist, was für eine Erpressung der Opfer in der Form nicht brauchbar war – wenn ich das mal so locker ausdrücken darf. Die Tonspur ist noch drauf, wenn man auch nur einzelne Satzfetzen versteht, und die vier Mädchen sind gut zu erkennen und können mühelos identifiziert werden. Der Mann leider nach wie vor nicht. Ich zeig Ihnen zuerst die Filme, die Sie in der bearbeiteten Form bereits kennen. Okay?«

Johanna nickte. Kiesel betätigte die Wiedergabetaste, und sofort war Betty zu sehen. Verängstigt, weinend, sich zusammenkauernd, während Philippa auf sie einschlug. Nelli und Lola sahen abwechselnd zu oder hielten Betty fest – wahrscheinlich, weil immer ein Mädchen filmte. Rabea saß auf einem Sessel und verfolgte das Geschehen mit unbewegter Miene. Kreischen, Schreien, Lachen, im Hintergrund laute Musik. Dann musste Betty ein Glas Wasser trinken, und wenig später war die Vergewaltigung des zusehends matter werdenden Mädchens zu sehen. In allen Einzelheiten. Immer wieder kommentiert, insbesondere von Philippa. Johanna hatte Mühe, ruhig zu bleiben. Zum Schluss brachte Lola das Krähen-Tattoo auf Bettys Oberschenkel an.

»Ich kann Sie nicht trösten. Die anderen sind genauso schlimm«, sagte Kiesel leise und räusperte sich.

Mit Karen lief alles ganz ähnlich ab, nur dass die Atmosphäre noch düsterer war und beherrscht wurde von einem umherirrenden Licht. Johanna beugte sich vor. Es wirkte, als befänden sich die Mädchen in einem sehr engen Raum. Sie hielt es für vorstellbar, dass sich das Geschehen in einem Transporter abspielte. Wenn zwei oder sogar drei der Mädchen auf den Vordersitzen saßen, konnte immer noch eine filmen, während der Mann Karen vergewaltigte. Philippas anfeuernde Stimme war zu vernehmen, dazwischen Rabeas – sie klang wütend. Ungewohnt aufgebracht. Karens Gesicht war plötzlich als Großaufnahme zu sehen – zerschlagen, blutig, geschwollen. Trotzdem wehrte sie sich heftig, schrie, schimpfte, ohne dass mehr als einzelne Worte zu verstehen waren. Johanna spürte ein Zittern. Sie sah Kiesel an. »Ich habe genug gesehen von diesen beiden Filmen. Die Einzelheiten möchte ich mir zumindest im Moment ersparen.«

»Kann ich gut verstehen.«

In zwei weiteren Filmen gab es Opfer, die Johanna bislang unbekannt waren. Ein Mädchen wurde »nur« verprügelt und musste auf Knien schwören, den Krähen ohne Widerworte zu dienen, das andere hatte Ähnliches zu erleiden wie Betty und Karen.

»Ich brauche sensibel aufbereitete Fotos von den beiden«, bemerkte Johanna. »Ich bin ziemlich sicher, dass sie auch in Kreuzheide zur Schule gehen beziehungsweise gingen. Wir haben eine Liste von Schulwechslern bekommen, und ich halte es für eine gute Idee, bei denen nachzuhaken, behutsam natürlich. Wir müssen sie ausfindig machen und ermuntern, gegen die Viererbande auszusagen.«

»Ich kümmere mich um die Bilder.«

Im letzten Film tauchte Marie Clemens auf. Johanna stockte der Atem. Nein, dachte sie, bitte nicht. Lola und Nelli zogen das Mädchen nackt aus und banden ihr die Hände auf den Rücken. Philippa wieherte vor Vergnügen. Krank, das Mädchen ist krank, dachte Johanna. Marie musste sich auf den Boden legen. Mit gespreizten Beinen. Philippa kniete sich zwischen sie.

»Nächstes Mal bist du richtig dran«, rief sie mit verzerrter Stimme, in der die Drohung dennoch gut zu hören war. »Dann schicken wir unseren Freund. Der fickt dich besinnungslos. Und wir werden so hübsche Aufnahmen davon machen, dass alle meinen, du hättest den allergrößten Spaß mit seinem Schwanz.«

Marie starrte Philippa mit aufgerissenen Augen entsetzt an.

»Hast du das kapiert?«

»Ja, ja.«

»Na bitte.« Philippa stand auf und verpasste Marie einen Tritt in den Unterleib. »Merk es dir gut.«

Der Rest des Gesprächs war nicht mehr zu verstehen. Johanna war dankbar dafür. Sie stand auf.

»Von dem Mädchen auch ein Foto?«

»Nein. Ich kenne sie bereits und kümmere mich selbst darum.«

Sie brauchte fast zehn Minuten, um ihren Herzschlag zu beruhigen. Vorher hatte es gar keinen Sinn, mit der Vernehmung zu beginnen. Sie öffnete ein Fenster und atmete regelmäßig tief ein und aus, während sie darauf wartete, dass die Bilder der Videoaufnahmen sie losließen oder doch einen wesentlichen Teil ihrer grausamen Eindringlichkeit und Schärfe verloren. Zumindest für die nächsten Stunden. Sie würden ohnehin wiederkommen – morgen, in zwei Wochen oder drei Jahren. Irgendwann. Mit ganzer Vehemenz. So viel war sicher.

»Hat euch das Frühstück geschmeckt?«, fragte Johanna und bemühte sich erst gar nicht, den Sarkasmus in ihrer Stimme zu kaschieren.

Sie sah von Philippa zu Rabea, die sich beide nicht zu einer Antwort aufraffen konnten, und setzte sich. Vor ihr stand ein kleines Tablett mit frischem Kaffee und einigen Leckereien, die Beran ihr bereitgestellt hatte, bevor sie sich wieder auf ihren üblichen Platz gesetzt hatte. Nelli und Lola wurden zeitgleich von Reinders befragt, mit dem Johanna sich fünf Minuten zuvor abgesprochen hatte. Er war sichtlich erfreut gewesen, als sie ihm vorgeschlagen hatte, sich um das zweite Duo zu kümmern.

»Ich habe mit deiner Mutter gesprochen, Rabea«, sagte Johanna und lächelte munter. »Sie schien auch schon gefrühstückt zu haben. In flüssiger Form, versteht sich.«

Rabea sah sie wortlos an. Philippa streckte die Beine unter dem Tisch aus. Johanna wandte ihr den Kopf zu.

»Ein Kollege hat vorhin mit deinem Vater telefoniert, um ihn über deinen Verbleib zu informieren – heute und in den nächsten Jahren. Der schien gar nicht so fürchterlich überrascht. Er hält dich für ein ziemliches Früchtchen, und er bedauert, dir nicht rechtzeitig und nicht oft genug die Ohren lang gezogen zu haben.« Das stimmte zwar nicht hundertprozentig mit dem überein, was Johanna einer Gesprächsnotiz entnommen hatte, die Beran ihr noch zugesteckt hatte, aber die Tendenz war nicht von der Hand zu weisen. »Was sagst du dazu?«

Philippa gab sich Mühe, cool zu bleiben. »Gar nichts sag ich dazu. Mein Vater hat keine Ahnung.«

»Wovon hat er keine Ahnung? Was du so treibst? Womit du dein Taschengeld aufbesserst? Oder ist ihm völlig entgangen, welchen Spaß du hast, so richtig zuzuschlagen? Kann ich mir eigentlich nur schwer vorstellen.«

»Das haben Sie vorhin schon behauptet. Ich weiß nicht, was Sie meinen …«

Johanna schlug mit der Faust auf den Tisch, dass das Geschirr schepperte. »Glaubst du eigentlich wirklich, ich reise aus Berlin hier an, um mich däumchendrehend von einer Handvoll Mädchen verarschen zu lassen? Wir haben Filme gefunden, Philippa – ich meine Filme, auf denen alles drauf ist, wirklich alles, nicht nur eine billig zurechtgeschnittene Szene, mit der ihr meint, die Mädchen erpressen zu können! Wir haben sogar eure Stimmen – die Häme und Gewaltlust in deiner Stimme klingt besonders gut heraus –, eure Prügelarien und Drohungen; und natürlich sind die Vergewaltigungen durch den Typen in brutaler Gänze zu sehen! Bei Betty sieht man sogar, wie sie mit K.-o.-Tropfen gefügig gemacht wurde, um euch das Erpressungsmaterial zu liefern. Na, was sagst du jetzt?«

Philippa atmete hörbar ein. Rabea zuckte mit keiner Wimper.

»Karen und Betty sind tot und können nicht mehr aussagen. Aber die anderen Mädchen werden das tun«, setzte die Kommissarin nach.

Philippa erlaubte sich ein winziges Lächeln voller Hohn, und in Johanna stieg für einen Moment der eindringliche und nur mühsam zu bändigende Wunsch hoch, der Kleinen das Lächeln mit ganzer Kraft aus dem Gesicht zu schlagen. Rabeas Augen tasteten sie forschend ab, während die Kommissarin versuchte, die Fassung zurückzuerlangen.

»Sind Sie sicher?« Philippa dehnte die Worte wie Kaugummi.

»Ich bin sogar sehr sicher.«

»Warum?«, fragte Rabea.

»Weil wir in der Zwischenzeit alle nötigen Beweise zusammen haben, die euch in den Knast bringen werden, sodass die Mädchen nie wieder Angst vor euch haben müssen.«

»Wie lange kriegt man denn fürs Verprügeln?«

»Man könnte auch sagen: fortgesetzte körperliche Gewalt, Anstiftung zu oder Duldung einer Straftat, Erpressung, Stalking – das bringt schon was.«

»Wenn das alles ist.« Rabea schüttelte den Kopf und warf Philippa einen langen Blick zu.

»Das ist beileibe nicht alles.« Johanna fasste in die linke Innentasche ihrer Lederjacke und beförderte Karens Handy hervor. Vorsichtig legte sie es auf den Tisch. »Na – kennst du das?«

Rabeas Lippen wurden weiß, ansonsten zeigte sie keine Reaktion. Die Kommissarin griff in die rechte Jackentasche und zog ein Tütchen mit Pillen heraus, die sie neben das Handy legte. »Beides habe ich in deinem Versteck gefunden. Sicherlich ist da noch viel mehr – darum kümmern sich übrigens gerade die Leute von der Kriminaltechnik –, aber die erste Ausbeute war schon nicht schlecht, oder?«

Rabea schluckte.

»Ich habe dein Versteck entdeckt, und es war gar nicht so schwer – eine nebensächliche Bemerkung deiner Mutter, die Krähen auf dem Dach …« Die Kommissarin lächelte. »Letztlich ist das ziemlich kindisch, was du da veranstaltet hast, aber gut – du wirst deine Gründe haben, stimmt's?«

Philippa starrte Rabea von der Seite an.

»Auf dem Handy befindet sich übrigens das Gespräch zwischen dir und Karen, bei dem du ihr zusicherst, dass ihr Betty von nun an in Ruhe lasst. Karen hat euch Geld dafür gegeben – genauso, wie Betty es in ihrem Abschiedsbrief erläutert hat.

Warum hast du die Aufnahme nicht gelöscht? Und warum hast du das Handy überhaupt behalten? Das interessiert mich wirklich.«

Rabea sagte nichts, was Johanna nur mäßig wunderte.

»Wahrscheinlich wolltest du damit zunächst einmal in der Nacht an Karens statt Nachrichten verschicken, um den Eindruck zu erwecken, dass sie noch lebt, stimmt's?«, fuhr sie fort. »Warum hast du es dann nicht später entsorgt? Stellt es eine Trophäe für dich dar, an der du dich immer wieder ergötzt? Oder bist du dir so sicher gewesen, dass dein Versteck niemals entdeckt werden würde, dass sich für dich gar kein Problem aus dem Besitz des Handys ergeben hat?«

Schweigen.

»Ist ja ganz nett zurechtgemacht da oben. Sogar eine Kuschelecke gibt es. Für dich und den Typen, der sonst nur Gewalt kennt?«

Philippa atmete scharf ein. Johanna wandte den Kopf und fixierte sie.

»Wer ist Rc? Wer hat die Mädchen vergewaltigt? Und wer hat Karen getötet?«

Rabea setzte sich abrupt auf. »Ich weiß nicht, was Rc bedeuten soll, noch nie gehört, aber ich sag Ihnen was: Ja, wir haben ein bisschen gedealt – hauptsächlich mit Partydrogen –, und manchmal mussten wir, ja, härter durchgreifen, damit die Mädchen dichthalten.«

Johanna verzog das Gesicht. »Woher hattet ihr die Drogen?«

»Von einem Typen aus der Szene. Ich kenne seinen Namen nicht.«

»Das glaube ich dir nicht. Ist er auch der Vergewaltiger?«

»Ja.«

»Was ist an jenem Abend passiert, als ihr mit Karen unterwegs wart?«

Rabea atmete tief durch. »Wir waren mit ihr verabredet.«

»Es ging um Betty und Geld?«

»Richtig. Karen wollte Betty freikaufen. In der Disco fand die Übergabe statt. Danach wollte Karen sich aus dem Staub machen. Aber, na ja, wir wollten ihr noch einen Denkzettel verpassen.«

»Ihr habt sie verprügelt?«

»Ja, dabei haben wir auch das Handy gecheckt und die Aufnahme entdeckt, und ich habe Betty später eine SMS geschickt, dass sie alles löschen soll.«

»Aha. Und dann wart ihr erst so richtig sauer.«

»Ja.« Rabea nickte.

»Weiter. Euer Typ stand schon bereit, nehme ich an, weil Prügel und Vergewaltigung ohnehin geplant waren. In seinem Wagen, einem Transporter. Da ist genug Platz für mehrere Leute.«

Rabea schoss einen erstaunten Blick ab, während Philippa die Augenbrauen zusammenzog.

»Na los, weiter!«, forderte Johanna brüsk.

»Sie hat ihre Lektion erhalten«, fuhr Rabea fort. »Danach ...«

»Sie hat sich ziemlich gewehrt, nicht wahr? So ähnlich wie Sandra März vor gut einem Jahr?«

Philippa fiel fast die Kinnlade herunter. Johanna genoss den Triumph. Noch mehr Befriedigung verschafften ihr Rabeas staunende Augen. Fast kindlich. Wie die Mutter es beschrieben hatte. Aber der Moment war kürzer als ein Wimpernschlag.

»Ja, Karen hat sich gewehrt«, gab Rabea achselzuckend zu. »Sie war stur. Die ganze Zeit hat sie uns schon genervt mit ihrer lehrmeisterhaften Art, und sie hat nicht aufgehört, uns damit zu drohen, dass sie zur Polizei gehen würde.«

»Klingt da Bewunderung durch? Oder nur maßlose Wut?«

Darauf antwortete Rabea nicht.

»Egal, im Augenblick jedenfalls – und dann?«

»Nichts mehr. Wir haben sie in die Allerwiesen gebracht. Da sollte sie ihren Rausch ausschlafen. Dann sind wir abgehauen. Ende.«

»Tatsächlich? Ende? Karen hat sich in einer absolut bedrängten Situation nicht nur mit Händen und Füßen gewehrt, sondern sogar weiterhin damit gedroht, dass sie euch keineswegs so einfach in Ruhe lassen würde – und ihr sorgt dafür, dass sie ihren Rausch ausschläft? Überzeugt mich nicht. Das passt nicht zu euch. Ganz und gar nicht.« Johanna blickte von Rabea zu Philippa. »Ihr wart sicher, dass ihr sie da so einfach liegen lassen konntet und dass euer Leben am nächsten Tag wie gewohnt weitergehen würde? Nein, das kaufe ich euch nicht ab – wie hast du doch gleich noch zu Karens Großmutter gesagt, bevor du sie vor den Bus gestoßen hast: Sie würde enden wie ihre Enkelin, wenn sie nicht aufhörte, euch nachzuschnüffeln – nämlich als Leiche.«

»Quatsch, das war doch nur so ein Spruch …«

»Nur ein Spruch? Ach so … na dann.« Johannas Stimme triefte vor Sarkasmus. »Und was ist mit eurem Kompagnon? Fand der es nicht bedeutend sicherer, Karen ganz zu beseitigen und es wie einen Unfall aussehen zu lassen? Hätte ja auch beinahe geklappt. Vollgedröhntes Mädchen irrt durch die Allerwiesen, landet irgendwann am Mittellandkanal und auf den Gleisen. Dann kommt ein Zug. So ein Pech aber auch.«

Philippa schüttelte langsam den Kopf. Johanna erhob sich langsam.

»Na schön. Ich werde jetzt mal zu meinem Kollegen gehen und mich erkundigen, was Nelli und Lola zu den gleichen Fragen ausgesagt haben. Vielleicht sind die schon ein Stück weiter, und vielleicht fällt euch doch noch ein, wie der Typ heißt, der mit euch gemeinsame Sache macht und der genau wie ihr unter dringendem Mordverdacht steht.«

»Aber wir haben doch jetzt gesagt, was wir …«

Johanna hob die Hand. »Ihr habt zugegeben, was wir euch sowieso schon nachweisen können. Das ist alles. Aber damit bin ich noch lange nicht zufrieden.« Sie ging zur Tür und drehte sich mit der Hand an der Klinke noch einmal um. »Habe ich schon erwähnt, dass es Spuren gibt, die darauf hindeuten, dass gestern Nacht jemand bei Betty ums Haus geschlichen ist?« Sie lächelte. »Bin gleich wieder da.«

Reinders kam ihr von der Telefonzentrale entgegen. Er wedelte aufgeregt mit mehreren Seiten Papier.

»Interessante Neuigkeiten! Hochinteressant sogar«, rief er schon von Weitem. »Ich glaube, wir haben ihn!«

»Was? Wen?«

»Karens Mörder!«

Johannas Herz machte einen Satz. »Wie bitte?«

»Die Braunschweiger Kollegen haben heute Morgen einen Hinweis auf einen hellen VW-Transporter mit Wolfsburger Kennzeichen erhalten«, erklärte Reinders, als er vor ihr stand. »Der Wagen war in Braunschweig-Kanzlerfeld abgestellt und ist einem Spaziergänger aufgefallen, weil die Seitentür einen Spalt offen stand. Als der Passant näher heranging, entdeckte er eine männliche Leiche. Ein junger Mann, dunkel gekleidet, eine Wollmütze gibt es auch ... Die Kollegen haben uns vorhin informiert. Der Wagen ist zugelassen auf Georg Kaunta, Geschäftsmann, fünfundvierzig. Ihm gehören in Wolfsburg mehrere Spielclubs und Videoläden, und an der Diskothek in der Dieselstraße ist er beteiligt, in Braunschweig laufen eine Bar und ein Spielladen unter seinem Namen. Es gibt wohl geschäftliche Verbindungen nach Berlin und Süddeutschland, und es wird vermutet, dass er mit illegalem Spiel zu tun hat, aber ...«

»Drogen?«

»Bislang nur Verdachtsmomente, aber die Kollegen wollen auf jeden Fall einen Spürhund in den Wagen lassen. Die Seitenverkleidungen des Wagens sind umgebaut worden – könnte sein, dass da was versteckt werden sollte oder sogar versteckt war. Genaueres erfahren wir natürlich unverzüglich.«

Johanna lag die Frage auf der Zunge, warum die Diskothek nicht schon viel früher genauer unter die Lupe genommen worden war, aber sie schluckte sie herunter. Es war müßig, im Moment sowieso. Reinders war seinerzeit nicht von einer Straftat ausgegangen, und Kauntas Befragung hätte ihn im Fall Karen zu diesem Zeitpunkt kaum weitergebracht.

»Wer ist der Tote?«

»Laut Führerschein: Tom Siender, fünfundzwanzig, arbeitet für Kaunta. Nähere Einzelheiten gibt es später.« Reinders blätterte ein paar Seiten um und reichte Johanna Fotos von dem Mann. »Auf jeden Fall liegt ein gewaltsamer Tod vor. Jemand hat ihm das Nasenbein sehr direkt und sehr professionell in Richtung Gehirn gedroschen – wahrscheinlich gestern am späten Abend. Er ist relativ schnell gestorben. Die Kollegen vermuten eine Auseinandersetzung unter *Geschäftsleuten.*« Er betonte das letzte Wort und hob eine Augenbraue. »Der Schlag war jedenfalls ziemlich gekonnt.«

Johanna blickte auf das Gesicht. Ein junges, blutiges Gesicht, das wahrscheinlich mal sehr hübsch gewesen war. Sie sah wieder zu Reinders hoch. »Überprüfen Sie bitte, ob es Decken in dem Wagen gibt – falls ja, sofort zur Untersuchung für den Spurenabgleich mit Karen und den Mädchen und dem Toten natürlich.«

»Hab ich schon in die Wege geleitet. Was ist mit Kaunta? Wollen Sie da selbst hinfahren?«

Johanna überlegte einen Moment. »Wenn er in die Sache verwickelt ist, sollten wir ihn nicht zu früh warnen. Ist bei dem Toten ein Handy gefunden worden?«

»Dazu kann ich noch nichts sagen, aber ich rufe gleich noch mal durch.«

»Tun Sie das.«

Johanna nahm sich das nächste Foto vor – eine Ganzkörperaufnahme. Die Hose des Mannes stand offen und war ein Stück heruntergezogen. Sie wies Reinders darauf hin. »Haben Sie dafür eine Erklärung?«

Der Kommissar zuckte mit den Achseln. »Nein. Meinen Sie, dass das wichtig ist?«

»Finden Sie es heraus. Passt für mich jedenfalls nicht unbedingt zu einer Auseinandersetzung unter Berufskonkurrenten.«

Reinders nickte langsam. »Na ja. Kann auch Zufall sein.«

»Eine offene Hose kann Zufall sein?«

Reinders räusperte sich. »Ich klär das«, wiederholte er.

Johanna sah ihn auffordernd an. »Bitte sofort – ich brauche das für die weitere Vernehmung. Apropos, wie weit sind Sie eigentlich mit Nelli und Lola?«

»Beide heulen – und geben alles zu, bis auf den Mord an Karen.«

»Wer gibt schon einen Mord zu?«

»Tja.« Reinders tippte mit einem Finger auf die Fotos in Johannas Hand. »Meinen Sie, dass er es getan hat? Oder doch alle gemeinsam?«

»Beide Varianten sind möglich. Aber zunächst mal passt der Wagen, und der Mann könnte durchaus der Typ aus den Filmen sein – aber hundertprozentig sicher können wir erst nach der DNA-Analyse sein. Und bei alldem dürfen wir natürlich nicht außer Acht lassen, dass er getötet wurde.« Und dass er seine Hose heruntergelassen hatte, fügte Johanna in Gedanken hinzu. »Bis später. Informieren Sie mich bitte sofort.« Damit eilte sie zurück ins Vernehmungszimmer. Die Fotos hatte sie eingesteckt.

27

Sie hatte sich die ganze Nacht nicht von ihrem Platz am Küchenfenster weggetraut – bis auf zwei schnelle Klogänge. Einmal wären ihr die Augen beinahe zugefallen, aber kurz danach begann die Stadt zu erwachen. Die ersten Frühaufsteher und Berufstätigen machten sich auf den Weg. Hunde hoben im milchigen Dunst der Laternen ihr Bein. Ein Jogger eilte vorbei. Autos sprangen an. Gegen sechs kochte sie Kaffee. Tausend Gedanken waren ihr während der vielen Stunden durch den Kopf gegangen – viele unsortiert und absurd, andere mit bangem Herzklopfen und erneut aufsteigender Panik verbunden. Sie hatte Hunger und war erstaunt darüber. Durfte man Hunger verspüren, wenn man am Abend zuvor jemanden umgebracht hatte und sich nun auf den nächsten Angreifer einstellte? Warum eigentlich nicht? Sie belegte ein Brot mit Käse, auf das andere strich sie daumendick Nutella. Nach den ersten Bissen merkte sie, wie hungrig sie war, und schnitt gleich die nächste Scheibe ab. Als Nachtisch gab es eine Banane und zwei Kekse. Um acht rief sie in ihrer Firma an und meldete sich krank. Magen- und Darmgrippe – das kam immer ganz gut. Da Sandra selten krank war, erfolgten auch keine skeptischen Nachfragen, sondern ehrlich gemeinte Genesungswünsche.

Vielleicht ist ja auch alles ganz anders, als ich es befürchte, überlegte sie während der dritten Tasse Kaffee. Vielleicht hat ja Rico – den Namen würde sie nie vergessen – was Besseres zu tun, als auf die Rückmeldung seines Kumpels zu warten, oder er geht schlicht davon aus, dass sein Auftrag ohne Komplikationen erledigt worden ist, und kümmert sich nicht weiter darum. Natürlich – so könnte es doch auch gewesen sein: Heh, Kumpel, wenn du in Braunschweig bist, gib der Ladendetektivin noch mal den heißen Tipp, sich aus allem rauszuhalten. Ansonsten sehen wir uns die Tage. War die Vorstellung realistisch? Jedenfalls war sie nicht unrealistischer als die Befürchtung, Rico hätte nichts anderes im Sinn, als sich auf den Weg nach Braunschweig zu machen und jeden Moment vor ihrer Tür aufzutauchen, um sie zur Rede zu stellen, zu überfallen, fertig zu machen ... Oder?

Sandra kaute eine ganze Weile auf dem Gedanken herum. Schließlich traf sie eine Abmachung mit sich selbst: Falls sie bis zum Mittag nichts Verdächtiges entdeckte, würde sie das Haus durch den Keller verlassen – um sicherzugehen, dass sie nicht doch jemandem direkt am Eingang in die Arme lief –, eine Weile den Weg beobachten und schließlich zur Probe die Straße entlangspazieren – immer in Reichweite anderer Passanten. Selbst wenn Rico irgendwo in der Nähe wäre, würde er es kaum wagen, sich ihr am helllichten Tag auf der Straße zu nähern, um sie zu bedrohen. Aber er würde ihr wahrscheinlich auf den Fersen bleiben wollen, und während sie mit geschärften Sinnen ein Stück in Richtung Innenstadt spazieren würde, konnte sie feststellen, ob ihr tatsächlich jemand folgte oder nicht. Sie durchdachte ihren Plan immer wieder, betrachtete ihn von allen Seiten, wog ab, verwarf ihn, griff ihn erneut auf, um schließlich endgültig eine Entscheidung zu treffen: Wenn sie wirklich wissen wollte, ob eine Gefahr bestand, musste sie handeln und ihren Unterschlupf verlassen. Und wenn er mich anspricht? Erkläre ich ihm, dass ich nie etwas von seinem Kumpel gehört oder gesehen hätte.

Ich bin mutig geworden, dachte sie verblüfft. Zumindest in Gedanken.

28

Die Mädchen wirkten müde und abgespannt. Das war gut so. Johanna lächelte.

»Wie sieht es aus – seid ihr bereit, das Theater zu beenden und endlich alles auf den Tisch zu legen?«

»Wir haben alles gesagt«, meinte Philippa. »Mit dem Mord haben wir nichts zu tun.«

»Ihr habt Karen also wirklich einfach in den Allerwiesen liegen gelassen – obwohl ihr wusstet, dass sie zur Polizei gehen würde?«

»Sie hat es angedroht, das stimmt«, erwiderte Rabea. »Aber ich denke, sie hätte sich diesen Schritt doch noch mal überlegt.«

»Warum?«

»Wegen Betty.«

»Verstehe. Die Sorge um die Freundin wäre ihr wichtiger als sie selbst gewesen, das hattet ihr natürlich längst begriffen, und damit hättet ihr sie erneut unter Druck gesetzt. Schlau, sehr schlau.« Johanna nickte. Der lapidare Tonfall ging ihr aber nur schwer über die Lippen. »Aber was ist mit deinem Freund – hat der das genauso gesehen? Oder wollte der nicht lieber auf Nummer sicher gehen?«

Philippa wandte sich Rabea zu. Ihr Blick war alles andere als freundlich. Auch nicht besorgt, unruhig oder irritiert. Eher ... lauernd. Merkwürdig.

»Mein Freund?«

»Ja, der Dealer und Vergewaltiger. Vielleicht ist ihm die Sache zu heiß geworden, vielleicht befürchtete er, dass ihr Karen nicht unter Kontrolle haben würdet, und hat sich entschlossen, kurzen Prozess zu machen – natürlich mit eurer Hilfe.«

Rabea schüttelte den Kopf. »Keine Ahnung, was Sie andeuten wollen.«

»Ich deute schon lange nichts mehr an, Rabea. Ich sage dir, was passiert ist. Ich habt Karen verprügelt, ihr jede Menge Alkohol und Pillen eingeflößt, sie wurde vergewaltigt und später mit dem Transporter über Vorsfelde an den Kanal gebracht. Dort habt ihr sie auf die Gleise gelegt ...«

»Haben wir nicht!«, fuhr Philippa dazwischen. »So ein Quatsch – wir ermorden doch niemanden.«

Johanna zog eine Augenbraue hoch. »Was glaubt ihr, was in einem Mädchen, in einer Frau vorgeht, die vergewaltigt und gequält wird?«

»Davon stirbt man nicht, oder?«, hielt Rabea dagegen.

»Doch: Betty hat den Freitod gewählt, weil sie das Leben nach euren Grausamkeiten nicht mehr ausgehalten hat. Dafür tragt ihr die Verantwortung!«

Beide zogen es vor zu schweigen.

»Aber ich sag euch was: Wir haben ihn längst – den Mörder oder auch einen der Mörder«, fuhr Johanna einen Moment später fort. »Er kann nur nicht mehr allzu viel erzählen, und seine Nase hat etwas gelitten. Schade eigentlich. War wahrscheinlich mal eine sehr hübsche Nase.« Sie holte die Fotos hervor. Das Bild mit der Aufnahme vom Gesicht legte sie direkt vor Rabea auf den Tisch. »Na, was sagst du nun? Deinen Freund hat es auch erwischt. Traurig, aber wahr.«

Rabea starrte auf das Bild, sekundenlang, und hob dann nur langsam und mühsam den Kopf. »Er ist tot?«

»Das ist er. Seit gestern. Er dürfte in den späten Abendstunden getötet worden sein.«

Philippa machte einen langen Hals, um einen Blick zu erhaschen, aber Johanna legte rasch einen Arm dazwischen. »Ist das euer Dealer und Vergewaltiger? Dein Freund?«

Rabea sah ihr direkt ins Gesicht. »Das ist unser Dealer und Vergewaltiger, aber er ist nicht mein Freund.«

»Wie heißt er?«

»Ich habe kein gutes Namensgedächtnis.«

»Verstehe. Man hält schließlich dicht, nicht wahr? Über den Tod hinaus.« Johanna nahm den Arm zurück und schob das Bild zu Philippa hinüber. »Ist dein Namensgedächtnis vielleicht besser?«

Philippas Augen huschten über die Aufnahme. Sie stutzte,

blickte hoch und musterte dann Rabea auffällig lange von der Seite. Als die nicht reagierte, lächelte sie. Ein seltsames Lächeln, bei dem Johanna eine Gänsehaut bekam.

»Das ist er nicht.«

Rabeas Kopf fuhr herum. »Was redest du da? Natürlich ist er das.«

»Er ist es nicht. Diesen Typen hier habe ich noch nie gesehen und du wahrscheinlich auch nicht.«

Rabea funkelte Philippa an. »Guck doch mal richtig hin, und denk dir die Verletzung weg, dann siehst du, dass er es ist.«

»Er ist es nicht.«

»Selbstverständlich.«

»Nein. Du willst den Scheißkerl bloß schützen, aber bei dem Spiel mache ich nicht mit!«

»Was? Spinnst du?«

»Ich spinne nicht, und ich lasse mich nicht länger herumstoßen, weder von ihm noch von dir!«, blaffte Philippa mit glühenden Wangen.

»Halt einfach die Klappe, das ist besser für uns alle!«, erwiderte Rabea.

»Besser für dich, weil du Rico raushauen und für dich alleine haben willst, oder was? Meinst du wirklich, du kannst über alles bestimmen?«

Rabea holte aus, aber Johanna war schneller und packte ihr Handgelenk. Zwei Sekunden später war Beran zur Stelle.

»Schluss! Hinsetzen! Ruhe!«, herrschte die Polizistin die Mädchen an und platzierte sie mit festem Griff auf ihre jeweiligen Stühle.

Einen Moment hörte man nur das schwere Atmen der beiden. Johanna sah von einer zur anderen.

»Hier wird niemand mehr gehauen. Und auch nicht rausgehauen«, sagte sie leise. »Und nur zu eurer Information: Die Spurenanalyse hätte in Kürze sowieso ergeben, dass dieser tote Mann hier, Tom Siender, nicht der Vergewaltiger von Karen war.« Sie fasste Rabea ins Auge. »Rico also, Rc. Wo ist er? Und wie lautet sein Nachname?«

»Ich weiß es nicht.«

»Ein Vorsprung nützt ihm gar nichts mehr. Wir werden ihn schnappen. Was ist in der Nacht passiert?«

»Ich weiß es nicht.«

Johanna hatte vorerst genug. Sie wollte aufstehen und die Befragung abbrechen, als es klopfte. Sie nickte Beran zu, und Reinders trat ein. Er kam zu ihr an den Tisch und drückte ihr einen Zettel in die Hand.

»Hier ist der Text einer Kurznachricht, die unser Kandidat aus Braunschweig gestern Abend noch losgeschickt und danach gelöscht hat, die aber wiederhergestellt werden konnte. Sie ging laut Handyadressbuch an einen Rico Lappa, der auch für Kaunta arbeitet«, flüsterte er. »Außerdem wurden in dem Wagen Spuren von Kokain gefunden und, ziemlich gut versteckt, etliche Pistolen.«

Johanna runzelte die Stirn. »Der Typ wurde totgeschlagen, aber die Waffen hat man zurückgelassen? Hm …«

»Vielleicht waren die nur scharf auf das Kokain. Außerdem waren die Pistolen sehr gut versteckt.«

»Na, ich weiß nicht.« Johanna war nicht überzeugt. Sie schüttelte den Kopf und wandte sich dem Zettel zu. ›Werd sie vor Wohng abfangen, Klartext reden. S.M. Kommt dann best. nicht auf Idee, dummes Zeug bei Bullen zu labern. Kannst dich verlassen.T.‹

Die Kommissarin sah hoch. »Danke, Reinders, ich komme gleich.« Sie drehte sich zu Beran um. »Mach die Papiere fertig und informiere bitte die Eltern – die Mädchen werden dem Haftrichter vorgeführt.«

Sofia Beran nickte. »Alles klar.« Sie winkte den beiden. »Na los.«

Reinders spendierte ihr ein Essen in der Kantine, und Johanna nahm es ohne zu zögern an. Bratwurst und Sauerkraut war nur bedingt ihr Fall, aber wider Erwarten schmeckte es sehr gut. Eine Weile saßen sie schweigend über ihre Teller gebeugt und langten hungrig zu. Johanna spürte, wie die Erschöpfung durch ihren Körper kroch und ihr Gehirn lahmlegen wollte, aber es war immer noch nicht vorbei. Sie konnte sich keine Auszeit leisten. Schließlich legte Reinders sein Besteck beiseite und griff zu einer Papierserviette.

»Ich habe ein Zivilfahrzeug zu Kauntas Privatadresse geschickt. Die warten da auf weitere Anweisungen«, sagte er. »Eine Streife steht außerdem unauffällig in der Dieselstraße, und in Braunschweig-Kanzlerfeld befragen die Kollegen Anwohner. Rico Lappa ist nicht unter seiner Adresse zu erreichen.«

»Das wundert uns jetzt nicht, oder?«

»Nein.« Reinders seufzte. »Was meinen Sie – hängen die beiden Geschichten nur oberflächlich zusammen, weil mehrere Verbrechen vorliegen, an denen die gleichen Personen beteiligt sind, oder gibt es eine direkte Verbindung, die wir nur gerade nicht sehen? Oder beides?«

Johanna streckte den Rücken und lehnte sich zurück. »Tja. Gute Frage. Eine von vielen. Wer ist zum Beispiel *sie*, von der in der SMS die Rede ist? Wieder ein junges Mädchen? Oder sind es mehrere Personen? Ist S.M. ein Kürzel oder bedeutet es …« Sie brach ab, nahm sich noch mal den Zettel vor und las erneut den SMS-Text: »Werd sie vor Wohng abfangen, Klartext reden. S.M. Kommt dann best. nicht auf Idee, dummes Zeug bei Bullen zu labern. Kannst dich verlassen.T.«

»Scheiße«, bemerkte sie leise. »Natürlich …« Für einen Moment war sie aufgrund ihrer deutlich zunehmenden Erschöpfung sowie der abgehackten Schreibweise und der völlig anderen Umstände abgelenkt gewesen – Kokain, Waffen, ein toter Mann, Auseinandersetzungen zwischen rivalisierenden Banden …

»S.M. kann auch das Kürzel für Sandra März sein, die vor einem Jahr ebenfalls von den Mädchen überfallen und Tage später vergewaltigt worden war«, überlegte sie. »Sie erinnern sich an den Vorfall mit der Ladendetektivin?«

Reinders nickte rasch. »Ja, aber da lag keine Drogengeschichte zugrunde, sondern …«

»… pure Rache, weil März die Mädchen beobachtet und im-

merhin Philippa geschnappt hat. Später hat sich Rico noch mal eingeschaltet, damit März die Anzeige zurückzieht. Der wollte wohl auf keinen Fall, dass die Polizei auf seine Krähen aufmerksam wird. Wahrscheinlich nutzt er aber auch jede Gelegenheit, um Macht zu demonstrieren, Gewalt auszuüben. Scheint ein besonderes Hobby von ihm zu sein, Mädchen zu vergewaltigen.«
Johanna fiel auf einmal ein, dass Philippa seinerzeit die SMS mit dem Kürzel Rc erhalten hatte. Das Zwinkern und Lächeln. Auch mit dem Zusammenhalt der Krähen war es nicht weit her, sobald ein Mann mit im Spiel war, der mehr als eine interessierte.

»Okay, aber wer hat dann Tom Siender getötet und warum? Oder laufen zwei Geschichten zufälligerweise parallel ab?«, grübelte Reinders.

Johanna stand auf. »Wenn ich das wüsste … Als hätten wir nicht schon mit einer mehr als genug zu tun. Ich möchte mal auf eine Karte von Braunschweig gucken, und wir brauchen natürlich die Adresse von Sandra März und die Telefonnummer.«

Plötzlich hatte sie es eilig. Reinders schnappte sich sein Tablett und schloss sich an.

»Und was ist mit Kaunta und seinen Leuten? Ich finde, wir sollten nicht länger warten und ihn uns in einer parallel laufenden Aktion schnappen – möglichst sofort.«

»Gute Idee! Kümmern Sie sich um Kaunta und Co, ich halte mich an Sandra März. Wir bleiben in Verbindung.«

Eine knappe halbe Stunde später saß Johanna bereits mit Beran im Auto, als ihr plötzlich noch ein Gedanke kam.

»Moment!«

Sie pfefferte Rucksack und Notizblock, in dem sie während der Fahrt in aller Ruhe blättern wollte, auf den Rücksitz und sprintete ohne weitere Erläuterung zurück ins Polizeigebäude, um erneut mit Reinders zu sprechen. Der Kommissar leitete in seinem Büro eine Einsatzbesprechung und blickte – milde ausgedrückt – verblüfft hoch, als sie ohne zu klopfen die Tür aufriss und hereinstürmte.

»Das Handy von Tom Siender!«, schleuderte sie ihm entgegen.

»Ja? Was ist damit?«

»Ich möchte es haben. Können Sie veranlassen, dass ein Kollege es uns übergibt? Wir treffen uns an der Celler Straße.«

»Ja, aber …«

»Und kein Gespräch entgegennehmen, das ist wichtig!«

»Gut, ich …«

»Danke.«

Damit schloss sie die Tür und eilte zum Auto zurück.

29

Geduld und Hartnäckigkeit waren das A und O – irgendwann wurden sie belohnt, und zwar immer. Rico nickte und begann zu lächeln, als er erneut die junge Frau mit den derben Winterstiefeln ins Auge fasste, die langsam den Weg vom Haus heruntergekommen war und sich nun auf der Celler Straße in Richtung Innenstadt orientierte. Er hatte sie nicht auf Anhieb erkannt – sie trug das Haar deutlich kürzer, und in der dunklen Jacke wirkte sie eher männlich –, aber die Art, wie sie sich aufmerksam umsah und immer wieder über die Schulter zurückblickte, hatte ihn ein zweites Mal hinschauen lassen. Er lächelte noch breiter. Nun war auch klar, dass Sandra März Besuch von Tom erhalten hatte. So blickte sich nur jemand um, der Angst vor Überraschungen hatte oder zumindest nicht überrascht werden wollte.

Am frühen Morgen war alles schiefgegangen: Tom war nirgendwo auffindbar und ging auch nicht an sein Handy. Rico hatte Kneipen abgeklappert und zwei Frauen aus dem Bett geklingelt, mit denen Tom seines Wissens nach häufiger mal die eine oder andere Nacht verbrachte. Beide waren nicht begeistert gewesen und hatten, was deutlich beunruhigender war, keinerlei Hinweise über Toms Verbleib geben können. Rico war zunehmend nervöser geworden. Es sah Tom gar nicht ähnlich, einfach in der Versenkung zu verschwinden, noch dazu mit dem Wagen vom Chef, noch dazu ohne weitere Rückmeldung … Und wenn etwas passiert war? Aber was? Rico hatte nicht gewusst, dass eine Berlin-Tour geplant war, geschweige denn, dass bereits Vorbereitungen dafür getroffen worden waren. Tom hatte das ganz sicher auch nicht gewusst. Vielleicht hatte er entdeckt, dass der Wagen zumindest teilweise bestückt war. Aber selbst wenn – wo sollte es da einen Zusammenhang geben?

Es blieb ihm nichts anderes übrig, als nach Braunschweig zu fahren und die letzte Person, die ganz sicher mit ihm zu tun gehabt hatte, nach ihm zu fragen.

Sandra März – Philippa hatte sich ihren Namen gut gemerkt. Sie war damals ganz wild darauf gewesen, der Frau noch einen besonderen Denkzettel zu verpassen. Das war ungefähr zur selben Zeit, als sie angefangen hatte, ihm schöne Augen zu machen. So albern das war: Er hatte sich am Bauch gepinselt gefühlt. Und nicht nur da. Außerdem war es immer wieder ein schwindelerregender Rausch, ein Mädchen mit Gewalt zu nehmen, während Rabea zusah – mit undurchdringlicher Miene und geheimnisvollen Augen – und Philippa ihn anfeuerte und mit geilen Blicken verschlang, während sie wahrscheinlich immer feuchter wurde. Aber obwohl die Sorge, dass die Ladendetektivin nach der Prügelaktion zur Polizei gehen und die Mädchen anzeigen würde, nicht unberechtigt gewesen und eine dementsprechende Einschüchterung durchaus überlegenswert war, hätte er sich nicht darauf einlassen sollen. Sandra März war kein Mädchen, sondern eine erwachsene Frau, noch dazu im Sicherheitsdienst tätig. Sie hatte sich heftig gewehrt – so ähnlich wie Karen – und ihm die Mütze heruntergerissen. Doch das war nicht alles gewesen. Philippa hatte ihn bei seinem Namen genannt, und es war ihm gar nichts anderes übrig geblieben, als die Frau eine Zeit lang im Auge zu behalten. Sicher war sicher.

Inzwischen war sie umgezogen – doch es war nicht weiter schwierig gewesen, ihre neue Adresse herauszufinden. Als Rabea ihn vor zwei Tagen über die erneuten Ermittlungen einer Kommissarin informiert hatte, die eine merkwürdige Andeutung über Einkaufstouren der Mädchen in Braunschweig gemacht hatte, war ihm sofort klar gewesen, dass sie beunruhigt war, und er hatte versprochen, sich zu kümmern. Tom war schnell zu gewinnen gewesen, erst recht, als Rico ihm mit bedeutungsvollem Blick zugeraunt hatte, dass das Namenskürzel S.M. lautete und durchaus wörtlich zu nehmen wäre. Tom bevorzugte auch die harte Tour.

Vielleicht hat er es am vergangenen Abend ein bisschen übertrieben und braucht eine Extraportion Schlaf, dachte Rico grinsend und ließ die Frau nicht aus den Augen. Sie ging immer noch sehr langsam. Vielleicht war sie auch erschöpft. Rico grinste noch breiter, verließ seinen Wagen und folgte ihr in gebührendem Abstand.

Sie lief die Celler Straße hinunter. Zweimal blieb sie stehen, und er verharrte ebenfalls, wobei er rasch in eine andere Richtung sah oder scheinbar interessiert die Plakate an einer Litfaßsäule studierte. Die Sache begann ihm Spaß zu machen. Gerade als er seine Schritte zu beschleunigen begann, um ihr allmählich näher auf die Pelle zu rücken, meldete sein Handy den Eingang einer SMS. Er zog es heraus und lachte freudig auf: Tom, na endlich!

»Heh Alter. Wo bist du? Warte am Auto auf dich. Hab eine Überraschung für dich. Beeil dich.T.«

Rico dachte nicht eine Sekunde darüber nach, wieso Tom auf einmal wieder in der Celler Straße auftauchte. Er drehte sich um, ließ Sandra nach einem letzten Blick mit leisem Bedauern von dannen ziehen und ging flotten Schrittes zu seinem Wagen zurück. Erst als er dort angelangt war und Tom nirgends entdecken konnte, dafür jedoch zwei Frauen und ein Mann plötzlich an ihn herantraten, schwante ihm Übles. Die kleine Frau, die seltsam große blaue Augen hatte, mit denen sie ihn ohne Scheu musterte, legte eine Hand auf das Dach seines Autos und lächelte plötzlich.

»Rico Lappa? Ich bin Kommissarin Johanna Krass. Sie werden schwerster Straftaten verdächtigt und sind vorläufig festgenommen. Die Einzelheiten erfahren Sie im Kommissariat der Polizeidienststelle in Wolfsburg.«

Der Mann legte ihm Handschellen an, während die andere, deutlich jüngere Frau die Tür eines Wagens öffnete, der ein paar Meter hinter seinem stand. Rico sagte kein Wort. Er war so perplex, dass er sogar vergaß, nach Tom zu fragen. Als er auf dem Rücksitz Platz genommen hatte, sah er aus dem Seitenfenster. Sandra und die Kommissarin standen sich gegenüber und schüttelten einander die Hände.

30

»Danke, dass Sie trotz Ihrer Angst mitgemacht haben«, sagte Johanna. »Nur so war diese schnelle Festnahme möglich.«

»Sie waren sehr überzeugend«, entgegnete Sandra März. »Gut, dass ich an mein Diensthandy gegangen bin. Schließlich ist es ja auch in meinem Interesse, dass denen das Handwerk gelegt wird. Und ich habe mich mit vier Polizisten im Hintergrund sehr sicher gefühlt.«

»Das freut mich. Allerdings braucht die Kripo Ihre Aussage auch noch mal schriftlich. Kriegen Sie das hin?«

»Ich glaube, nach dem heutigen Tag kriege ich so einiges hin.«

»Das kann ich gut nachvollziehen. Also, noch mal – vielen Dank. Die Kollegen melden sich bei Ihnen.«

Johanna sah März nach, wie die beschwingten Schrittes den Weg zu ihrem Haus hochlief, bevor sie zu Beran in den Wagen stieg. Lappa befand sich zusammen mit zwei Beamten in einem zweiten Zivilfahrzeug der Braunschweiger Polizei. Während Beran sich in den fließenden Verkehr einfädelte und darauf achtete, dass die Kollegen hinter ihr blieben, schloss Johanna kurz die Augen.

Sie konnte es immer noch nicht fassen, wie schnell sich nach den ersten zähen Ermittlungstagen plötzlich die Dinge entwickelten. Nach der Festnahme des Hauptmordverdächtigen im Fall Karen Milbert stand sie nun kurz davor, den Fall endgültig aufzuklären. Ohne März' Einsatz als Lockvogel hätten sie allerdings nicht so schnell handeln können, zumal ad hoc keine Fotos von dem Mann verfügbar waren. Darüber hinaus war ohnehin Eile geboten gewesen, denn über kurz oder lang hätte Lappa nicht nur mitbekommen, dass sein Kumpel Tom Siender längst tot war, sondern dass auch sein Boss und mehrere Handlanger zum Verhör gebeten worden waren, und hätte sich innerhalb kürzester Zeit aus dem Staub gemacht.

Der Fall Siender schien auf einer anderen Schiene zu laufen und hatte wohl in der Tat mit geschäftlichen Auseinandersetzungen im Drogen-, Waffen- und Spielermilieu zu tun. Denkbar war, dass ihm längst jemand auf den Fersen gewesen war und die Gelegenheit seiner untätigen Warterei vor März' Haus genutzt hatte, um zuzuschlagen, das Kokain mitgehen zu lassen und den Wagen wegzufahren.

Sandra März hatte erzählt, dass sie am späten Abend vom Training heimgekommen war und den Transporter am Straßenrand bemerkt hatte. Als der Fahrer ausgestiegen und auf sie zugegangen war, hätte sie eilig das Weite gesucht ... Nach ihren traumatischen Erfahrungen eine nachvollziehbare Reaktion. Der Wagen hätte noch eine ganze Weile vor ihrem Haus gestanden, das habe sie von ihrem Fenster aus beobachtet. Irgendwann – vielleicht gegen Mitternacht, sie habe jedoch nicht auf die Uhr gesehen – sei er verschwunden gewesen. Gut, aber was war mit den Waffen? Und warum ...?

»Was geht Ihnen durch den Kopf?«, unterbrach Beran ihre Gedanken. »Besonders entspannt sehen Sie nicht aus. Freuen Sie sich, es ist so gut wie geschafft!«

»Ich knabbere noch an einigen Fragen herum, und ich bin gespannt, ob ich Antworten finde, die mich wirklich überzeugen«, erwiderte Johanna.

»So leicht sind Sie nicht zufriedenzustellen, stimmt's?«

Johanna warf Beran einen belustigten Seitenblick zu. »Gut möglich, das gehört aber unbedingt zu meiner Arbeit.«

»Okay – was für Fragen denn zum Beispiel?«

Die Kommissarin seufzte. »Na schön. Wenn Tom Siender von irgendeinem Typen aus dem Milieu, oder auch mehreren, verfolgt und überfallen wurde – vielleicht aufgrund von Bandenrivalitäten –, wie es durchaus denkbar ist, dann stellt sich für mich bei näherer Betrachtung erstens die Frage, warum die Waffen nicht gefunden wurden.« Johanna hob kurz die Hand. »Reinders meinte schon, dass sie gut versteckt gewesen seien. Nun ja ... ich weiß nicht. Diese Typen kennen doch die Tricks, die wissen, wo sie suchen müssen.«

Beran zog die Achseln hoch. »Vielleicht hat Kaunta dazu eine passende Antwort.«

»Vielleicht erzählt er uns bei der Gelegenheit auch noch eine schöne Gute-Nacht-Geschichte, damit wir besser einschlafen können!«

Beran lächelte. »Okay, ich hab's verstanden. War ja nur so eine Idee! Was geht Ihnen noch durch den Kopf?«

»Warum wurde der Wagen überhaupt weggefahren und dann noch nach Kanzlerfeld? In der Celler Straße fällt er doch viel weniger auf als in der ruhigen Paracelsusstraße.«

»Vielleicht hat er oder haben sie sich beobachtet gefühlt und sind auf gut Glück losgedüst. Oder Siender war zu diesem Zeitpunkt noch gar nicht tot und ist aufgebrochen, um … wen auch immer abzuhängen?«

Johanna schüttelte den Kopf. »Warum sollte er dann aus der Stadt in eine ruhige Wohngegend fahren? Um jemanden abzuhängen, fährt man in die Innenstadt, wo viel los ist, oder auch auf die Stadtautobahn.«

»Vielleicht war er angespannt und nervös, ist falsch abgebogen und dann einfach weiter der Straße gefolgt.«

»Jemand, der in dem Geschäft unterwegs ist, wird doch nicht nervös, weil er sich verfolgt fühlt oder sich schnell aus dem Staub machen will. Aber selbst wenn Siender angespannt war: Derlei gehört zu seinem Job, er wird trotzdem nicht gleich die Nerven verlieren. Außerdem kannte er sich garantiert gut in Braunschweig aus – Kaunta hat hier auch Läden.«

Beran atmete laut aus.

»Daran schließt sich natürlich die Frage an, wie der Mörder von Siender Kanzlerfeld wieder verlassen hat? Zu Fuß? Wurde er gesehen? Oder ist er einfach in den Wagen eines Kumpels umgestiegen, der dem Transporter hinterhergefahren war?«, fuhr Johanna in ihren Überlegungen fort. »Oder hat doch jemand aus der Gegend was damit zu tun und sollte gewarnt werden?«

Beran fuhr sich durch die Haare.

»Und dann bleibt da noch die offene und halb heruntergezogene Hose. Siender wird mit gezielter Schlagtechnik getötet. Warum geht man ihm an die Hose? Ein Perverser? Quatsch! Und passierte das vorher oder hinterher? Und jetzt schlag nicht vor, dass er vielleicht mal pinkeln musste!«

Die Polizistin runzelte die Brauen. »Na ja – unter Umständen ist das eine Insidergeschichte. Jemand will ihn so richtig vorführen.«

Johanna verdrehte die Augen und winkte ab.

Beran lächelte und überlegte einen Moment. »Kann eigentlich so ein Nasenbeinschlag auch aus Versehen erfolgen?«, fragte sie dann.

»Sie meinen einen Abwehrschlag, der ohne Absicht so und nicht anders landet? Gute Frage.«

Johanna massierte sich die Schläfen. März hatte sich für den heutigen Tag bei ihrer Firma krankgemeldet. Das hatte Johanna von ihrem Chef persönlich erfahren, als sie versucht hatte, die Ladendetektivin zu erreichen. Besonders kränklich hatte sie nicht gewirkt, und sie war relativ schnell bereit gewesen zu kooperieren – im Vergleich zur ersten Befragung war sie förmlich aufgeschlossen gewesen. Na und? Spielte das jetzt noch eine Rolle? Sie hatten Rico geschnappt – Ende! Und gleich platzt mein Schädel, dachte Johanna. Ich möchte abschalten, ausschlafen, an irgendeinem See oder Fluss sitzen, angeln, später ein Glas Rotwein mit Siegfried trinken …

»Stell nicht voreilig Zusammenhänge her, die dir dann den neutralen Blick auf die Geschehnisse verstellen«, war ein Standardsatz ihres alten Freundes und Mentors König. Du hast gut reden, brummelte sie lautlos. Aus dem Ruhestand war es leicht, schlaue Bemerkungen abzugeben. Fairerweise musste Johanna zugeben, dass Siegfried König auch während seiner aktiven Zeit beim BKA immer versucht hatte, sich an diese Maxime zu halten.

Wo war der Knackpunkt an der Tom-Siender-Geschichte? Vielleicht gab es nur ein paar Ungereimtheiten, die sich ihr nie erschließen würden. Das kam vor, auch im Zusammenhang mit aufgeklärten Fällen. Sie hasste es, offene Fragen zurückzulassen, aber manchmal blieb ihr nichts anderes übrig.

Reinders war bester Laune, auch wenn der lange, anstrengende Arbeitstag inzwischen tiefe Spuren in seinem Gesicht hinterlassen hatte. Kaunta und seine Leute waren festgenommen worden und wurden verhört. Bei der Durchsuchung der Räumlichkeiten waren jede Menge Drogen und Waffen sichergestellt worden.

»Außerdem scheint er ein einträgliches Spielgeschäft aufgebaut zu haben«, berichtete der Kommissar Johanna, nachdem sie ihn kurz über die Geschehnisse in Braunschweig in Kenntnis gesetzt hatte. »In seinem Safe haben wir ein Heftchen gefunden mit zahlreichen Kürzeln und Summen – es ist anzunehmen, dass sich einige Spieler bei ihm verschuldet haben, zum Teil mit absurden Summen.« Er schüttelte den Kopf. »Möchten Sie einen Kaffee?«

Johanna nickte. Das dürfte so ungefähr der dreihundertste an diesem Tag sein, aber ihr Körper war Kummer gewöhnt. »Wie äußert er sich denn zu Tom Sienders Tod und dem abgestellten Transporter?«

Reinders lächelte süffisant, während er Kaffee in zwei große Tassen goss und Johanna eine reichte. »Ist ihm ein Rätsel, was da passiert sein könnte. Und natürlich weiß er auch nichts über Drogen in dem Wagen.«

»Aber es dürfte ihm doch klar sein, dass die Spurenanalyse genauestens nachweisen kann, dass …«

Reinders winkte ab. »Natürlich ist ihm das klar, und angesichts der Mengen, die wir in seinen Läden gefunden haben, spielt ein Pfund mehr oder weniger eigentlich auch keine Rolle mehr. Aber warum sollte er irgendwas zugeben oder uns die Arbeit erleichtern? Er meinte jedenfalls, dass Siender sich den Wagen ohne sein Wissen ausgeliehen hätte und er nicht wüsste, zu welchem Zweck. Außerdem gäbe es keine geschäftlichen Feindschaften, geschweige denn irgendwelche Bandenkriege, in die er verwickelt sei. Wahrscheinlich habe Siender persönlich etwas laufen gehabt. Wie dem auch sei.«

»Und was sagt er zu den Waffen?«

»Nichts.«

»Okay.« Johanna trank einen Schluck Kaffee. Ihr Blick schweifte über Reinders Schreibtisch und blieb an einem blauen Lederheft hängen. »Ist das Kauntas Heft?«

Der Kommissar nahm es hoch. »Ja – möchten Sie einen Blick hineinwerfen?«

»Gerne.« Johanna stellte ihre Tasse ab und fing an zu blättern.

Listen, Kürzel, Summen. Mit etwas Phantasie und Ermittlungserfahrung konnte man sich zusammenreimen, dass in einer Spalte die betreffende Person mit dem geschuldeten Gesamtbetrag vermerkt war, in einer weiteren folgten offensichtlich geleistete Rückzahlungsraten, dem sich eine Vermerkspalte mit verschiedenfarbigen Ausrufe- und Fragezeichen sowie weiteren Kürzeln anschloss. Johanna mutmaßte, dass Kaunta sich darin Anmerkungen zur Zahlungsmoral seiner Schuldner machte. Das Verzeichnis war durchaus beeindruckend, denn die aufgeführten Zahlen umfassten ein Gesamtbudget von gut zwei Millionen Euro. Es gab mehrere Leute, die Kaunta fünfzig-, hunderttausend oder gar hundertfünfzigtausend Euro schuldeten. Der Zinssatz, den Kaunta für seine Dienste zugrunde legte, war wohlweislich nicht aufgeführt.

»Was ist eigentlich mit Schuldscheinen? Lagen die auch im Safe?«, fragte Johanna.

»Ja, ein ganzer Stapel – alles fein säuberlich abgeheftet. Ich bin noch nicht dazu gekommen, den durchzusehen. Wollen Sie da auch einen Blick drauf werfen?«

Johanna stand auf. »Ich glaube nicht.« Sie lächelte. »Ihr Job. Ich kümmere mich jetzt um Rico Lappa. Und dann ist hoffentlich Feierabend.«

Er war ein gut aussehender Typ – sportlich-athletisch gebaut, dunkelblond, braune Augen, Grübchen im Kinn. Sicherlich kam er gut bei den Frauen an. Im Moment machte er alles andere als einen zufriedenen Eindruck. Die überraschende Festnahme, über deren Hintergründe er nicht im Bilde war, hatte ihn sichtlich erschüttert. Er blickte starr vor sich hin. Johanna legte ihre Unterlagen auf den Tisch und setzte sich ihm gegenüber.

»Wo fangen wir an, Herr Lappa?«, fragte sie.

Er warf ihr einen kurzen Blick zu und schwieg. Johanna nahm die Fotos von Betty und Karen aus ihrem Ordner und breitete sie vor ihm aus. »Zwei Ihrer Opfer. Beide sind übrigens tot. Andere wurden *nur* verprügelt und von Ihnen vergewaltigt. Es gibt Filmmaterial, Videoaufnahmen, DNA-Spuren, Zeuginnen.«

»Ja?«

»Ja. Sandra März haben Sie ja gerade wiedergesehen – sie wird natürlich noch eine umfangreiche Aussage machen. Ach, übrigens: Philippa, Rabea, Nelli und Lola befinden sich bereits in Untersuchungshaft und haben detailliert ausgesagt.«

Er zuckte zusammen.

»Wir sind bestens im Bilde über Ihre geschäftlichen Verbindungen, den Drogenhandel und über Ihre gemeinsamen grausamen Attacken gegen zahlreiche Mädchen. Bei drei Mädchen haben Sie sich völlig verschätzt: Sandra war eine Nummer zu groß für Sie und konnte Sie identifizieren, Betty ist an der fortgesetzten Quälerei zerbrochen; sie hat in der letzten Nacht Suizid begangen und einen Abschiedsbrief hinterlassen. Bleibt noch Karen – die war auch eine Nummer zu groß für Sie. Darum musste sie sterben. Durch Ihre Hand.«

»Wer sagt das?«

»Die vorliegenden Beweise.«

»Ach?«

»Karen wurde vergewaltigt – von Ihnen – in einem Fahrzeug. Diesen Schluss lassen die Videoaufnahmen zu, und die kriminaltechnische Untersuchung wird das noch im Einzelnen belegen. Später haben Sie das Mädchen über Vorsfelde an den Kanal gebracht und die letzten Meter bis zu den Gleisen getragen – ein VW-Transporter wurde in der Nacht dort gesehen, als Sie an der Moorkämpeschule vorbeifuhren.«

»Mag sein, aber Sie irren sich trotzdem: Ich war es nicht. Warum hätte ich das tun sollen?«

»Ganz einfach – Karen hat sich nicht einschüchtern lassen, trotz übelster Prügel und Bedrohung, trotz all der Pillen und des Alkohols, der ihr verabreicht wurde. Das war Ihnen klar, und spätestens als Rabea die Gesprächsaufzeichnung auf dem Handy entdeckt hatte, konnten Sie kein Risiko mehr eingehen. Sie wussten, dass Karen nicht nachgeben würde, niemals – egal, welche Videos von ihr wo auftauchen und wie oft Rabea und Philippa sie noch unter Druck setzen würden. Sie war aufrecht und stark, und sie würde sich nicht beirren lassen. Im Grunde war sie Rabea ähnlich – einer Rabea, wie sie hätte werden können, wenn sie einen anderen Weg gewählt hätte.«

Er sah sie erstaunt an, und seine Augen verdunkelten sich um eine Nuance.

»Also – wie haben Sie es angestellt? Und wer hat Ihnen geholfen?«

Er lächelte plötzlich. »Hören Sie – Sie wissen genau, dass ich mir für die fragliche Zeit mühelos ein Alibi verschaffen kann. Den Mord hängen Sie mir jedenfalls nicht an.«

»Ein Alibi? Von wem? Tom Siender zum Beispiel?«

»Klar, ist eine Möglichkeit – müsste ich mal in meinen Terminkalender gucken, das liegt alles schließlich schon ein paar Monate zurück.«

Johanna nickte. »Tun Sie das. Allerdings können wir Tom persönlich nicht mehr dazu befragen. Er ist tot.«

Lappa umfasste die Tischkante. »Was?«

»Er lag tot ausgerechnet in dem Transporter, in dem Sie sonst Ihre miesen Spiele getrieben haben. Die Polizei hat ihn heute Morgen gefunden. Darüber hinaus befanden sich noch Waffen in dem Wagen, Spuren von Kokain … na ja – das ist sicherlich nichts Neues für Sie. Wie dem auch sei – wer könnte Ihnen denn noch ein Alibi verschaffen?« Johanna zog ein Gesicht, als würde sie tatsächlich überlegen. »Kaunta, Ihr Chef? Ehrlich gesagt, der dürfte jetzt und für die nächsten Jahre mit seinen eigenen Geschichten genug zu tun haben. Er ist ebenfalls festgenommen, zusammen mit einigen anderen, die Sie sicherlich auch gut kennen – Kollegen von Ihnen. Bei der Durchsuchung der Läden haben wir schon in sehr kurzer Zeit jede Menge Interessantes entdeckt, und wir sind noch lange nicht fertig. Wie Sie sehen – das Spiel ist aus, endgültig.«

Seine Unterlippe zitterte. Was für ein hübscher Junge, dachte Johanna. Ein Vergewaltiger und Mörder, Drogendealer und Schläger, dennoch ist er mir sympathischer als Philippa. Sie war verblüfft über ihren Gedanken.

»Es war ein Unfall«, flüsterte er plötzlich kaum hörbar.

Johanna beugte sich vor und hielt seinen Blick fest.

»Sie haben recht – Karen war irgendwie aufrecht und stark und hat sich gewehrt wie eine Wilde ... Aber ... ich konnte nicht zurück.« Er schluckte. »Wir waren in dem Auto, in dem Transporter ...«

»Dort haben Sie sie vergewaltigt?«

Lappa nickte. »Ja, später haben wir sie dann in die Allerwiesen gebracht. Es sollte aussehen, als wäre sie völlig zugedröhnt gewesen und hätte dort Sex mit dem falschen Typen gehabt. Mit einem brutalen Typen ...«

»Und dann?«

»Als ich zu Hause war, hab ich festgestellt, dass ich mein Handy verloren hatte. Im Auto war es nicht, also musste ich zurück, verstehen Sie? Es wäre fatal gewesen ...«

»Und? Haben Sie es gefunden?«

Er nickte. »Ja, es lag tatsächlich in der Nähe der Stelle, wo wir Karen zurückgelassen hatten. Ich war total erleichtert und dachte mir, dass ich mal nach dem Mädchen gucken sollte. Wir hatten ihr ganz schön zugesetzt, und irgendwie ... Aber sie war nicht mehr da.«

»Was?« Johanna richtete sich auf.

»Ich hab noch eine Weile gesucht und bin dann zurück zum Wagen. Ich dachte, dass sie ganz schön was einstecken kann, wenn sie schon wieder durch die Gegend laufen kann, so kurz nach ... Na ja, ich will gerade einsteigen, als mir plötzlich jemand auf die Schulter tippt. Ich weiß nicht, wann ich mich das letzte Mal so erschreckt habe. Ich fuhr herum, und da stand sie in der Dunkelheit und stierte mich an.«

»Und dann?«

»Begann sie zu lächeln.«

»Sie lächelte?«

»Ja. Sie lächelte. Und dann sagte sie mit leiser, aber fester Stimme, dass sie sich die Kennzeichen von dem Wagen gemerkt hätte, dass sie mich identifizieren könnte und dass sie jetzt sofort zur Polizei gehen würde. Da habe ich rotgesehen. Und zugeschlagen. Sie ging zu Boden und knallte mit dem Genick an die Kante der offenen Wagentür. Ich glaube, sie war sofort tot.« Ricos Hände zitterten. »Ich wollte das nicht. Das müssen Sie mir glauben. Aber es war zu spät. Was sollte ich tun? Ins Krankenhaus fahren? Sie liegen lassen. Das ging nicht. Ja, ich habe sie dann nach Vorsfelde gefahren und auf die Gleise gelegt ... Am nächsten Tag bin ich nach Süddeutschland ... Geschäfte ... weit weg, nicht mehr daran denken. Bloß nicht mehr daran denken.«

»Warum haben Sie sie gefesselt?«

»Sie sollte in einer ganz bestimmten Stellung liegen bleiben, damit an ihrem Kopf keine Spuren von dem Auto ... Na, Sie wissen schon.«

»Aber sie war doch tot.«

»Ja, aber ... ich wollte sichergehen, dass sie nicht doch zur Seite wegrutscht.«

Zwei Minuten lang blieb es völlig still in dem kleinen Raum.

»Schlafen Sie eigentlich ruhig, Lappa?«, fragte Johanna dann. »Oder steht manchmal im Traum Karen hinter Ihnen und tippt Ihnen auf die Schulter?«

Er wurde weiß. »Warum jetzt? Warum kommen Sie erst jetzt? Nach all den Monaten?«, fragte er.

»Letztlich habt ihr das Philippa zu verdanken«, antwortete Johanna nach einer längeren Pause, in der sie überlegte, ob Lappa überhaupt eine Erörterung der Zusammenhänge verdient hatte. »Oder auch Karens Großmutter, die nicht aufgehört hat, an ihre Enkelin zu glauben und daran, dass ein Verbrechen geschehen war. Sie hakte nach, stellte Fragen, kreuzte mehrfach in der Schule auf. Philippa hat schließlich gemeint, ihr einen kleinen Denkzettel erteilen zu müssen. Sie hat sie vor den Bus gestoßen. Karens Großmutter wurde nur leicht verletzt und ließ sich immer noch nicht beirren. Es gibt solche Menschen. Starke, unbeirrbare Menschen, die unsere ganze Bewunderung und unseren

Respekt verdienen. So wurde erneut die Staatsanwaltschaft eingeschaltet, die schließlich entschied, den Fall neu aufzurollen und für diese Aufgabe eine neutrale Sonderermittlerin – mich – einzusetzen.«

Sie stand auf. Er blickte zu ihr hoch und nickte langsam.

»Lass ihn abführen, Beran.«

Sie kam gerade aus der Dusche, als Reinders sich noch einmal per Handy meldete. »Sie werden nicht glauben, wer einen Schuldschein bei Kaunta unterschrieben hat.«

»Keine Ratespiele mehr, Reinders – ich falle gleich um vor Müdigkeit.«

»Moritz Milbert.«

Das war allerdings eine Überraschung. Eine große Überraschung.

»Weiß er, dass ...«

»Nein. Ich habe gerade mit ihm telefoniert. Er hat keine Ahnung.«

Vielleicht ist es besser so, dachte Johanna.

»Schlafen Sie gut, Kommissarin.«

»Sie auch, Reinders.«

Bevor sie ins Bett ging, erstattete sie Magdalena Grimich noch einen kurzen Bericht. Sie sprach ihr zwei Minuten auf die Mailbox.

31

Das Mädchen öffnete die Tür nur einen winzigen Spalt und starrte sie feindselig an.

»Sie sind verhaftet«, sagte Johanna. »Alle. Sie kommen ins Gefängnis. Alle. Wenn du dich entschließen könntest, doch eine Aussage zu machen – gemeinsam mit all den anderen betroffenen Mädchen –, könnten die Anklagen noch besser vorbereitet werden. Verstehst du das?«

Marie Clemens nickte. Und schloss die Tür.

»Ich bin auf dem Heimweg«, sagte Johanna und fuhr auf die Autobahn. Sie telefonierte nicht gern über Headset, aber oftmals blieb ihr nichts anderes übrig.

»Ach, doch so schnell.«

Das klang fast bedauernd, obwohl Johanna sich nicht vorstellen konnte, was genau ihre Mutter bedauerte. Sie hatte sich fest vorgenommen, nach Peter zu fragen. Dem Bruder, von dem ihre Großmutter erzählt hatte. Im letzten Moment kniff sie. Ein anderes Mal, dachte sie. Nicht jetzt. Keine Zeit und keine Kraft für Familientragödien.

Sie beendete das Gespräch, legte das Handy beiseite und gab Gas.

ENDE